王女殿下を優先する婚約者に愛想が尽きました

～もう貴方に未練はありません！～

登場人物紹介
ojodenka wo yusen suru
konyakusha ni
aiso ga tsukimashita
エセルバート
大国ラファティの第三王子。
かつて自分を助けてくれた
ヴィオラを深く想う
一途で優秀な美青年。
ヴィオラ
控えめで賢い侯爵令嬢。
婚約者に後回しにされ続けていたが
見切りをつけ婚約を破棄した。
ちょっぴり苦労性。

グローリア
アルヴァンの主で王女。
可憐で物腰柔らかだが
妙な違和感があり……？
アルヴァン
ヴィオラの元婚約者。
近衛騎士として王女を優先し
婚約者らしいことを
何もしていなかった。
アデル
ヴィオラの親友の公爵令嬢。
はっきりとした
気持ちのいい性格。

「そう……アルヴァン様はグローリア様と……」

「はい。昨夜、急に第二王子殿下が腹痛を訴えられまして、ラファティ国王の誕生祝いにグローリア様が参列なさる運びとなりました。そのためアルヴァン様は第一王女殿下の護衛として今朝早くに出立なさりました」

「……わかりましたわ」

朝一番にやって来たのは、私の婚約者のアルヴァン＝ブルック様の屋敷からの使者だった。恐縮しっぱなしの彼に気にしないように伝えると、私は何とも言いようのない思いを抱えたまま自室に戻る。さすがに人目のある場所でため息をつく気にはなれなかったからだ。

「お嬢様、ブルック家のお使いは何だったのです？」

部屋に戻った私を迎えてくれたのは、専属侍女のハンナだった。今日は私の十七歳の誕生祝いパーティーがあるので、彼女も朝から張り切って準備をしてくれていた。ブルック家からの使いと聞いて苦々しい表情を浮かべていたけれど……残念ながら彼女の悪い予感は現実となってしまった。

「アルヴァン様、今日のパーティーに来られないんですって」

「まぁ！　またですか……！」

怒りよりも呆れの方が勝ったのだろう、険しさがいつもの半分程度だったけれど、その気持ちはわからなくもなかった。というのも、こんな風に直前で約束がキャンセルになるのは今日が初めてではなかったからだ。

「まったく、いくら何でも非常識ではありませんか！」

「でも、王女殿下の護衛となれば仕方ないわ」

「ですが、今日はお嬢様の誕生日を祝うパーティーですのに！」

「……仕方がないわ。ラファティ王国の国王陛下の誕生の式典だもの。ハロルド様が体調不良で行けなくなったから、代わりにグローリア様が向かわれるのですって」

そう、十日後は隣国ラファティ王国の国王陛下の誕生祭。我が国よりもずっと豊かな彼《か》の国の国王陛下の誕生祭ともなれば、王族が臨席するのが当然だ。

昨年は王太子のセドリック様が参列され、今年は第二王子のハロルド様の予定だったけれど、使者の話では昨日、体調を崩されたのだという。急なことで行けるのが第一王女であるグローリア様しかいなかったと言われれば、どうしようもない。

「……だからって何もアルヴァン様が行く必要はないでしょう。護衛は何人もいるのですから」

「アルヴァン様はグローリア様に殊《こと》の外《ほか》信用されていると聞くわ。とても名誉なことよ」

「殊《こと》の外《ほか》信用……ね。確かに、アルヴァン様はグローリア様と想い合っているとの噂もありますからね」

「まぁ、ハンナ。そんな噂を真に受けては不敬よ」

「そうですか？　でも、王都は今やそんな噂でもちきりですよ。二年連続で婚約者でもあるお嬢様の誕生パーティーを欠席、しかもこの半年間は一度も夜会などのエスコートもなしです。アルヴァン様はお嬢様と婚約していることすらお忘れなんじゃありませんか？」

「それは……」

ハンナからの鋭い指摘に、私は何も言い返せなかった。ハンナの言う通りだったからだ。


私の婚約者、アルヴァン＝ブルック様。私より二つ年上の彼は侯爵家の次男だ。蜂蜜色の髪と濃青の瞳を持ち騎士特有の厳《いか》つさがない優しそうな風貌をしている。騎士としては背が低い方で威圧感も薄いため、若い女性からの人気も高かった。十七歳の時に近衛騎士を拝命し、同年代の中では出世株と言われている。元々は王太子であるセドリック様の護衛だったけれど、一年前からは第一王女であるグローリア様の護衛騎士を務めていて、今では一番の信用を得ていると噂されていた。

彼が仕えるグローリア様は私と同い年で、柔らかそうに波打つ金色の髪に湖水のように澄んだ青い瞳、儚《はかな》げで嫋《たお》やかな容姿は我が国一の美少女として名高く、更には王家の姫君らしく気品に満ちている。ほっそりと小柄で、王族に対して失礼かもしれないけれど、小動物のような愛らしさもお持ちだと聞く。公務にも積極的で慈愛に満ちた王女殿下として国民からの支持も厚い。

でも、アルヴァン様がそのグローリア様の護衛になってからは私との交流が激減してしまった。最後に顔を見たのは半年前の夜会だけど、その時もアルヴァン様はグローリア様の護衛としてお側に控えていて、私はその姿を遠目に見るだけだったのだ。

結局、私はパーティーのエスコートをお兄様にお願いした。妻のマリアンお義姉《ねえ》様の妊娠がわかったばかりで、安定期に入るまでは安静にするように医師に言われていたのは幸いだっただろう。

アルヴァン様との婚約は幼い頃に決まったので世間には広く知られている。会場内はやっぱり……という微妙な空気が流れていて、私は両親に申し訳ない思いを抱えながらその日のパーティーを笑顔で乗り切った。心に、一つの決意を秘めて。

パーティーの余韻《よいん》がまだ屋敷を包み込んでいる中、私は湯あみを済ませて自室のベッドの上でぼんやりしていた。たくさんの友人や親戚が贈ってくれたプレゼントがテーブルに積まれている。でも、その中に婚約者からの品はなかった。

(わかっていたけれど……改めて突きつけられると、存外キツイものね……)

自嘲気味に心の中でそう呟くと、それは現実として私に襲いかかってきた。思った以上にダメージが強かったらしい……アルヴァン様に蔑《ないがし》ろにされたことへの悲しみや怒りよりも、虚《むな》しさの方が勝っていた。こうなるだろうとの予感もあっただけに尚更だ。

アルヴァン様は親が決めた婚約者だった。両家は昔から親しくて、子どもの頃は一緒に庭を駆け回りおやつを食べ、時には兄も含めた三人で同じベッドで眠った仲だ。そんな私たちは十一年前、私が六歳の時に婚約した。婚約しても私たちの関係は仲のいい幼馴染《おさななじみ》のままで、お転婆《てんば》だった私とは子犬のようにじゃれ合うばかりで、二人の間に甘酸っぱい何かは生まれなかった。

そのアルヴァン様が騎士になるために士官学校に入ったのは私が十三歳の時で、それからは共に過ごすことが格段に減った。私が十五歳になって学園に入ると、益々《ますます》その時間は少なくなった。

それでも、入学当初はよかったのだ。その頃はまだ手紙のやり取りをし、休暇毎《ごと》に会っていたのだから。

「僕は継ぐ家がないから騎士として身を立てたいと思っている。近衛騎士を目指したいんだ。そうすれば君に肩身の狭い思いをさせずに済むから」

私が学園に入学する直前の休暇で、領地に帰ってきていたアルヴァン様は私にそう告げた。確かにあの頃までは、彼は私との未来を考えていてくれたように思う。

そんな彼の態度が変わったのは、私が学園に入学して二月《ふたつき》か三月《みつき》経った頃だったろうか……週に一度届いていた手紙が二週に一度、三週に一度と遅れるようになって、月に一度程度にまで減った。また休暇毎《ごと》に必ず領地に帰ってきたのも、学業を理由になくなっていった。彼が一足早く卒業してからは一層顕著になって、今では手紙も私からの一方通行だ。

それでも婚約者としての彼は、その華やかな外見や経歴の割には真面目で、他の女性と浮名を流すこともなかったので、私も両親たちも仕事が忙しいのだろうと思っていた。それに近衛騎士に選ばれるのは大変名誉なことで、未来の妻として誇りに思いその身を案じても、忙しくて会う時間がなくなったことを責めるのは違うと考えて何も言わなかった。

でも、今にして思えばそれが間違いだったのだろうか……結局彼は二年連続で私の誕生日をドタキャンして、グローリア様のお側にいる方を選んだのだ。

聞けば近衛騎士だからといって、婚約者を放置してまで職務に徹《てっ》する必要はないらしい。他の近衛騎士は婚約者がいれば夜会のエスコートや贈り物をするし、休暇毎《ごと》にデートだってすると聞いた。アルヴァン様だけが、グローリア様のお側を離れなかった。彼がグローリア様のお気に入りだからというのが世間の見解だった。

だから今回、アルヴァン様のお父様のブルック侯爵は、必ず誕生パーティーに出るよう、アルヴァン様に釘を刺してくださっていた。そんな侯爵にアルヴァン様が何と言ったのかは知らない。

でも……そこまで釘を刺されてもアルヴァン様は来ず、グローリア様に従ってラファティ王国に行ってしまったのだ。

（これが……アルヴァン様の答え、なのよね……）

ツキン……と胸が痛んだけれど、何となくこうなる気がしていたから、泣いて打ちひしがれる……なんてことはなかった。相手は美貌の王女殿下なのだ。一方の私は色が抜けたような白っぽい金髪と薄紫の瞳の、華がないと言われる外見だから、彼が王女殿下に惹かれるのも無理はない。そう思えるくらいには私は冷静だった。

噂ではアルヴァン様はグローリア様を娶《めと》るに相応《ふさわ》しい地位を得るため、一層職務に励んでいると言われている。そんな中で婚約者だからといって私のパーティーに出るなど、グローリア様の心証を損ねることはしたくないのだろう。燃え上がるような恋情はなくても穏やかで信頼し合える夫婦になれると思っていたのは私だけだった。それだけのことだ。

◆　◆　◆

誕生パーティーが終わると、私の立場は益々《ますます》望まない方向に向かっていた。

――婚約者に袖にされた気の毒な侯爵令嬢。
――王女殿下の想い人に縋《すが》り付く惨《みじ》めな令嬢。
――王女の恋を邪魔する不届き者。

これが今の私の評判らしい。昨日のパーティーがその噂に一層拍車をかけたのは間違いないだろう。両親もブルック家の皆様も私のせいではないと言ってくれるし、随分前から婚約を白紙にしてもいいと言ってくれていた。両家は事業提携しているわけではなく、無理して関係を強化する理由はないのだから、と。

それでも私は幼い頃から兄妹のように仲がよかったアルヴァン様が好きだったし、そのご両親であるブルック侯爵ご夫妻も実の親のように慕っていた。ブルック家には男児しか生まれなかったので、侯爵夫人には実の娘同然に可愛がってもらったし、アルヴァン様の兄のブライアン様にも気遣ってもらっていた。だけど……

（さすがにもう、潮時、よね……）

そう、王都のグローリア様とアルヴァン様との噂は、恋人同士だというものから、近々婚約が発表されるのではないかというものまであるのだ。正式な発表はまだだけど、水面下で準備が進められているとも。

そんな中で婚約を続けてもいいことは何もない。こうしている間も私の評判は下がる一方だし、それは家族にも及ぶのだ。婚約を白紙にしただけでも傷物令嬢として次の縁談に影響が出るのは必至だから、何とか持ちこたえようと思ったけれど……アルヴァン様からはお祝いの言葉一つなかった。こんな状態ではもう頑張れそうになかった。


パーティーの翌朝、私はお父様の執務室に向かった。

「お父様、お願いがあります……」

「どうしたんだね、ヴィオラ」

「アルヴァン様との婚約のことですが……」

「あ、ああ」

「婚約の解消を、お願いします……」

「……ヴィオラ……」

私の申し出にお父様は残念だと言いながらも、どこかホッとした表情を浮かべた。心無い噂はお父様の耳にも入っているのだろう。温厚な穏健派で通っているのもあってか、お父様につまらないことを吹き込む輩《やから》がいるのもまた事実なのだ。そんなことに踊らされるお父様ではないけれど。

「わかったよ、ヴィオラ。後は私に任せなさい」

「申し訳ございません、お父様……」

「謝る必要はないよ。お前には何の非もないのだから」

「いいえ、私に魅力がなかったせいです。お心を繋ぎ留められなかったのですから」

「いや、そもそも臣下の分を弁《わきま》えなかったあいつに問題がある。そしてそれを助長させた王女殿下にもだ」

「お父様、そんな風に仰《おっしゃ》っては不敬に当たりますわ」

「これくらいで揺らぐ我が家ではないよ」

そう言ってお父様は私を安心させるような優しい笑みを向けてくれた。お父様はアルヴァン様だけでなくグローリア様にもお怒りだったけれど、王族相手にそんなことを言って大丈夫なのだろうか？　世間には私が二人を引き裂く悪女だと言う者もいると聞くだけに、お父様だけでなくお母様やお兄様に影響が出なければいいのだけど……


そんな私の危惧《きぐ》をよそに翌日の夜、お父様はブルック侯爵と話し合いの結果、アルヴァン様有責での婚約破棄となったと教えてくれた。早すぎてびっくりしたし、アルヴァン様が不在のまま婚約破棄が決まったことにも驚いた。私はてっきりアルヴァン様が帰国してから話し合いの場が設《もう》けられると思っていたからだ。

でも、ブルック侯爵はこうなることを予想してアルヴァン様に手紙で忠告していたそうだ。このままの状態が続くのであれば、アルヴァン様有責で婚約を破棄すると。だから必ず私の誕生パーティーには出席するようにと。それでもアルヴァン様の私への態度が改善されることはなかった。私が何も言わなかったから、ブルック侯爵は様子を見ていてくれたらしい。

でも、さすがに昨夜のアルヴァン様の行動はブルック侯爵には看過出来なかったそうだ。プレゼントどころかお祝いの言葉一つなく、しかもその原因がグローリア様。まさかこんな馬鹿息子に育っていたとは……と夫人とブライアン様も大層嘆かれ、パーティーの帰り際、侯爵はお父様に婚約破棄してくれるよう頼んで帰られたという。

最終的に、ブルック侯爵家が我が家に慰謝料を払うことで話がまとまって、私は晴れて自由の身になった。

誕生パーティーから五日目、私たちの婚約が正式に破棄されたと、王宮から書簡が届いた。こんなに早くに、しかもまだアルヴァン様が帰国されない中、円満な解消ではなく破棄にしてよかったのだろうか……私は書簡を手に、そんな不安を感じていた。

両親もブルック侯爵夫妻も、アルヴァン様が悪いのだから気にする必要はない、そもそも最終通告をしたのだからといって私を慰《なぐさ》めてくれて、少しだけ気が楽になった。

それでも、最後に直接会って話がしたかった、と思う。十一年も婚約者だったのだ。ダメならダメだと、はっきり本人の口から聞きたかった。両親は余計に傷つくだけだと言い、お兄様にもあいつに会う価値などないと止められてしまったけれど、私はこういうことははっきりさせたいのだ。どうして正直に話してくれなかったのかと文句の一つも言いたかった。

◆　◆　◆

婚約破棄になってしばらくは噂に晒《さら》されるだろうと思うと嫌だなぁ……と思っていた私に、親友からお茶のお誘いがあったのは、書簡が届いたその日のことだった。

「やっと婚約破棄したのね。よかったわ」

あっさりと口にしたのは、学園で知り合った私の親友のアデル＝ハガード公爵令嬢だ。艶々《つやつや》で豊かな黒髪と神秘的な紫紺《しこん》の瞳、涼しげでスッと通った目尻は勝気で負けず嫌いなご令嬢といった感じだ。実際、言いたいことははっきり言うし、歯に衣着せぬ物言いで相手に威圧感を与えてしまうけれど、情に厚くて世話好きだったりもする。

アデルのお父君は現国王陛下の弟で、今は臣籍降下して公爵に叙《じょ》せられている。一人娘の彼女自身は公爵家の跡取りで、国王陛下の姪で王子や王女方のいとこでもある。

本来なら私なんかが軽々しく話が出来る相手ではないのだけど、学園で意気投合して親しくなってからは、敬語禁止、名前も呼び捨てを命じられてしまった。堅苦しいのが苦手な私はすっかりそれに乗じて、今では遠慮なく何でも話せる間柄だ。勿論、二人きりの時だけで、他に人がいる時はそれ相応の態度に戻るけど。

彼女はずっとアルヴァン様の態度を苦々しく思っていて、何度も力になると言ってくれていた。

グローリア様はいとこに当たるので、苦情を申し立ててくれるとも。

そんなアデルはグローリア様とは殆《ほとん》ど交流がないという。元々気が合わないのよ、と彼女は言うけれど、それでも二人の間に変な緊張感が漂《ただよ》う事態は避けてほしくて頼ることはなかった。私のせいでアデルが王家に睨まれたりしたら申し訳なさすぎるから。

「元々、誕生パーティーの態度で決めようと思っていたのよ」

「そう、区切りをつけたのはよかったわ。それでも遅かったと思うけど」

「……今になって思えば、もっと早くに穏便に解消すればよかったわね。ブルック侯爵家の名に泥を塗ってしまったわ」

「それは気にしなくていいと思うけど……家名を重んじるなら侯爵がもっとアルヴァン様に厳しく言い聞かせればよかったんだから」

アデルはブルック侯爵家とは親しくないからドライにそう言えてしまうけど、子どもの頃から親しく行き来していた私は簡単には切り捨てられなかった。アルヴァン様と結婚するとずっと信じていたのだ。ここ最近はアルヴァン様抜きでブルック侯爵家のみな様と仲良くしていけばいいとすら思っていたし。でも……

「そうね。もっとブルック侯爵がアルヴァン様に強く言い聞かせてくださったら……婚約を解消したいと言っているなら、教えてほしかったわ」

「でしょう？　でも、もう終わったことよ。これからは前を向いて行きましょ」

「そう、ね。もう受理されちゃったし、終わっちゃったのよね」

何とも呆気《あっけ》なかったけど、縁がなければこんなものなのかもしれない。残念だし悲しいとは思っても、嘆く程の気持ちは湧いてこないし、涙も出てこなかった。きっとその程度の気持ちだったのだろう。

「そうよ。そういうわけで、早速だけど紹介したい方がいるのよ」

「ええ？　さすがにそれはまだ……」

「難しく考えないで、会うだけ会ってみて？　嫌なら私も全力でヴィオラを守るから」

「そ、そういうことなら……」

きっと私を元気付けようと思ってのことだ。それに、アデルは自分が認めた相手でなければ私に紹介なんてしない。そう考えた私は軽い気持ちで頷いたのだけど、それが大きな間違いだと気付くまで時間はかからなかった。


翌日、私は久しぶりに学園に登校した。誕生パーティーの後、婚約のこともあって登校を控えていたけど、破棄が正式に受理されたからこれ以上休む理由もなかった。

この半年、グローリア様の恋を邪魔する悪女とまで言われていた私は、学園に着くと早速不躾《ぶしつけ》な視線を向けられた。誕生パーティーでの話は既に広がっているだろうから、一層好奇の目で見られているのだろう。婚約破棄の件もそのうち面白おかしく広がるのだろうな、と気が重くなった。

「いい加減にアルヴァン様を解放してあげてください！」

「婚約者だからって図々しい！」

「いつまでもしがみ付くなんてみっともないですわ！」

教室に向かう途中で、令嬢三人が絡んできた。ヘンリット伯爵家のアメリア様とその分家のご令嬢たちだ。茶色の髪と薄緑の瞳を持つ少し大人びた顔立ちのアメリア様は昔から何故か私を敵視してきて、これまでもすれ違いざまに睨みつけてきたり、あてこすったりしていた。でも、こんな風に直接何かを言ってきたのは初めてだ。

（いくら学園内は平等でも、爵位が上の相手に喧嘩《けんか》を売るなんて……）

彼女たちは我が家だけでなく、私を擁護《ようご》してくださっているブルック侯爵家にも喧嘩《けんか》を売っていると理解しているのだろうか。人に知られたら彼女たちの立場が危うくなるのに……

「何とか言いなさいよ！」

何も言い返さずに彼女たちの話を聞いていたら、どうやら気に障ったらしい。アメリア様が耐え切れないとでも言うように怒鳴りつけてきた。

「あらまぁ、非常識な人間性は主に似たみたいね？」

どう言い返そうかと考えていたら、聞き慣れた声が私たちの間に滑りこんできた。振り向かなくても声の主がわかった。

「ハ、ハガード公爵令嬢……」

彼女たちはアデルがいない隙を狙ったみたいだったけれど、残念ながらそんな姑息《こそく》な手は私たちには通用しなかった。

「アデル、見ていたの？」

「ええ、面白そうだったから、つい」

「面白そうって……貴女ねぇ……」

「だって、伯爵家の者が侯爵位を持つ二家に喧嘩《けんか》を売る様子なんて、滅多に見られないじゃない？」

「け、喧嘩《けんか》だなんて……私はアルヴァン様とグローリア様のために……」

彼女たちは正義感からこんな行動をとったのだろう。でも悪意のない非常識な振る舞い程面倒なことはないと思う。その勇気はもっと別の機会に生かせばいいのに……

「ねぇ、どうしてヴィオラが責められるのかしら？　悪いのは婚約者よりも他の女性を優先するアルヴァン様と、それを窘《たしな》めない王女の方でしょう？」

「な……！　グローリア様を侮辱《ぶじょく》されるのですか!?」

「侮辱《ぶじょく》？　自身の評価を下げているのは王女ご自身の行動でしょう？　貴女たちはご存じないようだけど、上の方では王女の最近の振る舞いは目に余るとの声も出ておりますのよ？」

そんな話があったとは知らなかった。でも、婚約者がいる男性を近くに置き、婚約者よりも自分を優先させるのは非常識と言われても仕方ないだろう。

「それに、ヴィオラ様とアルヴァン様の婚約は、アルヴァン様有責で破棄されましたわ」

「ええっ!?」

「ブルック侯爵はリード侯爵家に対して謝罪し、慰謝料を払うと約束されました。この意味がおわかり？」

令嬢たちだけでなく、周りで遠巻きに話を聞いていた人たちも言葉を失っていた。普通、今後の付き合いや外聞があるので婚約を破棄することはない。穏便に解消するのが一般的で、金銭の支払いがあってもそれまでにかかった費用の返還という形にして慰謝料という名目は使わない。彼女たちもその意味を理解したらしく、何も言えなくなっていた。

「今後、この件でヴィオラを悪く言う者は二つの侯爵家を侮辱《ぶじょく》したと見なされますわ。今の話も一緒に、お仲間によく言い聞かせなさい」

アデルの言葉に、アメリア様は言葉も出なかったのだろう。コクコクと頷くばかりで、先程の威《い》勢《せい》はどこかへ行ってしまったらしい。でも、これでこれ以上何も言ってこなさそうだ。

「ありがとう、アデル」

「親友ですもの、当然よ」

持つべきものは気心の知れた優しい友達なのだと、私はこの時程、彼女の存在を頼もしく思ったことはなかった。

「そうそう、ヴィオラ、今日の放課後は時間ある？」

「今日？　特に予定はないけど」

「だったら家にいらっしゃい。とっておきのお菓子をいただいたの」

とっておきのお菓子……その言葉に私は首を縦に振る以外の選択肢を持ち合わせていなかった。

放課後、私は有言実行が信条のアデルの行動力が、私の想像以上だったのだと改めて思い知らされた。彼女の屋敷で一人の男性を紹介されたからだ。

（昨日の今日ってどういうことよ……）

そう思ったものの相手がかなり熱心らしく、昨日アデルが相手に連絡したところ、今日にでも会いたいと言ってきたのだとか。明日はアデルの都合が悪いとかで、急にハガード公爵家でお茶会となったのだ。とっておきのお菓子は、その人物の手土産《てみやげ》だという。

そこまではまぁ、よかったのだけれど……

「エセルバート＝ラファティです。リード侯爵令嬢、お会い出来て光栄です」

目の前で優雅に笑みを浮かべて自己紹介するのは……黒曜石《こくようせき》のように煌《きら》めく黒髪と、鮮《あざ》やかな緑色の瞳を持つ美形だった。背は高くてしっかり鍛えられているのがわかるし、所作も過ぎる程に優美だ。すっと切れ長の目元と通った鼻筋、薄い唇と彫像のような滑《なめ》らかな肌の、直視するのが憚《はばか》られるくらい整った顔立ちだ。アルヴァン様も美形だけど……品というか格の違いが歴然で、これは比べるのが失礼な気がする……

（ううん、その前に……ラファティって、どうして⁉）

名前を聞いて私は気を失いそうになった。相手は大国の王子殿下だったのだ。しかも、眉目秀麗、頭脳明晰、寛仁大度《かんじんたいど》と三拍子揃った女性の憧れの的と名高い、まさに雲の上のお方……

「ヴィ、ヴィオラ＝リードです。お、お会い出来て光栄にございます……」

我が国より力がある国の王族なんて自国の王族以上に緊張する。背中に冷や汗が流れるのを感じた。語尾が小さくなったのは仕方ないだろう。気軽に遊びに行った先で会っていい人物じゃない……

ラファティ王国は我がランバード王国の東に位置し、大陸の四割を占《し》める大国だ。農業が発達していて穀物の生産量は『大陸の食糧庫』とも呼ばれる程で、この国に依存している国は少なくない。また交易も盛んで、大陸の流通の中心でもある。大陸でもっとも力があり、盟主的な存在だ。

ラファティと我が国との関係は悪くはないがよくもない。ラファティはどの国にも肩入れせず、我が国も国境を接する国の一つに過ぎないという扱いだ。一方で周辺国が団結してラファティと敵対しないよう、程よく政略結婚や豊潤な穀物の輸出で懐柔《かいじゅう》している。近年ではハイアット王国の王女殿下を娶《めと》り、関係を強化しているという。

ちなみに両国の王族の結婚は、我が国と無関係ではなかった。というのも、ハイアットの王女は我が国のハロルド第二王子殿下の婚約者だったからだ。

ハイアットは我が国の北東に位置する国で、国土は我が国の半分程度だが、豊富な鉱物資源と金属加工技術を持つ軍事国家だ。我が国とは国境を巡って長年緊張状態が続いていて、関係改善を狙った縁談でラファティも仲介者として力を入れていたのだが、これは最初から波乱含みだった。

それというのも当のハロルド様が反ハイアット派で、肝心の花婿《はなむこ》の反発が強かったのだ。さすがにハイアットもそんな相手に王女を嫁《とつ》がせるのは不安だったのだろう。いつの間にかラファティの第二王子がハイアットの王女を見初《みそ》めたからと白紙になり、両国はホッと胸を撫で下ろしたと言われている。

しかし王家としてはハイアットとの関係改善は火急の要件。ラファティの仲介で今度はグローリア様がハイアットに嫁《とつ》ぐ話が出ているらしい。ただ国内のハイアットへの反発は相変わらず根強く、国民に人気のあるグローリア様を送ることに難色を示す貴族も少なくないという。ただ、婚姻の影響もあってかラファティはハイアットに与《くみ》する傾向が見られ、ハイアットとの仲介を恃《たの》みながら国内の世論をまとめ切れない王家はかなり焦っているとか。我が国としては機嫌を損ねてはいけない相手であるのは間違いないのだけど……

（しょ、紹介したい方って……この方じゃなくて、この方の従者の方とか、よね？）

どう考えてもあり得ない相手に、これはアデルの質《たち》の悪い冗談だと受け取った。

（きっと私が落ち込んでいると思って、こんな悪戯《いたずら》を思いついたんだわ……）

それにしたって全く笑えない冗談だ。大国の王族を巻き込むなんて……これ、気を付けないと私が不敬罪で罰されるのではないだろうか？

「そんなに畏《かしこ》まらないでください、リード侯爵令嬢。ああ、もしお許しいただけるのであればお名前でお呼びしても？」

「え？　あ、はい」

「ではどうか、私のことはエセルと」

「そ、そんな……お、恐れ多いことです」

本気ですか？　いきなり王族に名前呼びどころか、愛称呼びを許されてしまったんですけど……！　これ、真に受けて愛称で呼んだら「不敬罪」と断罪されるとかじゃないわよね？　どういうつもりよと思いながらアデルを見ると、とってもいい笑顔で私を見ていた。私の反応を面白がっているのは明白だ。

（アデル……後で覚えていなさいよ‼）

相手が公爵家の令嬢だろうが、ここははっきり抗議しなきゃ！　そう決意している私をよそに、エセルバート様はにこやかな笑みで話しかけてきた。

「ヴィオラ嬢とはずっとお会いしたいと思っていたのですよ」

「は、はぁ……」

そう言われたけれど、どうして大国の王子が私に会いたいと思うのだろう。もしかしてアデルが面白おかしく私のことを話していたのだろうか……

（この質《たち》の悪い冗談、いつまでやる気なのよ……）

アデルを問い詰めなければと思いながらもぎこちなく質問に答えていたが、神経が焼き切れそうだった。なのに……

「ね、ヴィオラ。エセルバート様も。いいお天気だし、お二人で庭を散歩してきたら？」

「それはいいですね。ここの庭は素晴らしいですから」

「はぁあ？」

つい変な声を出してしまったけれど、私は悪くないと思う。だって、いきなり初対面の男性と二人で庭を散策って……しかも相手は王族、こちらは取り立てて秀《ひい》でたところもない侯爵家の娘。王族を接待するなんて私には荷が重すぎる。アデルに抗議の視線を送ったのに、それは綺麗にスルーされてしまった。

（嘘でしょう……？）

　そしてエセルバート様、この公爵家の庭、ご存じなのですか？　アデルとそんなに親しくされているなんて、知らなかった……

「せっかくのアデル嬢のお気遣いです。有り難くお受けしましょう」

　そう言うとエセルバート様は、呆然としていた私の手を当然のように取った。

（……っ！　て、手が……！）

　家族とアルヴァン様以外の男性と手を繋いだことがなかった私の思考が迷子になっている間に、エセルバート様はさっさと歩き始めてしまった。私は売られていく子牛のようにただついていくしか出来なかった。繋いだ手が自分のそれじゃないみたいだ……


　手入れが行き届いた花々の間を歩きながら四阿《あずまや》まで来ると、エセルバート様は私を二人掛けのベンチに誘い、そのまま隣に腰を下ろしてしまわれた。

（こ、これって……婚約者とか夫婦の座り方……）

　そう思うのだけど、さすがに王族相手にそんなことを指摘出来る勇気は私にはなかった。もしかしたらラファティ王国では普通なのかもしれないし……

「申し訳ありません、ヴィオラ嬢。急なことで驚かれたでしょう？」

「え、ええ、まぁ……」

（ええ、とっても、物凄く、これまでの人生で一番驚いてます！）

そう思ったけれど、そんなことを言える強心臓を私は持ち合わせていなかった。でも今は、聞かなければならないことがある。しっかりしろ、私！

「えっと、どうして私を？　お会いするのは初めて、でございますよね？」

「そうですね。こんな風にお会いするのは初めてですね」

何となく引っかかる言い方だけど、確かにお会いした記憶はない。我が国の王族とだって夜会で何度か挨拶《あいさつ》したくらいだ。それが他国の……ともなればより一層縁がない。幼い頃に婚約者が決まっていた私は、お見合いを兼ねたパーティーやお茶会に参加することもなかったし。

「これなら、どうでしょうか？」

そう言ってエセルバート様が取り出したのは……空《から》の小瓶、だった。

「も、もしかして……」

「思い出してくださいましたか？」

確かにこの小瓶には覚えがある。それは私が初めて夜会に出た時、お母様に渡されたものだ。そして、これを手放した時のことも……

あれは一年程前、私が社交界デビューした時に遡《さかのぼ》る。十六歳の誕生日を迎えた私は、初めての夜会に参加した。社交界デビューは婚約者がいなければ家族か親族がエスコートするのが決まりで、私はアルヴァン様のエスコートでデビューするはずだった。なのにアルヴァン様はグローリア様の護衛を優先したため、私はお兄様のエスコートでデビューするという、不本意なものだった。

「ヴィオラ、友人と話があるんだ。少しの間待っててくれないか」

お兄様が友達に声をかけられたので、私は一人で壁の花になっていた。同じようにデビュタントした令嬢たちが踊っているのを眺めつつ、物珍しい会場内をドキドキしながら眺めていた。

(あ、アルヴァン様だ……)

遠くに見えたのはグローリア様の後ろに立つアルヴァン様。近衛の騎士服がとても似合っていて、時折グローリア様が振り返って話しかけると、アルヴァン様が表情を和《やわ》らげるのが見えた。

(……っ)

何だか酷く惨《みじ》めな気持ちになった私は、いたたまれなくてその場を離れた。行く当てもなく歩を進めた先は王宮の庭だった。

(わ、綺麗……)

王宮の庭は夜会などでは来賓《らいひん》向けに趣向を凝《こ》らして美しく飾られているのだと、先にデビュタントした令嬢たちから聞いていた。既に日が沈み、暗闇に包まれた庭だったけれど、今日はあちこちに燭台やランプが飾られていて、幻想的な光に包まれていた。

ここは男女が密会する場でもあるから立ち入らないようにとお兄様に言われていたけれど、あまりにも浮世離れした空間に私はつい一歩を踏み出していた。アルヴァン様とグローリア様の姿に気が滅入《めい》っていたのもあるだろう。人の姿が見えない庭を独り占《じ》めしているような気分になって、萎《しぼ》んでいた気持ちも浮上していった。その時だった。

(……え?)

微かに聞こえた苦しそうなうめき声に、私の足が止まった。誰かが気分を悪くして倒れているのだろうか。そんなことを思うと心配になって、私の足は自《おの》ずと声が聞こえた方角に向かっていた。

(誰か、いる?)

少し進んだ先、大きな木の根元にある低木の下から、人の足らしいものが見えた。しばらく様子を窺《うかが》うけれど、動き出す気配はない。そうしている間にも苦しそうな息遣いが聞こえた。

(ど、どうしよう……誰か人を呼んだ方がいいのかしら?)

初めての王宮で、私はどうすべきかわからず戸惑った。知らない人に声をかけるなんて淑女《しゅくじょ》としてあるまじき行為だし、悪意を持っている可能性だってないとは言えない。でも……そうしている間にも息が苦しそうになっているのを感じた。もし持病があって発作を起こしていたら?

「あ、あの……大丈夫ですか?」

最悪の想定に恐怖を感じて恐る恐る声をかけると、相手が息を呑む音が聞こえた。姿は低木に隠れて見えないけれど、どうやら大木に背を預けて座り込んでいるらしい。

「あのっ、ひ、人を呼んできますね」

返事もないし、これは私の手に余る。そう思った私は一声かけてその場を立ち去ろうとした。病気なら手当ては早い方がいいだろうし。

「ま、待ってくれ!」

「え?」

「人を……人を呼ぶのは、やめてくれ」

「で、でも……」

「だったら、私の従者を……連れてきて、くれないか？」

「従者の方、ですか？」

「ああ。会場にいて、私を探しているはず、だ。あ、赤みのある金髪に、灰緑の衣装で、胸には……黒地に緑の刺繍《ししゅう》が入ったハンカチ、が入って、いる」

苦しそうな息遣いと途切れ途切れの話し方に、すぐに医者を呼ぶべきかと迷ったけれど、どうやらわけありのように見えた。ここはその従者を連れてきた方がいいのだろう。

「あ、赤みのある金髪に……灰緑の衣装ですね？」

「ああ……バートが呼んでいると、そういえば、わかってくれる、はずだ……」

そう頼まれてしまえば嫌とは言えない。それに持病だった場合は従者が薬を持っているかもしれないし、手当てだって確実かもしれない。私は会場に戻ろうとして、その途中でそれらしい人物を見つけた。背が高くすらりとした人で、赤みのある金の髪をきっちりとまとめている。確かに胸元のポケットには黒地に緑色の糸で刺繍《ししゅう》がされたハンカチが入っていた。理知的な大人という感じで、何かを探しているのか視線だけが忙しなく動いているのが見えた。声をかけ辛い。でも……

「あ、あのっ！」

知らない男性に声をかけるのは勇気が必要だったけれど、病人が待っているとなれば躊躇《ちゅうちょ》してもいられない。相手は訝《いぶか》しそうな目を向けたものの、バートが呼んでいると伝えると、表情を変えて誰にそう言われたかを私に尋ねた。かいつまんで説明したところ、丁重にお礼を言われて男性のもとへ案内を頼まれた。

「バート様！」

その従者の男性は、低木に隠れる男性に駆け寄ると跪《ひざまず》き声を殺して話しかけた。木の陰になって相手の顔は見えない。

「ああ、レスター、か……」

「どうして……なことに……」

小声で話す彼らを見て、どうやら無事に頼まれたことを成し遂げられたのだとホッとした。これでもう大丈夫だろう。これ以上深入りしてお兄様に知られたら何を言われるかわからない。そう思ってその場を離れようと背を向けた。

「どう……ら、媚薬《びやく》をの……らし……」

聞こえてきた会話に、思わず足が止まった。

（……今、媚薬《びやく》って、言った？）

それはお母様やお兄様から散々注意するように言われたことに関係しているように思えた。一年程前からデビュタントを迎えたばかりの令嬢が、夜会や舞踏会で媚薬《びやく》を盛られて襲われる事件が起きていたからだ。まだ夜会に慣れていない令嬢を標的にしたその事件は貴族社会に大きな衝撃を与え、最近では令嬢が解毒剤を持ってデビュタントに出る事態になっていたのだ。

（男性に媚薬《びやく》を盛るって……もしかして令嬢が？）

そういうことは男性がやるもので、その逆があるとは思いもしなかった。でも、具合が悪そうだし苦しそうなのは間違いなさそうに感じた。

「今は……抑えているが……相手に見つかっ……」

「どうかしっかり……医師を手……ましょう」

「しかし……この……公《おおやけ》にな……ば……」

どうやらかなり切羽詰《せっぱつ》まっているように見えた。人に知られると困るようにも。

「あ、あのっ……」

万が一に備えて、お母様から媚薬《びやく》の解毒剤を持たされていた私は、思わず声をかけてしまった。

「あ、あの……媚薬《びやく》の解毒剤なら、持っています……」

「え？」

レスターと呼ばれた従者の男性が驚きの表情で私を見上げた。

「こ、ここ最近、夜会などでデビュタントしたばかりの令嬢が媚薬《びやく》を盛られて襲われる事件があって……そ、それで母に、解毒剤を……」

恐る恐るその小瓶を取り出して彼に見せた。逆光なのもあって表情が見えないが、あまりいい印象を持たれている感じはしなかった。

「……令嬢に、媚薬《びやく》を？」

「は、はい。私も詳しくは知りません。で、でも、両親からくれぐれも気を付けるようにときつく言われて……もし身体にいつもと違う熱を感じたら、すぐにこれを飲むようにと持たされて……」

知らない人にこんな話をするのは気が引けたけれど、声をかけてしまったからには引き下がることも出来なかった。無我夢中だったのもある。

「そう、ですか。これを、母君があなたにと？」

「はい。母が、念のために持っていきなさいと」

「そうですか……」

従者の方が何とも渋い声で呟いた時だった。お兄様が私を呼ぶ声が聞こえた。まずい、私が会場にいないことに気が付いたのかもしれない。

「あ、あのっ！　母が私にとくれたものなので怪しいものではありません。でも、信じられなかったら捨ててください。か、家族が探しているので、これで失礼しますっ」

そう言うと私はレスターと呼ばれた人に小瓶を押し付け、その場を走り去った。飲むかどうかはあちらの好きにすればいい。それよりもお兄様に庭に出ていたことがバレたら大目玉を食らうのは確実だ。お兄様は心配性で昔から口煩《くちうるさ》いから……


(まさか、あの方が……この方だったってこと？)

当時は暗闇で顔を見ていなかったから確証はないけれど……あの小瓶は確かに私が持っていたものだった。それにしても一体誰が他国の王族に媚薬《びやく》を盛ったのか……一歩間違えたら国際問題や戦争にだってなりかねないのに。なんて真似をしてくれたんだと思うと同時に、それが未遂で済んでよかったと思った。

「あの解毒剤は本当によく効いてくれて、事なきを得ました。あれから恩人のあなたをずっと捜していたのです」

真剣な表情で、しっかりと手を握られたまま告げられた言葉に、私はすぐには返す言葉が浮かばなかった。助けたといってもたまたまその場を通りがかっただけ。そこまで恩を感じる必要はないと伝えても、エセルバート様はその謙虚さも好ましいと仰《おっしゃ》って、何故か好感度を上げてしまったらしい。またお会いしたいと言われたけれど、私は社交辞令として当たり障りなく答えるに留めた。さすがに大国の王子と関わるのは私の胃に負担が大きいと感じたからだ。

◆　◆　◆

三日後、隣国の王子殿下を紹介された私を更に驚かせる事態が起きた。エセルバート様から内密に訪問したい旨を伝えるため使者が我が家を訪れたのだ。隣国の王子の要請に、我が家が大騒ぎになったのは言うまでもない。自国の王族だって訪ねてきたことがないのだから。

「ヴィオラ、一体どういうことだ？　ラファティの王子殿下が会いたいなどと……」

「わ、私にもわかりません」

「じゃぁ何故こんなことになっているんだ？」

「そんなこと私に言われても……せ、先日、アデル様のお屋敷で紹介されはしましたけど……」

「何だと！　ハガード公爵令嬢に？　どうしてだ!?」

「それが……」

どうやら事情を話さないわけにはいかないらしい。アデルのところに遊びに行ったことは話したけど、エセルバート様の件は伏せていたから。あれは解毒剤のお礼を言いたかっただけだからと、もう会うことはないと勝手に思い込んでいた。

夜会で解毒剤を渡したことを話せば庭に出ていたことがバレて叱られるとは思ったけれど、もう黙っていることは出来そうになかった。私は諦めてあの時の件も話した。

「そのようなことが……」

お父様が頭を抱えてしまった。

「それじゃどうして今日は我が家に……」

「そんなこと、私だってわかりませんっ！」

そう、私だってこんな展開になるなんて予想しなかったし、あんなことくらいでわざわざ家に来るなんて誰が想像出来ただろうか。お礼は先日のお菓子で十分だと思うし……何か不敬なことをしたのかと聞かれて、それはないと答えた私の声はかなり心許《こころもと》なかったと思う。

エセルバート様はしっかり予定時刻にお見えになった。両親もお兄様も、緊張しすぎて顔色が悪い。そしてその原因が自分だということで、私の胃はキリキリと痛んだ。一体何が起きているの……

「な、何と仰いましたか⁉」

いつもは温厚で大きな声を出さないお父様が、動揺もあらわにエセルバート様にそう問い直した。気持ちは凄くわかる。私でも同様に聞き返したと思うから……

「ヴィオラ嬢に求婚したいので、そのお許しをいただきたいのです」

「きゅ、求婚、ですか……？」

お父様の顔色が一層悪くなったように見えた。一方のエセルバート様は上機嫌らしく艶《つや》やかな笑みを浮かべていらっしゃって、二人の差が非現実的に見えた。

「はい。私は非常に困っている時、彼女に救われたのです。彼女が声をかけてくれなければ、私は今頃どうなっていたかわかりません」

「そ、それは……」

「私はそんな彼女の優しさにすっかり参ってしまったのですよ」

（……優しいって……たまたま通りがかっただけなのだけど……）

そうは思うのだけど、エセルバート様の中ではあの出来事はすっかり美談になっているらしかった。

「そ、そうですか。ですが……」

「あれから私は彼女を捜し、幸いにも見つけることが出来ました。ですが……既に婚約者がいると聞いて一度は諦めたのです。さすがに他国の貴族の婚約者を奪うなど、国際問題にもなりかねませんから」

「それは、仰《おっしゃ》る通り、ですが……」

「ですが、先日ハガード公爵令嬢から、ヴィオラ嬢が婚約を破棄なさったと伺いました。これは神が与えてくださったチャンスだと思い、彼女にお会い出来るようハガード公爵令嬢に頼み込んだのです」

お父様はもう顔を赤くしたり青くしたりして忙しいし、噴き出る汗にハンカチが追い付いていないように見えた。でも、気持ちはわかる。物凄くわかる。そんなことで……って思うだろう、普通は。

「実際にお会いしたヴィオラ嬢は、想像以上に控えめで聡明な女性でした。私は彼女を妻に迎えたいのです。最初は婚約者候補で構いません。彼女と婚約を前提とした交際のお許しをお願いしたい」

そう言ってエセルバート様が頭を下げられた。褒め言葉のオンパレードに、私だけでなく両親も目を白黒させていた。それもそうだろう、私はそんなに大層な人間じゃない。むしろ面倒なことには関わりたくない方だし、あの夜会の件だって単なる偶然が重なっただけなのだから。

それを十分に理解しているお父様は抵抗してくれたけれど、エセルバート様は全く引く様子がなかった。お許しを得られるまで何度でもお伺いしますと宣言したため、さすがに大国の王族の好意を無下《むげ》に出来るはずもなく……私が嫌がったら諦めるのを条件に、認めざるを得なかった。


お父様との話が終わった後、少しだけ話す時間をいただけませんかと誘われたので、庭を案内することにした。婚約破棄したばかりでは、さすがに部屋で二人きりになるのは外聞がよろしくないと思ったからだ。

そうは言っても、我が家の庭はアデルのお屋敷のような立派な庭ではない。お母様の趣味で森にいるような自然な雰囲気を残してあるこの庭が好きだけど、王族を迎えるには貧相だろうか。

「森の中にいるようで、落ち着きますね」

「そ、そう言っていただけると、嬉しいです」

「私が今住んでいる屋敷も、こんな風に自然を残してあるのです。我が国では珍しいけれど、これはいいですね。国に帰ったらこういった庭も試してみようかと思いますよ」

「そうですか？　でも、ラファティの庭園技術は素晴らしいと聞いております。特に王宮の庭園は最高レベルだとか。一度は見てみたいです」

「そう言っていただけると嬉しいですね」

前回よりは会話が続いただろうか。少し歩くとすぐに四阿《あずまや》に辿り着いた。既にハンナがお茶の準備をしてくれていた。ここには長椅子がないから、対面で座ることになるのも有り難い。さすがに前回の恋人座りは私にはハードルが高かった。

「これをお渡ししたくて」

そう言ってエセルバート様が懐《ふところ》から取り出したのは、手のひらに載る程の小さな箱だった。綺麗に包装されてリボンも付いている。

「先日誕生日を迎えられたと聞きましたので。少し遅くなりましたが、受け取っていただければと」

「そ、そんな！　恐れ多いことです」

王族から贈り物をいただくなんて、荷が重すぎる。

「そう畏《かしこ》まらないでください。今の私は想い人に焦《こ》がれる一個人ですから」

そう言ってにっこりとほほ笑まれると、何も言い返せなかった。重ねてささやかなものですから気楽に受け取ってくださいと言われてしまった。そんな簡単に言われても困ると思ったけれど、突き返すわけにもいかないのも確かで……

「あ、開けてもよろしいですか？」

「ええ、ぜひ」

後で開けようかとも思ったけれど、中身を確認しないまま受け取るのも不安だった。とんでもなく高価なものだったらさすがに受け取れない。銀色に紫の縁取《ふちど》りがされたリボンを外して箱を開けると、出てきたのは緑色の石が付いた花の形を模した髪留めだった。

（……この石って……）

小粒で眩しい初夏を思わせる緑色は、確かに目の前の人の瞳に似ていた。鮮《あざ》やかだけど目立ちすぎず可愛らしくて、素材からして普段使い用だろう。

「どのようなものがお好みかわからないので、お気に召さないかもしれませんが……」

「と、とんでもないです。すっごく、素敵です」

実際その髪飾りは女性なら誰でも気に入りそうな愛らしいものだった。アクセサリーをいただいたのは、初めてだ……

「そう言っていただけると嬉しいです。悩んだ甲斐《かい》があります」

「も、もしかしてエセルバート様が選んでくださったのですか？」

この手の贈り物は主が希望を伝えて、従者や侍女が手配することが多い。王族なら尚更だ。

「愛しい人への贈り物を人任せになど出来ません。ただ、私も若い令嬢が好むものがよくわからなくて……商人が勧めてくれたものの中から選んだので、私が選んだとは言い難《にく》いのですが……」

申し訳なさそうに眉を下げる姿を可愛いと思ってしまったのは不敬だろうか。でも、そんな風に言われると益々《ますます》断れない……

「あ、ありがとうございます」

生まれて初めて、アルヴァン様以外の異性からの贈り物に、私の心臓はうるさいくらいに跳ねていた。これは緊張からなのか嬉しさからなのか、それとも……

（ど、どうしたらいいの……）

思いがけない誕生日の贈り物は、喜びよりも戸惑いの方が大きかった。

「ちょっと、アデル！　どういうことなの⁉」

エセルバート様が我が家を訪問した翌日、私はアデルのもとを訪ねていた。理由は言うまでもない、エセルバート様のことだ。

「ふふっ、彼、やっと求婚出来たのね」

「アデル！」

「怒らないでよ、ヴィオラ。そりゃ黙っていたのは悪かったけど、それもエセルバート様のご意向だったんだから仕方ないでしょ」

「エセルバート様の？」

「そう。彼ってモテるからね。この話が表に出るとヴィオラが危険だからと、幾重にも内々にしてほしいって言われていたのよ」

「そ、そう……」

アデルの言うことも一理あった。確かにエセルバート様はモテるだろう。大国の第三王子で、見た目も中身もパーフェクトとも言えるお方だ。各国の王女殿下や王族のご令嬢が妻の座を狙っていると聞くし、我が国でもご令嬢方から熱烈な視線を受けていらっしゃる。そんな状態で私のことが明るみに出たら……死刑宣告にも等しい、かもしれない。

「それにしても、どうして私なのよ。全く理解出来ないんだけど……」

「そんなことはないわよ。ヴィオラは着飾るのが好きじゃないけど、顔立ちは整っていて十分可愛いわよ」

美人のアデルにそう言われると、なんとなく面映《おもは》ゆい。

「……褒めても何も出ないわよ」

「もう、どうしてそうなるのよ！　でもそういうところが好ましいんだけどね。控えめで弁《わきま》えているのって十分に美徳よ。人を押しのけてでも自分がって人の方が多いんだし」

「そんな恥ずかしい真似出来ないわよ」

「そう言えるのがヴィオラのいいところよ。それに学業も真面目で優秀、成績は学年でも十番以内には入っているでしょ」

「でも、それくらいだったら他にも条件に合うご令嬢がいるでしょうが……」

確かに座学はそうだけど、マナーやダンスはあまり得意じゃない。あと語学も。アルヴァン様と結婚したら子爵夫人の予定だったから、そっちは力を入れていなかった。

「まぁね。でも彼の場合、ぐいぐい来る女豹《めひょう》みたいな令嬢ばかりで辟易《へきえき》しているからね。逆に距離を取ろうとするところが好ましく見えるのよ」

「大国の王子に突撃するなんて、一歩間違えば不敬罪じゃない」

「皆がそう思ってくれるといいんだけどね。それにやっぱり、一番は助けてもらったからじゃない？　右も左もわからない異国で苦しんでいる時に助けられたら、物凄く嬉しいと思うわ」

「そうかもしれないけど……でも、大したことしていないわ。そもそも王族だってわかってたら解毒剤なんか渡さなかったわよ。一歩間違えたら捕らえられるところだったんだから」

そう、王族にはお菓子などの差し入れだってご法度《はっと》だし、それが薬だったら尚更だ。

「よくあの薬飲んだよね……」

どこの誰かもわからない者が持っていた薬を、いくら解毒剤だと言われても飲むだろうか。

「そうねぇ……それくらい切羽詰《せっぱつ》まっていたからじゃない？　あんな場で王子が見境なく盛《さか》ったら、どれ程の影響が出るかわからないわよ。最悪戦争になりかねないもの」

「それは、そうだけど……」

「王子としての人生も終わりよ。そんな醜聞《しゅうぶん》を起こしたら、王族から追放の上、生涯幽閉じゃない？」

アデルはそう言うけど、私は今一つ納得出来なかった。でも、当の本人が恩を感じていると言っているのだから間違いないわよと重ねて言われてしまった。

「それで、どうするの？」

「どうするって……」

「拾ったからには最後まで面倒見るものよ」

「そんな……捨て犬じゃないんだから！」

大国の王族を捨て犬と同類に扱ったら不敬罪に問われない？　そう思ったけれど、アデルはその王家と縁続きだった。いや、そうじゃなくって……

「……私に拒否権なんてあるっけ？」

そう、王族からの求婚を断るなんて不敬なこと、取り立てて権力もない我が家に出来るはずもない。しかも相手は我が国が最も気を遣っている大国なのだ。下手に断ったら国に迷惑をかけてしまうじゃないの……

「拒否権？　う〜ん、でも、エセルバート様なら無理強《むりじ》いはしないと思うわ」

「そうかしら？」

「そうよ。でなかったらアルヴァン様との婚約、さっさと解消させたと思うわ。それくらいの力はお持ちだからね」

確かにラファティの王族なら、我が国に圧力をかけてアルヴァン様との婚約を白紙撤回、なんてことは簡単だろうし、王家も自国の貴族の娘が望まれたら嬉々として差し出しそうな気がする。女一人差し出して友好な関係を維持出来るとなれば安いものだろう。それでなくても最近ラファティのと関係は微妙だと言われているし。

「エセルバート様のことは子どもの頃から知っているけれど、誠実で真面目な方よ。前向きに考えてもいいんじゃない？」

　確かにエセルバート様は誠実でお優しそうだし、立派な方なのだろうと思う。昨日の様子からも居丈高《いたけだか》なところはなく、多分私にとってはこれ以上ない縁談だろう。既にアルヴァン様やグローリア様の件で評判は地に落ちているといってもいいし、この年齢で新しく相手を探しても望むような良縁は見つからないだろうから。

　そうは思うのだけど、身分不相応な結婚に足を踏み出す勇気がまだ持てなかった。そんな夢のような話は恋愛小説では珍しくないけれど、実生活を考えれば簡単に幸せになれるとも思えなかったからだ。

◆　◆　◆

　エセルバート様に求婚されてから十日程経った。どうしたものかと悩んでいた私のもとに、グローリア様がラファティからお戻りになったとの知らせが届いた。アルヴァン様も無事にお戻りらしい。恙《つつが》なくお戻りになったと聞いてほっとしたのは、長年の情からだろうか……

「アルヴァンが帰ってきたか。家に来るかもしれんな」

「そうねぇ」

　家族のサロンでお茶をいただいていると、お兄様とお母様がアルヴァン様のことを話題にあげた。

「ヴィオラ、仮にアルヴァンが訪ねてきても二人きりで会わないように。もう婚約者ではないのだからな」

「はい、わかりました」

お父様にそんな風に言われて、婚約破棄したのだなと改めて思った。アルヴァン様が学園に入学してから会う頻度は減っていたし、この一年で疎遠レベルにまでなっていた。そのせいか離れていることに違和感がなく、また話し合いもなかったから婚約破棄したとの実感が薄かった。お父様に言われなければ今まで通りに会ってしまったかもしれない。

「でも父上。これまで知らん顔だったのですから、今更会いに来るとは思えませんよ」

「そうね。王女殿下に夢中だって噂ですものね」

「そうは言うが、さすがに婚約破棄されれば黙ってはいないだろう。自分の名誉がかかっているのだからな」

「それはそうですが……」

両親も兄もアルヴァン様には怒り心頭で、これ、我が家に来たら針の筵《むしろ》どころか血の雨が降るんじゃ……と不安になる程だった。皆の様子を見ていると、私が一番気にしていないような気がした。

「どちらにしてもヴィオラ。アルヴァンと会うならまず私たちに相談してほしい」

お父様にそう言われてしまえば、私も否《いな》はなかった。それに今更二人きりで会って何を話せというのか……そう思っていたのだけど……

「まさか、謝罪どころか手紙一つないなんて……」

「随分と我が家も馬鹿にされたものだ」

「さすがにこれはないだろう……」

そう、残念ながらアルヴァン様からは三日経っても何の音沙汰《おとさた》もなかった。お母様が半眼で呟き、お父様が苦々しい表情を浮かべ、お兄様はあいつとの付き合いは金輪際《こんりんざい》しないと絶縁を決められていたけれど……当の私はあまり気にしていなかった。

というのも……エセルバート様からのお手紙と花束が毎日のように届くので、その対応に頭を痛めていたからだ。贈られてくるのは、仰々《ぎょうぎょう》しさを感じさせない小ぶりの可愛いらしい花束やお菓子で、そこには押しつけがましくない程度に私への想いと、身体を労《いた》わるようにという内容の手紙が添えられていた。その気遣いの細やかさたるや感心する程で、私には到底出来そうもない芸当だ。

そんな贈り物を貰えば、お礼の手紙を送らなければならず……手紙を書くのが苦手な私は、毎日その文章を考えるのに悩んでいた。王族相手に気の利いた文章なんて、考えるだけでお腹が痛くなりそうだった。それであまりアルヴァン様のことを意識する時間がなかったのだ。


帰国してから五日後、グローリア様は国内の視察に行かれたそうで、今回もアルヴァン様が同行したと聞いた。この視察は以前から決められていたもので延期は難しかったとか。グローリア様は公務を大切にされている方で王女の鑑《かがみ》だという声もあるけれど、こうも立て続けとなると王族も大変だな、と思わずにはいられなかった。

私はというと、これで数日はアルヴァン様と会う可能性がなくなったと何となくホッとした。最初は会って文句の一つや二つ言ってやる！　と思っていたのに、日が経つと怒りの火もすっかり弱くなって、今度は気まずさが心を占《し》めるようになったのだ。正直どんな言葉をかければ……と思うと、会うのが億劫《おっくう》に感じられた。

アルヴァン様が行ってしまった翌日、私はアデルの屋敷でエセルバート様と三人でお茶をいただいていた。幼馴染《おさななじみ》だとアデルが言っていたけれど、二人がどういう関係なのか不思議に思って聞いてみると、アデルのお母様はラファティ王国の出で、エセルバート様のお母様に当たる王妃様と親戚関係にあり、大変仲がよかったそうだ。エセルバート様はその伝手《つて》もあって、我が国に来る時はハガード公爵家が所有する屋敷に滞在されているそうだ。

「ヴィオラ嬢は木苺のタルトがお好きだと伺いましたので……」

「え？」

そう言ってエセルバート様が取り出したのは私の大好物で、王都で有名な店の木苺のタルトだった。

「あ、ありがとうございます」

どこでそんなことを……？　と思った私だったけれど、その疑問は秒で消えた。いたわ、ここに私の個人情報を嬉々として流しそうな人物が……

（アデルったら、なんで勝手に情報流してるのよ……！）

余計なことは言わないよう、きっちり言い聞かせておかないと……私は心の中でアデルに釘を刺す予定を追加した。

タルトを食べ終わると、またしてもアデルに庭の散策を提案された。彼女はエセルバート様に協力するつもりらしい。四阿《あずまや》に着くとお茶だけが用意されていた。さっきタルトを堪能《たんのう》したばかりだし、エセルバート様と二人きりでは食欲も湧かないから助かった。

「その……失礼を承知でお聞きしますが、ヴィオラ嬢は今も、婚約者だった方をお慕いしているのですか？」

何とも直截な質問を真摯《しんし》な表情で告げられた私は、手にしていたティーカップを持ったまま固まってしまった。

「……ア、アルヴァン様、ですか？」

「ええ。長く婚約関係にあったと伺いましたので……」

求婚しているのだから気になるのは当然だろう。確かに十一年は長かったと思う。

「そう、ですね。情……は残っていると思います」

「情、ですか」

「ええ。でもそれは、家族の情に近いと思います」

「家族の情？」

「ええ。物心ついた頃から一緒だったんです。もう一人兄がいる感じでしたね」

「なるほど……」

一緒にいれば気楽だったし安心したけれど、恋愛小説のようなドキドキする何かを感じたことはなかった。子どもの頃に情けない姿をたくさん見ていたからだろうか。彼の方でも、私を女性として見るのは難しかったのかもしれない。子どもの頃の私は男児だったらよかったのにと言われる程お転婆《てんば》だったから。

「でも、そんな情も薄れつつあります。未だに連絡がありませんし……」

「え？」

これにはエセルバート様も目を丸くされたけど、本当にアルヴァン様からは未だに連絡がなかった。音信不通だったこの一年間よりも、もしかすると破棄しても連絡一つない今の方がショックかもしれない。いや、呆れたと言う方が近いだろうか。お陰で残っていた情ですら今にも消えそうだった。

「エセルバート様こそ、どうして私を？」

突っ込んだ質問をしてきたので、私もお返しに突っ込んでみることにした。裏があるなら先にはっきりさせておいた方がいいだろう。もしかしたら仮の恋人とか契約結婚の相手を探している、なんて可能性がないとも言えない。

「それは先日お話しした通りです」

「ですが……それで結婚は飛躍しすぎではありませんか？」

たまたま声をかけて、持っていた解毒剤を渡しただけだ。別に恩を着せる気もないし、恩を感じる必要もないと思う。

「確かにヴィオラ嬢からするとそうでしょう。でも私はあの時、かなり絶望していたのですよ」

「そうだったのですか」

「ええ、私の意思を無視してあんなことをする相手と結婚など、死ぬよりも嫌だと思ったのです。ですから、貴女は私の命の恩人でもあるのです」

「恩人って……」

そんな風に思っていたなんて、予想もしていなかった。異国で心細かったから余計に恩に感じているのだろうとは考えていたけど……

「媚薬《びやく》を盛った方は……」

「わかっています。ただ……」

「あの……言い難《にく》いなら結構です」

凄く言い難《にく》そうにされていたので、そこは聞かないことにした。聞いて後悔するくらいなら知らない方がいい気がする。

「私が誰かもわからなかったのに、貴女は私を損得なしに助けてくださった。年若い令嬢が正体が知れない者に声をかけるのは思う以上に勇気がいることです。そんな貴女だからこそ、私は隣にいてほしいと思ったのです」

「そ、そうですか……」

真剣な眼差しでそう言われてしまい、私はその言葉を否定することが出来なかった。何か裏があるのかと考えていたのだけど、どうやら本気で恩に感じているみたいだし……

（一体どうすればいいのよ……）

真剣な思いを嬉しく感じる一方で、やっぱりまだ戸惑いもぬぐい切れなかった。

エセルバート様の本気度を改めて知らされたけれど、すぐに求婚を受ける話にはならなかった。まだ知り合って一月《ひとつき》程しか経っていないのだから仕方がないと思う。あれから頻繁に贈り物や手紙が届くけれど、あちらもお忙しいので実際に会ったのは片手で数えられる程しかない。

そんな自分の置かれている立場に悶々《もんもん》としている間に、視察に行っていたグローリア様とアルヴァン様がお戻りになられたと聞いた。視察は王都近くなのですぐに戻ってくるのはわかっていたけれど、やはり近くにいると思うと気が重くなった。

◆　◆　◆

アルヴァン様が我が家にやって来たのは、視察から戻って七日目の夕方だった。何の知らせもなく突然屋敷を訪れた彼に、我が家の面々が驚いたのは言うまでもない。私はお母様とお兄様と一緒に、サロンでお茶をしながらその日あったことを話していたところだった。

「アルヴァンが来ただと？」

「まぁ、今更何のご用かしら？」

既に婚約破棄は王家から承認されているし、慰謝料もこれ以上我が家に迷惑をかけたくないからと、ブルック侯爵が代わりに支払ってくださると聞いている。ブルック侯爵は勘当《かんどう》も辞さない程お怒りだが、さすがに勘当《かんどう》はやりすぎだとお父様が宥《なだ》めたとも聞く。そんな状態で我が家に来るなんて……勇気があるなぁと感心してしまった。

「随分と血相を変えていらっしゃいましたわ」

「血相を？」

「あんなに慌てたアルヴァン様を見たのは初めてですね」

私の侍女のハンナもまたアルヴァン様と長い付き合いだけど、そんな彼女から見ても珍しい慌てようだという。

「私が話を聞いてくるわ。ヴィオラとクリスはここにいなさい」

そう言ってお母様が応接室に向かったけれど、同じ屋敷にアルヴァン様がいると思うと落ち着かなかった。

「何のご用なのかしら？　慰謝料が高いから安くしてほしいとか？」

「まさか！　あれでもまだ安いくらいだったというのに？」

「そうなんですか？」

「ああ。父上はあくまでもアルヴァンの非として彼に払わせる気だった。だからあいつが払えるギリギリの金額で留めたんだよ。あいつのことではブルック侯爵だって困っているからとね」

「なるほど……」

そんな話になっていたのは知らなかった。その辺は家同士の話だからと、お父様にお任せしていたから。

それにしても、今更何の用なのだろう。さすがに復縁を……なんてこと、あるわけないと思う……私が知っているアルヴァン様は真面目で浮気なんかするような人じゃなかったから、婚約破棄されて目が覚めた、とか？　そうだったらブルック侯爵にとってもいいことだし、ちょっと溜飲が下がるけど、でも、それだけだ。今更これまでのことをなかったことには出来ないし、再婚約なんてお互いに恥の上塗りにしかならない。

しばらくするとお母様が戻ってきた。アルヴァン様が私に話があると言っているが、どうするかと尋ねられた。

「話って……今更ですか？」

「私もそう思うし、そう言ったのだけど、どうしてもヴィオラに会って話がしたいって引かないのよ」

「私と？」

「ええ。でも、ヴィオラが嫌だというなら追い返すまでよ。一番の被害者は貴女なのだから、貴女の好きにしてほしいの」

「私の……」

今更会って話をしたところで、情況は変わらないのだけど……それにまだお父様もお帰りにならない。どうせ話をするなら、両親も揃っている時がいいような気がした。だって私たちは既に婚約者ではないし、お父様からも二人で会うなと釘を刺されたばかりだし。

「会うなら、お父様がいらっしゃる時がいいです。変な噂が立つのはお互いによくないでしょうし」

「そうね、わかったわ」

何か言いたげではあったけれど、お母様は私の意思を尊重してくれた。それから程なくして、アルヴァン様はお帰りになった。話がしたいのならブルック侯爵ご夫妻の同行と、お父様がいらっしゃる時にとの条件を付けたとお母様は仰《おっしゃ》った。そう、話をするならその方がいいだろう。

◆　◆　◆

三日後、アルヴァン様が再び我が家を訪れた。今回は事前に訪問の伺いがあり、ブルック侯爵ご夫妻も同行する旨の連絡があった。断ったところで会えるまで何度でも打診してきそうだとお母様が言うので、お父様の空《あ》いている日を指定して来ていただくことにしたのだ。

応接室に現れたアルヴァン様は、随分と疲れて見えた。久しぶりに見たその顔は、記憶の中のそれよりも大人びて、背も高くなっていた。短く整えられた蜂蜜色の髪は相変わらずだけど、濃青の瞳には力がないし顔色もよくない。そのせいか、私の知っているアルヴァン様ではないように感じた。

「……ヴィオラ……」

席に着くと彼は、縋《すが》るような目で私を見た。会えば心をかき乱されるかもしれないと考えていたけれど……思ったよりも感情が動かない自分がいた。十一年も婚約者として一緒にいたのに、気が付けばこんなにも心は離れていたのかと、そのことに驚いた程だ。

「……今日は、何のご用でしょうか。ブルック侯爵令息様」

「な……！　ヴィ、ヴィオラ？」

「私たちはもう、婚約者ではありません。どうかこれからはリード侯爵令嬢と」

「そ、んな……」

凄くショックを受けているアルヴァン様だったけれど……婚約者ではなくなった以上、名で呼び合うわけにはいかないのだ。幼馴染《おさななじみ》で付き合いも長くても、けじめは大事だと思う。そんなことがわからない彼でもないだろうに。

「ち、違うんだ！　俺は……婚約を破棄するつもりは……！」

「でも、ブルック侯爵は何度も忠告なさったと聞きましたわ。私からも何度も手紙をお送りしましたし」

「それは……ち、違うんだ！」

「違うとは、なにが？」

「俺は……カインに、騙されていたんだ……！」

顔を顰《しか》めてそう訴える彼の口から出た名前に、私だけでなく両親や兄も驚いて互いに顔を見合わせてしまった。どうしてここでその名前が……と思ったのは私だけではないだろう。

カインはアルヴァン様の乳兄弟で、私やお兄様にとっても幼馴染《おさななじみ》でもあり、立場は違うけど友人でもあった。控えめだけど気が利いて、私が怪我を隠していてもすぐに気付いてくれるような人だった。

「カインに騙されていたって……どういうことだ!?」

私よりも一緒にいた時間が長かったお兄様の方が先に反応した。アルヴァン様とお兄様とカインは、本当の兄弟のように仲がよかったのだ。

「カインは……俺宛の手紙や、俺が頼んだ手紙を……握りつぶしていたんだ」

「はぁ？　どういうことだよ⁉」

激高した兄に、肩を震わせたアルヴァン様はぽつりぽつりとこれまでのことを話し始めた。

彼は近衛騎士に選ばれてからは王宮の寮で暮らしていて、手紙や贈り物も含めた身の回りの管理をカインに一任していたという。休みがない程に忙しくなったため、届いた手紙はカインが口頭でアルヴァン様に内容を伝え、返事はカインに代筆させて送らせていた。それ自体は貴族にはよくあることだし、問題になることでもないのだけれど……

「カインは……手紙の内容を捻《ね》じ曲げて、俺達が不仲になるように仕向けていたんだ」

「どういうことだ？」

「実家やヴィオラからの手紙を、隠していたんだ。俺が頼んだ返事も出さないか、内容を変えていた……」

そのためアルヴァン様は、我が家に来たあの日まで婚約が破棄されたことも知らなかったそうだ。同僚から聞いて慌てて侯爵家に帰り、そこで初めて自分有責で婚約が破棄されていたと知ったという。そう言われたけれど、にわかには信じられなかった。そんなこと、一従者が計画したとして可能なのだろうか。

「ヴィオラへの贈り物も、ちゃんと届いていると思っていたんだ。カインもお礼の手紙が届いたと言っていたし。時々は俺を案じる手紙が届いていると聞かされていたから……」

彼は私のエスコートが出来ない時なども、その時々にお詫びの品を贈るよう指示していたという。それもカインは贈ったように見せかけて何もしなかった、らしい。そう言われたけれど、やっぱり信じられなかった。

「お前……ふざけんなよ！　カインのせいにするなんて最低だぞ！」

どうやらお兄様も同じ気持ちだったらしい。応接間に怒鳴り声が響いた。お兄様にとってはアルヴァン様もカインも幼馴染《おさななじみ》で親友だったし、それは今でも変わっていないと思う。カインもアルヴァン様に似て真面目で実直な人だったから、そんな風に言われても信じられなかったのだろう。私だってそうだ。

「見損なったよ、アルヴァン。あいつのせいにするなんて！」

「ち、違うんだ……本当に、カインが……」

「そんな言葉は聞きたくないって言ってるんだ！　王女殿下とのことを誤魔化すためにそんな嘘をつくのか？　だったらほんっとうに最低だな！」

お兄様の言葉は、私たち家族の本音でもあった。彼の変化はグローリア様に心変わりしたせいだと思っていたから。なのに……

「……グローリア様？　ど、どうして殿下の名が……？」

アルヴァン様がそう問いかけてきた。全く想定外だと言わんばかりの様子に、私の方が驚いた。

「当たり前だろう！　お前と王女殿下が恋仲だって、随分前から噂されているだろうが！」

「まさか！　そ、そんなことは絶対にない！」

「その言葉こそ信じられるか！　王女殿下を庇《かば》うためにカインを利用しようっていうのか⁉」

お兄様は立ち上がって、今にもアルヴァン様に掴みかかりそうな勢いだった。こんなに怒りをあらわにしたお兄様を見たのは初めてかもしれない。お陰で私は怒るタイミングを逃してしまった気がする。

「クリス君、アルヴァンの言うことは……本当なんだ」

緊迫して痛みすら感じそうな空気の中、ブルック侯爵の静かな声が響いた。闊達《かったつ》だったおじ様のものとは思えない弱々しく苦渋に満ちたその声が、事実なのだと控えめに主張していた。

「そんな……！」

「本当なんだよ、クリス君。私も……信じられなかったが……」

そう言っておじ様は何通かの手紙を取り出した。それはおじ様に宛てたものだった。

「中身を、拝見しても？」

お父様がそう尋ねると、おじ様が静かに頷いた。お父様はそれらの中身を一つ一つ確かめていき、読み終わったものにお母様とお兄様、私が目を通していった。確かに……おじ様の仰《おっしゃ》る通りだった。

「そん、な……」

証拠とも言える手紙を見たお兄様は、力なくソファに崩れ落ちた。一緒に勉強だってした仲だから、わかってしまったのだ。この手紙を書いたのがカインだということを。そして、おじ様やアルヴァン様が言うように、カインが内容を自分の都合のいいように変えていたことも。

「カインは、どうしてこんなことを？」

ショックを受けている私たちの中で、お母様が一番落ち着いていたかもしれない。手紙を元に戻しながらおじ様にそう尋ねた。

「……アルヴァンが、侯爵家を継げないのが気の毒だったと、言っていました」

「侯爵家を？　でもアルヴァンもいずれ子爵位を継ぐ予定でしたわよね？」

「ええ。結婚後は我が家が持つ子爵位を譲るつもりでした」

「だったら……」

「カインは、それでも、不公平だと思っていたそうです」

「不公平……」

おじ様の言葉を、お兄様はやりきれない表情を浮かべながら繰り返した。それは生まれた時から侯爵になることが決まっているお兄様と、次男で子爵位しか得られないアルヴァン様との立場の違いのせいだろうか。次期後継という恵まれた立場にいるお兄様は、昔からアルヴァン様に負い目を感じているように見えたから。

「……事情は、わかりました」

「父上？」

しばらくの沈黙の後、お父様がそう言って、お兄様が驚きの表情を浮かべた、私も、お父様の真意がわからずに戸惑いを感じた。それはどういう意味なのだろう……

「なるほど。そういう事情があったのは残念だし、君も被害者と言えるかもしれないな」

お父様が静かにアルヴァン様にそう話しかけると、アルヴァン様は僅かに表情を和《やわ》らげたようにも見えた。

「だが、王女殿下との噂はどうなんだ？　それはカインとは関係がないし、我が家としてはそちらの方が問題なのだが？」

お父様が静かにそう問いただした。お父様の仰《おっしゃ》る通り、我が家としてはそっちの方がずっと問題だった。あの噂のせいで私のことを悪女だという者までいて、それは我が家の名を貶《おとし》める一因になっているのだ。

「グ、グローリア様は……あ、あれも違う！　俺達はそんな関係じゃないんだ！」

意気消沈していたアルヴァン様が立ち上がらんばかりにそう叫んで、その勢いに私たちは驚いた。それでも、彼の言葉を信じる人は我が家にはいなかった。

「お前はそう言うけど、王都ではかなり前から噂されているんだぞ？　知らないってお前、どれだけボケてるんだよ」

幼馴染《おさななじみ》の気安さもあってか、お父様よりもお兄様の方が手厳しかった。

「誤解だ！　グローリア様のことは本当に何とも思っていないんだ！」

「お前はそうでも、王女殿下はわからないだろう？」

「グローリア様もそれは同じだ。その、事情があって話せないが……本当にグローリア様とはそんな関係じゃない！」

「事情？　ってなんだ？」

「それは……王家に関することだから……許可なく話すことは……」

そう言うとアルヴァン様は唇を噛んで俯いた。

「……そう、か」

しばらくの沈黙の後でお兄様がそう言うと、アルヴァン様はほっとした表情を浮かべた。確かに騎士には守秘義務があると聞くし、王家について軽々しく口に出来ないだろう。

「事情は話せない。誤解だと言われても、な」

前言撤回、お兄様は容赦なかった。突き放すようなお兄様の言い方にアルヴァン様は目を見開いて息を呑んだけれど、それも仕方ないと思う。事情を話せないのに誤解だと言われて「はい、そうですか」と納得出来る人は少ないだろう。ちなみに私も納得出来なかった。

「ク、クリス……」

「なぁ、アルヴァン。いくら誤解だとしても、今世間で悪く言われているのはヴィオラなんだぞ？それなのに事情も話さずわかってくれっていうのは、人としてどうなんだ？」

お兄様の言葉に、アルヴァン様だけでなくおじ様たちも項垂《うなだ》れてしまわれた。

「カインの件もだ。お前は周りを気にしなさすぎる。職務に忠実なのはお前のいいところだけど、周りの悪意にこうも長い間気付かない時点で、俺はお前に大事な妹を任せたいとは思わない」

「……っ」

お兄様の厳しい言葉に、アルヴァン様が怯《おび》えにも似た表情を浮かべた。

「申し訳、ありませんでした……だが、俺は今でも、ヴィオラが……」

アルヴァン様が縋《すが》るような目で私を見た。その表情は気の毒だったけれど、一方でこうなってもまだ元に戻れると考えているのだと感じて、この人は何もわかっていないのだと思った。

「そうだな。私も同意見だ」

「リード侯爵……」

お兄様の言葉にお父様も賛同し、お母様もその隣で頷いている。その険しい表情を見て、アルヴァン様が言葉を詰まらせた。

「この子は私たちが大切に育ててきた娘だ。親の欲目かもしれないが、優しいいい子に育ってくれたと思っている」

「仰《おっしゃ》る通りです」

「真面目に勉学にも励み、人に後ろ指を指されるようなことをしたこともない。だが今は王女殿下との仲を邪魔していると非難され、学園でも辛い思いをしているんだ」

「な……！」

「そんなことが……」

学園でのことはアルヴァン様だけでなくブルック侯爵ご夫妻もご存じなかったようで、一様に驚いていらっしゃった。これまでそのことは話したことがなかったから仕方がないし、私もお父様も言う気はなかったのだけど……言わなきゃ伝わらないと思ったのだろう。

「ヴィオラ、そうなのか？」

「ええ、そうですね。学園ではグローリア様の恋を邪魔する悪女だと言われています。それでも、理由も聞かされないまま耐えろと、そう仰《おっしゃ》るの？」

「……そ、それは……」

彼はこれまでに、私の置かれた立場を一度でも考えてくれただろうか？　ううん、もしそうだったらさっきのセリフは出てこないだろう。むしろ今知って混乱しているのかもしれない。

「アルヴァン様の事情はわかりましたし、責めるつもりはありません。会いに行こうとしなかったのは私も同じですし」

「ヴィオラ、だったら……」

「でも、婚約は破棄されて世間にも広まっています。お互いにこれ以上、傷を深めるのはやめましょう」

「そ、んな……」

これ以上は私やアルヴァン様だけでなく、両家の醜聞《しゅうぶん》を広げるだけ。そして過去に戻ることは出来ない以上、辛くてもお互いに別の道を進む方が傷は浅いだろう。一度壊れたものは、二度と元には戻らないのだから。

後ろ髪を引かれるように何度も振り返りながら帰っていくアルヴァン様の姿に、何とも表現のしようがない思いが湧き上がって心が痛んだ。十一年の間に積み上げてきた思い出は、温かいものの方がずっと多かったから。

ブルック侯爵家の皆様が帰った後も、私たちは応接間で重苦しい空気に包まれたまま動けなかっ

た。まだカインのしたことが信じられず、しばらくは誰も言葉を発しなかった。

「カインは……一体、何がしたかったんだ」

最初に口を開いたのはお兄様だったけれど、私も同感だ。仲がいいと信じていたから、私がアルヴァン様の相手として不足だと思われていたのもショックだった。そりゃあ、私は跡取りではないから彼に爵位をあげることは出来なかったけれど。

「そう、だな。こんなことをしても、カインにはメリットがないわね」

「誰かに、唆《そそのか》されたとか？」

お母様の問いに、お兄様がそう答えた。いくらアルヴァン様の立場に不満があったとしても、アルヴァン様は自力で自分の地位を手にしようとしていたし、その努力を一番近くで見ていたのはカインだ。真面目なカインがそんな不義理なことを考えるとは思えなかった。

「ブルック侯爵の話では、彼の独断だったというが……」

おじ様もここに来るまでの間に調べたらしいけれど、誰かが後ろにいた形跡はつかめなかったそうだ。カインも頑固だし、裏に誰かがいても彼自身が考えて行動すると決めた以上、責任は自分にあると相手の名前を言わないだろう。

それに……長年不満を感じていたというのなら、彼の独断の可能性も否定出来なかった。アルヴァン様の性格をよくわかっている彼なら、彼が望む方向にアルヴァン様を誘導することは可能だっただろう。近衛騎士は守秘義務が厳しく、寮への立ち入りも制限され、側に置く従者も一人だけと決められていると聞いた。そんな状況だったからこそ、出来たことだとも言える。

「カインは、アルヴァンをどこかの婿《むこ》にしたかったのかしらね」

「婿《むこ》に、か。そうだな」

お母様の言葉にお父様が同意したし、私も同じように考えた。確かにアルヴァン様ならどこの高位貴族の家でも歓迎されそうだ。容姿も優れ、真面目で礼儀正しいし、何といっても近衛騎士だ。王太子と王女の二人に仕える程信頼を得ているなら、どこの家も大歓迎だろう。

「でも、そのつもりだったのならやり方が悪かったわ。アルヴァンの名に傷がついてしまったもの」

「ああ」

「どこかの婿《むこ》にと思うなら婚約破棄は致命的よ。それが目的ならとんだ悪手ね」

お母様がそう言うと、お父様も同意した。婚約破棄自体が我が国では恥とされ、だからこそ滅多にすることはない。アルヴァン様のためなら円満に白紙にすべきだった。

「既に婿《むこ》入り先の当てがあったのではなくて？　誰かに頼まれたのかもしれないわ」

「まさか、王女殿下が？」

「いや、それはないだろう。爵位のないアルヴァンとの婚姻など不可能だ」

「そうよね」

確かにグローリア様がアルヴァン様に降嫁するなんて無理な話だ。仮にアルヴァン様が侯爵家を継いでも、家格が高くないブルック侯爵家では簡単ではないと思う。

「何だか気味が悪いな。私も調べてみよう」

「父上……」

「お前達も、しばらくは身の回りに気を付けるんだ。何もないとは思うが、カインの目的がわからないからな」

「え、ええ……」

お父様の言葉に私たちは頷いた。お父様の仰《おっしゃ》る通り、カインの目的がはっきりしないのは確かで、何とも表現のしようのないモヤモヤが残る。ふと、お母様の視線を感じてそちらを向くと、お母様と目が合った。

「でも、よかったわ。弱ったアルヴァンを見て、ヴィオラが絆《ほだ》されるんじゃないかと心配だったのよ」

「お母様……さすがに、それはないわ」

そう、いくら弱った姿を見ても、もう一度やり直したいとは思えなかった。でも……

(このまま、何もなければいいのだけど……)

既に縁は切れたとはいえ、アルヴァン様が心配だった。カインは遠ざけられたらしいからこれ以上騙されることはないだろうけど、貴族失格と言われても仕方がない程の失態だ。アルヴァン様は人がよくて信用した相手には寛大だから、また誰かに付け込まれるのでは……と不安が残った。

◆ ◆ ◆

数日後、私はアデルのお屋敷に招かれていた。エセルバート様は用事があっていらっしゃらないため、ちょっとだけ気が軽かった。お気持ちは光栄なのだけど、今はアルヴァン様との話し合いの直後で余裕がない。今日はモヤモヤした気持ちを聞いてほしかったので、顔を合わせずに済むのは有り難かった。

アデルには前々から事情を話していたけれど、さすがにカインの件には驚きを隠せなかった。情報通の彼女でも、従者のことまでは耳に入らないだろう。

「そのカインとやらは何がしたかったのかしら……」

「それがさっぱり。本人が頑として口を割らないんだもの」

カインは自分の独断だと言うばかりで、それ以上のことはわからなかった。私も両親や兄も、そしてブルック侯爵家の皆さんもその言葉を信じていないけれど、これという理由が掴めないからどうしようもない。彼に会って話を聞きたいと申し出たものの、カインが話すことはないと拒否しているというし、ブルック侯爵も身の安全が保障出来ないと難色を示されたのでそれも実現していなかった。

「アルヴァン様も、一言くらい言ってくれたらよかったのに……」

そう、直接何か言ってくださったら、こんなに拗《こじ》れなかったように思う。昔から口下手で言葉が足りない人だとわかっていたけれど、誤解だと言ってショックを受けるくらいならちゃんとした説明が欲しかった。そう思うんだけど……

「近衛騎士だからねぇ」

「そういうものなの？」

「気になったから、近衛についてお父様に聞いてみたのよ」

アデルのお父様は王弟だから近衛騎士にも詳しかった。彼女が聞いた話では、近衛騎士は王宮や王族の警護がメインだけど、任務はその時々で大きく変わるのだという。

「極秘任務の場合、命令されても目的を知らされないことも珍しくないみたい。陛下の許可がない限り内容は絶対に話せないそうよ」

「何よ、それ……」

そうなってくるともう、お手上げではないだろうか。命じられても目的はわからないって……それで目的が達成出来るのだろうか。

「じゃ、アルヴァン様も？」

「さぁ、それは何とも言えないわ。仮にそうだったとしても、私たちには知りようがないもの」

「そんな……」

それじゃ、今回の件も真相はわからないままってことに……こうなってくると近衛騎士なんてならない方がよかったような気がする……

「近衛騎士の離婚率は際立って高いそうよ。それは誤解されても弁解が出来ないからなの。結婚する前に近衛騎士とはこういうものだからと説明しても、耐え切れなくなっちゃう人が多いみたい」

見た目もいい分、余計に不安になるわよね、とアデルは言ったけれど、なるほど、確かにその通りだ。

「任務中は帰宅や帰省も制限されるし、送られてくる手紙や荷物もチェックされるそうよ。寮だって予め《あらかじ》登録した従者しか入れないしね」

「そうだったんだ」

アルヴァン様からも規律が厳しいし、手紙の内容にも気を付けてほしいと言われてはいた。でも、中身を見られていたとは知らなかった。まぁ、筆不精な私はいつも近況報告しか書いていなかったからいいけど。ブルック侯爵が会えないと嘆いていた理由もそういうことなら納得だ。煌《きら》びやかな印象にばかり目がいっていたが、そんなにいいものではないような気がした。だからこその高待遇なのかもしれないけど。

「王族は常に暗殺の可能性があるからね。これくらい厳しくしても防げないこともあるし」

「怖い世界ね……」

常に命を狙われている王族を守ろうとするなら、それくらい厳しいのは仕方ないのかもしれないけれど、当事者は窮屈で息苦しいだろうなと思う。そんな生活、私には無理だ。

「グローリア様の警備は特に厳重よ。ハイアットの王子との縁談が進んでいるもの」

「ええっ!?　そうなの？」

「ええ、まだ内々にされているけれどね」

真っ先に浮かんだのはアルヴァン様との噂だった。隣国の王子に輿入《こしい》れが決まっているのにあんな噂が立っていて大丈夫なのだろうか。一歩間違えたら破談だし、そうなったらアルヴァン様が咎《とが》められたりしないだろうか。

「じゃあ、アルヴァン様とは……」

「そもそも身分差があって無理な話よ。噂になってもお咎《とが》めがなかったのも、荒唐無稽《こうとうむけい》だと思われていたからじゃないかしら」

確かに爵位もないアルヴァン様とグローリア様が結ばれるなど現実的ではない。でも、そのせいで嫌な思いを耐えていた私は何だったのだと思ってしまう。

「案外反ハイアット派の目をくらますため、あえて放置しているのかもしれないわね」

「そんな……」

言葉にするにはもどかしい思いが胸に広がった。もう終わったこととはいえ、そんな風に扱われる謂《いわ》れはないのにと悔しくなるのは思い上がりだろうか。

「今、王宮はピリピリしているそうよ。ハイアット国とはずっと険悪だったし、この婚姻をよく思わない貴族も多いから。強硬派がグローリア様を害してでも……と実力行使に出ないとも言い切れないし」

「……王族に生まれなくて、よかったわ」

王家への不信感が募《つの》る一方で、こんな結婚を課せられたグローリア様が気の毒にも感じた。敵国に単身嫁《とつ》ぐなんてどれ程心細いだろうか。四六時中狙われる生活なんておかしくなりそうだし、何もしなくても人間不信になって病みそうだ。私なら絶対に耐えられないな、と思った。

◆　◆　◆

グローリア様に呼び出されたのは、アルヴァン様との話し合いから十日程経った頃だった。学園で放課後、王族の控室へと誘われたのだ。王族の呼び出しとなれば断ることは出来ない。呼びに来た令息に促されて中に入ると、金の髪が美しい令嬢と四人の令息、そして三人の護衛騎士の姿が見えた。

「ヴィオラ様、ごめんなさいね、急に呼び出したりして」

「い、いいえ」

初めて対面するグローリア様は、噂通りお美しい方だった。くすみのない煌《きら》めく金の髪に宝石のような青い瞳、儚《はかな》げでいながら犯し難い品のある姿に圧倒された。あまりいい印象を持たれていないだろうと考えていたけれど、グローリア様の態度が柔らかくて意外に感じた。でも呼び出された理由がアルヴァン様のことだろうと思うと、自《おの》ずと警戒心が湧いた。

「アルヴァンの件なの。婚約破棄されたとお聞きして……」

予想通りのことをおっとりとした口調で仰《おつしや》ったけれど、そこには敵意のようなものは感じられなかった。一方で後ろに控える令息たちの表情は好意的なものには程遠く、護衛も含めて男性しかいないのも居心地が悪い。

「さ、左様でございますか」

やっぱりと思うと同時に、何を言われるのかと一気に不安が増す。

「私とのことが噂になって、それが原因でお別れになったと伺いましたわ。その件を謝罪したくて……」

その言葉に、身を固くして構えていた私は驚くしかなかった。申し訳なさそうに眉を下げるグローリア様は可憐で世間で言われているような心優しい王女そのままだった。

「そ、そんな、滅相もございません」

「ヴィオラ様には多大なご迷惑をおかけしましたわ。謝って済むことではありませんが、謝罪いたします」

まさか謝るために呼び出されたとは思わなかったし、頭を下げるグローリア様に私の方が慌ててしまった。王族に頭を下げさせるなんて、臣下としてあってはならないことだから。

「私が迂闊《うかつ》でした。そんな噂が流れていると気付けなかった私の咎です。アルヴァンは陛下の命令に忠実だっただけで、彼に非はありません」

「そ、そうですか」

グローリア様のお話では、アルヴァンが護衛についたのはハイアットの王子との婚姻の話が出ているからだという。今、我が国の貴族は彼《か》の国との婚姻に賛成する派と反対する派に二分しているが、劣勢の反対派が焦っているらしく、その中でも強硬派がグローリア様のお命を狙っているのだと。

そのために腕が立ち忠誠心の強い者を配置したが、人選もこの手の噂が流れることを考慮してのものだったという。選ばれた騎士は全て既婚者か婚約者がいる者で、相手との関係が良好で、王女とどうこうなる可能性が低い者ばかり。例えばアルヴァン様の場合、婚約期間が長くて両家の関係も良好で、採用時にアルヴァン様が私のために近衛を志願したと言った点が選ばれた理由なのだという。

「噂が流れることは多々ありますが、常にそれらを打ち消すように動いているので大事《おおごと》になることはありません。ですが……今回は上手くいかなかったらしくて……」

詳細は調査中だが、それにはアルヴァン様の年齢や階級が関係している可能性が高いらしい、とグローリア様は言った。というのも、彼は選ばれた騎士の中で一番階級も年齢も低かったからだ。それは大抜擢《だいばってき》とも言えるわけで、余計な嫉妬《しっと》を買ったのだろうと言われた。

既に先輩騎士二人が噂を流していたことが判明し、そのうちの一人は婚約者が王宮の侍女で、そこから噂が広まったのだという。彼らは巧妙にアルヴァン様の耳に届かないようにしていたし、グローリア様も警備が厳重になったせいで外の者と接する機会が極端に少なくなったため、気付けなかったという。

「では、ブルック侯爵令息は……」

「彼には何の瑕疵《かし》もございませんわ」

そうはっきりと断言されてしまえば、それ以上疑うことは出来なかった。実際、グローリア様からはアルヴァン様への熱は感じられない。

「彼は今、ショックを受けているらしくて、出仕も控えていますわ」

「え？」

あれからアルヴァン様からは何の連絡もなかったけれど……そんなことになっていたとは知らなかった。

「ヴィオラ様、私からこんなことを申し上げるのは筋違いかもしれませんが、ヴィオラ様が望まれるのなら、もう一度婚約し直せるよう尽力いたしますわ。必要なら陛下にもお力になっていただけるようお願いいたします」

それは破格な申し出だったけれど、婚約の言葉を聞いて浮かんだのは蜂蜜色の髪ではなかった。それに……

「グローリア様、身に余る光栄にございます。ですが、そのようなお気遣いは不要でございます」

「え？」

そんな風に言われるとは思わなかったのか、グローリア様は目を大きく見開いた。一方で後ろにいた令息たちの表情が険しくなった。最初から友好的な感じはしなかったけれど、今は反感を持たれているような気がする。

「でも……」

「ブルック侯爵令息と破談になった理由は、王女殿下には関係のないことでございました」

「私とは、関係ない……？」

「はい。その件で先日、両家で話し合いもいたしました。ですが、そこで再婚約には至らなかったのは私たちの問題でございます」

私たちが破談になった理由はカインの件とアルヴァン様の私への無関心ぶりが大きかったと私や家族は思っている。さすがにそれを話すわけにはいかなかったからかグローリア様は納得出来ないといった風だったけれど、どうかお気になさいませんようにと重ねて申し上げた。そう言っても令息たちから感じる視線が冷たいままなのが気になったけど。それでも、もう一度婚約して彼の側にいる自分を、私はどうしても想像することが出来なかった。

「ヴィオラ！」

グローリア様のもとを辞して、馬車乗り場に向かっていた私に声をかけたのはアデルだった。私がグローリア様に呼び出されたと聞いて、心配して待っていてくれたらしい。

「大丈夫だった？」

私を上から下までじっと見つめながらそう言われたけれど、さすがに大袈裟《おおげさ》じゃないだろうか。ここは学園だし、相手は王女殿下だ。何かが起きるなんてあるはずもないだろうに。でも、アデルはそうは思っていなかった様子だ。

「大丈夫よ？　どうしたの、そんなに慌てて」

「……」

私が笑みを浮かべて答えると、アデルは口元にぐっと力を入れ、後で話すわと小声で言って私の腕を取って歩き出してしまった。どうしたのかと不思議だったけれど、アデルの様子から今は何を聞いても答えないだろうなと思い、彼女に付いていった。

「無事で、よかったわ」

ハガード公爵家の馬車に乗って学園の敷地から出ると、ようやくアデルがそう言った。その様子に違和感が一層増した。

「それで、何の話だったの？」

「アルヴァン様のことよ。謝罪されたわ」

「謝罪？　あの女が？」

あの女呼ばわりなんて、どうしたのだろう。そりゃあ、元からアデルはグローリア様には点が辛いけど。

「ええ。もし私が望むなら再婚約の手助けをしてくださると。あと、噂を収めてくださるとも仰《おっしゃ》っていたわ」

「再婚約を？」

「ええ」

「それで、ヴィオラは……」

「お断りしたわ。今更、元には戻れないと思ったから」

「……そう」

復縁はしないと私が言ったことでアデルは安堵したように見えたけれど、それでもまだ何かを気にしている様子だった。私が見た限りグローリア様はお優しそうで、心配するようなことは何もないと感じたのだけど。

「どうしたの？　そんなに気に病むなんて、アデルらしくないわよ」

「相手があれだからよ」

「でも、グローリア様は丁寧に謝罪してくださったし、心配するようなことは何もなかったわよ」

噂を流したのがアルヴァン様の先輩騎士とその婚約者だったこと、アルヴァン様が抜擢《ばってき》されたことを妬《ねた》んだ人たちが噂を広めるのに一役買っていたことなどを話すと、一応納得してくれたみたいだった。

「それならいいけど……」

「気にしすぎじゃない？」

「そんなことはないわ。上手く言い表せないけれど……あの女は色々と厄介なのよ。見た目に騙されちゃダメよ」

さすがに気にしすぎじゃないだろうかと思ったけれど、アデルは幼い頃からグローリア様と接することが多く、彼女の本性を知っているから心配なのだと言った。あのお優しそうで儚《はかな》げな雰囲気は演技には見えなかったが、アデルが嘘をついているようにも見えなかった。アデルは言いたいことをはっきり言うから誤解されやすいけど、故意に人を傷つける真似はしない。そんな彼女がそう言うのなら、グローリア様には私が知らない顔があるのだろうか。そういえば、あの部屋には女性が一人もいなかったように思う。王族が侍女の一人も連れていないのは意外だった。奥に控えていただけかもしれないけど。


それからしばらくして、グローリア様よりお手紙をいただいた。それには噂を流していた騎士や侍女、彼らに賛同していた者は失職の上、関わった度合いによって罰がくだされたことが記されていた。

驚いたのは彼らのことを国王陛下もご存じで、近衛に紛れ込んでいる不穏分子をあぶり出すためにあえて噂を放置して泳がせていたのだという。グローリア様の調査が早くて驚いたけれど、実際はグローリア様が調査を命じた時には既に調べはついていて、処分を考えているところだったという。これはアデルから聞いた話だ。

国王陛下のお考えは私などには到底想像もつかないなと思ったけれど、それに巻き込まれたアルヴァン様が気の毒に感じられた。そりゃあ、私たちのことはカインが原因だったけど、あの噂がなければこんなことにはならなかったかもしれないと思うと、何だかやりきれない気持ちになった。

（これでアルヴァン様が、少しでも楽になるといいのだけど……）

そうは思っても、今更手紙を出すのも憚《はばか》られる。彼がこれ以上巻き込まれないことを祈るばかりだった。

◆　◆　◆

アルヴァン様の最後の訪問から二月《ふたつき》が過ぎた。あれからアルヴァン様が訪ねてくることはなかったけれど、一度だけ手紙が送られてきた。そこにはこれまでの謝罪と、今でも私への気持ちが変わっていないこと、そしてグローリア様との関係などが記されていた。事前にせめて一言くらい……と思ったけれど、彼の立場ではそれは難しかったのだろう。

既に婚約は破棄されているし、私は傷ついていないから気にしないでほしい、互いに前を向いて新しい道を行こうと返事をした。その後返事はなかったので、アルヴァン様も納得してくれたのだと思う。十一年の歳月をかけて築いた関係の終わりは、想像以上に呆気《あっけ》ないものだった。

カインは勘当《かんどう》されてブルック侯爵家から追放されたと聞いた。カインの家族には非がないと侯爵は仰《おっしゃ》ったが、忠義心の強い彼らはそれをよしとはせず、それぞれの立場を他の者に譲って一使用人として下《した》っ端《ぱ》の仕事をしているという。家族思いだったカインの変わりようにやっぱり理由があるように思ったけれど、彼の態度は変わらなかったと聞く。

お兄様は一度だけブルック侯爵家に出向き、その際に彼と話をしたらしいが、後で「あいつは大馬鹿だ」とだけ言って、会話の内容を教えてくれなかった。それでもカインの処分は変わらなかったというから、お兄様にも何も言わなかったのだろう。

◆　◆　◆

久しぶりにアデルが我が家に遊びに来てくれたので、私たちはお茶とお菓子で他愛もないおしゃべりを楽しんでいた。

「アルヴァン様、異動願をされたそうよ」

「ええっ？」

アデルからの情報に、私は思わず大きな声を出してしまった。

「まぁ、引き留められたけどね。あの件で処分された者が結構出たらしいから」

「そう……」

引き留められたと聞いてほっとしたけれど、彼なりに思うところがあったのだろうか。私への罪悪感だとしたら、気にしていないからやめてほしい。今は目立つことは出来るだけ避けたいのだ。

というのも……

「アルヴァン様絡みの噂は消えたけど、別の噂が広がっているわね」

「……言わないで……」

そう、グローリア様は私の悪い噂に対処するとお約束してくださった。そのお陰でこれまでの噂は確かに消えたのだけど……今度は私が不特定多数の男性と関係があるという噂が流れているのだ。

アルヴァン様との婚約破棄もそれが理由だとも。

「もう、意味がわからないわ……」

世間では事実とは異なることを面白おかしく話す噂好きもいるから、多少のことは仕方ないのだけど……一体誰が、どのような理由で広めたのかはわからないし、両親やお兄様にまた余計な心配をかけてしまっていた。せっかくグローリア様が噂を否定してくださったというのに、これでは意味がないではないか。

「私もこの件は調べているから」

「ありがとう。でも、いいの？」

「親友なんだから当然でしょ。それに、気になることもあるから」

「気になること？」

アデルにしては珍しい思わせぶりな言い方が気になったので問い詰めると、彼女は渋々ながらも答えてくれた。

「……令嬢が襲われた、あの事件よ」

「ええっ？」

それは以前起きた、あの事件だろうか。一人は亡くなり、もう一人は大怪我をした事件で、警備が厳しい高位貴族の令嬢を襲ったこの事件は大騒ぎになった。犯人はまだ捕まっておらず、私も両親から気を付けるようにとくどい程に言われている。

「彼女達も、襲われる前にヴィオラと同じような噂が上がっていたのよ」

「同じような？」

「ええ。二人とも婚約者との仲も良好で、他の男性と親しくしているようには見えなかったの」

「そう……」

「それに……あの二人の婚約者は近衛騎士だったのよ」

「え……？」

何だろう、何かが繋がった気がして、思わず大きな声が出てしまった。

「そ、それって……」

「繋がりがあるように感じたのは、私だけじゃないみたいね」

「で、でも、私は……」

「そう、婚約破棄したから、関係ないと思ったんだけど……」

アデルは形のいい眉を歪《ゆが》めてしばらく考え込んだ。

「取り越し苦労だったらいいんだけど……でも、今まで以上に気を付けて、ヴィオラ」

真っすぐに目を見つめてそう言われてしまえば、考えすぎだなんて答えられそうもなかった。それくらいアデルの表情は真剣で、冗談では済まされない雰囲気だったからだ。

◆ ◆ ◆

そんな噂が流れても、エセルバート様との交流は続いていた。でも人目につくとエセルバート様狙いの女性やその家族から何を言われるかわからないので、今もアデルのお屋敷での交流に留まる。既にアルヴァン様とグローリア様の件であることないこと言われているだけに秘密にしてくれるのは有り難かった。

「ほぉ、ヴィオラ嬢は旅行記がお好きでしたか」

「ええ。アストリーの西方放流記やモーズレイの旅行記などは、子どもの頃から大好きでよく読んでいました」

エセルバート様と話をしていて最も盛り上がったのはこの話だった。アストリーはハイアット国の、モーズレイはラファティの向こうにあるザール国の探検家で、彼らの旅行記は子どもたち、特に男子には人気だった。私はお兄様たちの影響で読むようになったのだけど、彼らよりも夢中になってしまい、読めるものはほぼ読み尽くしていた。

「ああ、モーズレイは私も全て読みましたよ。特にミルワードの古代遺跡の話が好きで……」

「そ、それなら私も読みました。古代遺跡の描写が神秘的でワクワクして……」

「わかりますよ。私も子どもの頃は彼のような旅行者になるのが夢だったんです」

「旅行者にですか？」

何とも意外なことに、エセルバート様は旅行記や冒険譚がお好きだった。子どもの頃は読書が苦手だった私が唯一読めたのが、彼らの旅行記だったのだ。

「惜しむらくはフィンギー遺跡の話です。我が国では翻訳されていないし手に入らなくて……」

そう、ザール国はラファティの向こう側にあって我が国と交流がなく、彼の著書が全て手に入るわけではない。彼の著書はラファティで翻訳されたものが更に翻訳されて入ってくるからだ。

「モーズレイのフィンギー紀行録ですか……そうですね、ラファティ語でよければ取り寄せることは可能ですよ」

「ええっ？　そうなのですか？」

ラファティ語だったら読める。我が国の言葉とラファティの言葉は同じ言語からの派生で似ているし、貴族にラファティ語は必須だ。長年読みたいと願っていただけに、思わず食いついてしまった。

「だったら早速手配しましょう。他にもありませんか？」

「いえ、フィンギー紀行録だけで十分です！」

さすがにこれ以上をお願いするのは申し訳ないし、他の著書は読み尽くしている。

「届いたらすぐにお届けしますね。フィンギー遺跡の描写も大変秀逸でしたよ」

「そうなんですか？　それは楽しみです！」

「ええ。あれは彼が晩年に行った遺跡なので、描写も緻密《ちみつ》で素晴らしいものでした。私的には最高傑作だと思っています」

「それ程にですか！」

確かに晩年ならこれまでの経験も相まって素晴らしいものになっていそうだ。その後も彼らの著書の話で盛り上がってしまった。思うままに語り合えることが嬉しく、最初に感じていたぎこちなさはこの時ばかりはすっかり取り払われていった。

（まさかフィンギー紀行録が読めるなんて！）

現金かもしれないけれど、エセルバート様への好感度が一気に上がった。本も嬉しかったが、あの二人の著書について語り合える仲間が出来たことが嬉しかったのだ。令嬢にはそもそも読む人が少ないし、お兄様やアルヴァン様も好んで読んだのは子どもの頃の話で、今までラファティ語で読む程興味を持つ人が周りにいなかったからだ。

◆◆◆

それから数日経ったある日、私はまたアデルの屋敷に呼ばれた。

「へぇ、君がエセルの片想いの相手かぁ」

挨拶《あいさつ》もなしに声をかけられた私は、その青年を見上げることしか出来なかった。エセルバート様がいらっしゃるからと誘われたのだけど、今日は一人の青年とご一緒だった。定期的にお会いして交流を深めているけど、誰かを伴っていらしたのは初めてだ。

その青年はエセルバート様と同じくらいの年で、茶色の髪に落ち着いた緑色の瞳を持つ、穏やかそうな方だった。砕けた物言いでエセルバート様を愛称で呼ぶのだからかなりの身分、多分王族かそれに近い方なのだろう。一気に緊張感が増したのは言うまでもない。

「私はコンラッド。ハイアット国の第二王子だよ。初めまして、ヴィオラ嬢」

「……ハ、ハイアット国の、コンラッド殿下⁉」

お名前を聞いて私は顔を引《ひ》き攣《つ》らせた。ハイアットの王子殿下が一体どうしてここにいらっしゃるのか……いや、アデルは準王族扱いだし、エセルバート様は隣国の王子だけど。それにしても……

（もしかして、この方が……グローリア様の婚約者？）

どんな方だろうと思っていたけれど、想像していたより年が近く気さくな方のように見えた。

「ごめんね、急に押しかけて」

「まったくですわ、コンラッド様ったら」

コンラッド様に素っ気なく告げるアデルに、私は目を瞠《みは》った。

「そう言わないでよ、アデル。君に会いたかったんだから」

「そういうことは言わないの。婚約、決まったのでしょう？」

（ええっ？）

軽口を叩くアデルとコンラッド様の会話に、私は益々《ますます》驚きに包まれた。グローリア様の婚約者に決まったのも驚きだけど、そんな状態でそんなことを言って大丈夫なのだろうか。

「ああ、びっくりしたよね。アデルは私の初恋の人なんだ」

コンラッド様があっけらかんとそう告白した。

「はっ、初恋？　でも……」

「ああ、グローリア様とはちゃんと結婚するから大丈夫だよ。国同士の約束だからね」

「そう、ですか」

これは安心していいところなのだろうか。初恋ってことは昔のこと、よね？

「王族の務めだから仕方ないよ。それにグローリア様も幼馴染《おさななじみ》だし、結婚したら大切にするつもりだよ」

「お、幼馴染《おさななじみ》なのですか？」

「そうだよ。ちなみにアデルもエセルもそう。私は他国の王女と結婚すると決められていたから、子どもの頃からあちこちの国を回っていたんだよ」

豊富な鉱物資源と高い技術力を持つハイアット国だけど、土地が農業に適さないため常に食糧問題を抱えていた。そのため王太子以外の王子は、その問題を解決するべく他国の王女を娶《めと》るか婿《むこ》入りするのが常だという。我が国とは長年国境沿いの耕作地を巡って争いが続いているだけに、彼とグローリア様の婚姻への期待は高い。

「それにしても、エセルが結婚したい令嬢がいるっていうから気になっていたけど……なるほど、うん、可愛くて磨き甲斐《がい》があるよね」

「は？」

「コンラッド、ヴィオラ嬢に変なことを言わないでくれ」

混乱する私をよそに、間髪容れずエセルバート様がコンラッド様に鋭い声を上げた。

「うわ！　心が狭いなぁ。さすがはラファティ王族だね」

「え？」

「ああ、ラファティ王家って一途なんだよね。私の姉もエセルの兄君に押されまくって結婚したからね」

にこやかな笑顔でそう仰《おっしゃ》ったけど、それは知らなかった。エセルバート様を見ると、ふと視線を外されてしまった。頬が心なしか赤くなっているように見えたけど……

「エセルは君に婚約者がいるとわかっても、縁談を全部断って待っていたんだよ。君が結婚するまでは諦め切れないって言ってね」

「コンラッド！」

エセルバート様が立ち上がってコンラッド様に詰め寄った。こんな余裕のない姿を見るのは初めてかもしれない。

「いいじゃないか、本当のことなんだから。そんなに好きなら婚約解消させちゃえばいいじゃないかって言ったのに、ヴィオラ嬢の幸せを壊すような真似は出来ないとか言っちゃってさ」

「そ、それは……！」

「ね、ヴィオラ嬢。エセルはちょっとヘタレだけど根はいい奴なんだ。私としては幼馴染《おさななじみ》の恋を応援したいから、前向きに考えてくれると嬉しいな」

そう言ってコンラッド様はにっこり笑みを浮かべられた。エセルバート様が険しい表情でコンラッド様を睨み、その様子をアデルはニヤニヤしながら眺めている。三人の様子からして本当に気安い関係なのが伝わってきたけれど、こんな場にいる自分が不思議でしかなかった。

聞けばコンラッド殿下は、半月後に控えたグローリア様の誕生日をお祝いするためにいらっしゃったという。婚約者だから当然と言えば当然だけど。そういえば近々その夜会があったな、と思い出した。

一方でコンラッド様はアルヴァン様とグローリア様の噂をご存じなのか、ご存じならどうお感じになっているのかが気になった。でも、下手をすると藪蛇《やぶへび》になる可能性もある。さすがにそれをお聞きする勇気は私にはなかった。

◆　◆　◆

それから十日程が経った日の夕方。家に帰って学園の課題を片付けようとした私は、教科書の間から一枚の紙が滑り落ちるのを見た。拾い上げたそれには、こう記されていた。

『狙われている　気を付けろ　誰にも言うな』

書き殴ったような筆跡のそれは、慌てて書かれたものだろうか。警告なのだろうけど、誰にも話すなと書かれているため、一瞬どうすべきかと迷った。でも、さすがに無視するわけにもいかない。

私は両親とお兄様に口止めをお願いしつつ話をした。

「誰がこれを？」

人払いして使用人も遠ざけた上で両親とお兄様に警告文を見せると、三人とも驚きの表情を浮かべた。

「誰かはわかりません。教科書に挟んであったので、多分学園の人だと思いますが」

「入れた人に心当たりは？」

「全く。でも、入れたのは教室移動のあった時じゃないかと思います」

「そう、か」

今日は三時限目が音楽だったために教室を離れたから、その時の可能性が高い気がした。ランチタイムでも誰かは残っているだろうから目撃される恐れがあるので、可能性は低いだろう。

「誰かが内々に、ということか」

「もしかして、あの令嬢を襲った事件と関係があるとか？」

「可能性がないとはいえませんね」

両親もお兄様もあの事件との関係を気にしていたし、私も警戒するようにしていた。アデルが心配するからには、何らかの繋がりを感じたのだろうと思うし。

「それにしても、気味が悪いな」

「ええ」

「父上、しばらく学園を休ませた方がいいのでは……」

お兄様がそう仰《おっしゃ》ったけれど、お父様はそれを否定した。いつほとぼりが冷めるのがわからないからだ。数日だけで済むならいいけれど、下手すれば月単位で休むことになって授業に遅れてしまうだろう。それに、相手を警戒させてしまうと。

「警備は厳しくするが……ヴィオラも気を付けてほしい。しばらくはハガード公爵家に行くのも控えた方がいいかもしれんな」

「そうね。あちらにご迷惑をおかけするわけにもいかないわ」

「でも、急に態度を変えたら警戒されませんか？　この警告も誰にも言うなと書いてあります。警戒したら一層強硬な手を使うのでは……」

お兄様は心配性なところがあるけれど、この件に関しては私も同じ意見だった。この警告文の主は表立って警告出来ない立場の人で、犯人に悟られるのを危惧《きぐ》しているのだろう。この警告が犯人に知られれば、紙の主も危険かもしれない。

「父上、グローリア様の誕生祝いの舞踏会、欠席した方がいいのでは……」

そう、もうすぐ舞踏会があって、私はお兄様と参加する予定でいた。

「だが、それではかえって相手を警戒させないだろうか？」

「そうね、舞踏会は出ても問題ないと思うわ。昼間だし私たちも一緒だもの。一人で学園に行かせるよりはずっと安全だわ」

「そうですね」

お母様がそう仰《おっしゃ》って、お兄様もそれで納得されたけれど、噂のこともあって私は気が重かった。

今回の舞踏会の参加者は上位貴族のみで噂を鵜呑《うの》みにする人は少ないだろうけど、それでもアルヴァン様との婚約を破棄したこともあって、面白おかしく話のネタにされるのは間違いない。

「ヴィオラ、気が乗らないなら欠席してもいいんだぞ」

「ありがとうございます。でも大丈夫ですわ」

「だが……」

「いつかは出なければいけませんし。それに出なかったら出なかったで噂は事実だと受け止められるかもしれませんから」

そう、どうせあることないこと言われるのなら、参加して噂を否定した方がずっとマシな気がした。

◆　◆　◆

グローリア様の誕生日を祝う舞踏会の日を迎えた。今のところ噂も相変わらずだし、警告文の主も不明なままだった。そもそもあの警告文には宛名がなかったから、私宛なのかもはっきりしない。令嬢襲撃の件も繋がりが感じられるというだけで確たるものが何もなく、落ち着かない日々が続いた。

今回の舞踏会はアデルからドレスをお揃いにしようと提案されたので、それに乗ることにした。最近仲のいい者同士でドレスをお揃いにするのが流行《はや》っているから、ちょっといいなぁと思っていたのだ。きっとアデルなりに私を励まそうとしてくれたのだろう。でも……

「まぁ、なんて素敵なドレス……」

「さすがハガード公爵令嬢。センスがいいなぁ」

お母様とお兄様が贈られたドレスを見て感心していたけれど、私は頬が引《ひ》き攣《つ》るのを抑えられなかった。

(アデルったら！　いくら何でも立派すぎじゃない？)

さすがは公爵家と言うべきか、今まで着たことがないような素晴らしいドレスだった。お値段がいくらなのか想像すると眩暈《めまい》がしそうだ……そりゃあ、公爵は商才もおありらしく、豊潤な資産をお持ちだとは聞いているけど。

ドレスはプリンセスラインのオーソドックスなもので、生地は淡い紫色に濃青と紫紺《しこん》の色の刺《し》繍《しゅう》が入っていた。上品で派手さはないけれど光沢のある生地は一級品だし、刺繍《ししゅう》も細かくて凄く手間がかかっていて、これまでに着たどんなドレスよりも立派なのが丸わかりだ。

「ヴィオ、よく似合っているよ」

「さすがはアデル様ね。ヴィオラの魅力をよくわかっているわ！」

噂や警告文のこともあって舞踏会への参加は気が重かったけれど、素敵なドレスにテンションが上がった。今日はエセルバート様も参加されるそうで、彼の正装姿も楽しみだ。こんなに気分よく舞踏会に出るのは初めてかもしれない。

王宮に着くと、その煌《きら》びやかな雰囲気に圧倒された。色とりどりのドレスは大輪の花々が咲き誇るようだ。デビュタントからずっと苦い思い出の方が多い場所だったけれど、それでも華やかで非日常的なその場に心が躍った。

「ヴィオラ、今日は絶対に一人にはならないように。どこに行くにも必ず誰かを伴うんだよ」

「はい、お父様」

「私たちも離れないように気を付けるから」

両親もお兄様も心配しすぎる程に心配してくれた。今日は舞踏会で昼間なのだから夜会程危険はないし、王族の誕生祝いの席で騒ぎを起こすことはないだろう。そう思いたい。勿論、用心するに越したことはないけど。

「ヴィオラ！」

「アデル」

会場に着くとアデルに声をかけられた。アデルも私と同じ薄紫色の生地に、濃青と紫紺《しこん》の刺繍《ししゅう》が施されたドレスだ。ただ彼女のドレスはスカートの広がりがより抑えられていて、私より背が高く凛《りん》とした彼女にとても似合っている。とてもセンスがいいな、と思った。お揃いとは言っても同じなのは生地と刺繍《ししゅう》の色で、並ぶとお揃いだとわかるレベルだ。

アデルはご両親と参加していた。その側にはエセルバート様もいらっしゃって、今日は青みがかった銀色の生地に濃青と紫の差し色が入った正装だった。そこに佇《たたず》んでいるだけでも風格があって、その存在感は際立っていた。やっぱりどうしてこんな方が自分を？　と思わずにはいられない。

「ヴィオラ、紹介するわ。ラファティ国のエセルバート第三王子殿下よ」

「エセルバートだ。よろしく」

堂々と名乗るお姿はさすがに大国の王子らしく、威厳に満ちていた。いつもよりも距離のある態度に、改めて身分の差を感じた。

「ご尊顔を拝し光栄至極にございます。リード侯爵家の長女、ヴィオラでございます」

既に交流はあるけれどそれは世間に伏せているので、改めて形式的な挨拶《あいさつ》を交わした。他国の王族には誰かの紹介がなければ挨拶《あいさつ》も出来ない。面倒くさいと思うのだけど貴族にはこういう建前《たてまえ》も必要だったりする。

「そのドレス、アデル嬢とお揃いですか。よくお似合いだ」

「きょ、恐縮にございます」

じっとドレス姿を見つめられてドキッとしてしまった。顔が赤くなっていないだろうか。それにドレスを褒められたけど……

(もしかして、このドレスって……)

アデルとエセルバート様が並ぶと、どことなくお揃い感があった。それはすなわち私もということで……アデルに視線を向けたら一瞬にやっとした笑みを浮かべた。

(やっぱり!)

急にお揃いのドレスを作ろうなんて言い出すから、珍しいこともあるものだと思ったけれど、このドレスはエセルバート様からの贈り物だったのだ。きっと今の状態で申し出られても私が断ると踏んでのことだろう。私とアデルがお揃いだとは気付いても、エセルバート様までそうだと周囲は思い至らないだろう。そう思いたい。

（アデル、後で詳しく聞かせてもらうわよ！）

アデルに問い詰めることが一つ増えてしまった。まぁ、答えはわかっているけれど。


程なくして、王族の方々が入場された。今日はグローリア様の誕生日を祝う舞踏会で、主役のグローリア様はコンラッド殿下のエスコートで入場された。

今日のグローリア様は白金の生地に濃青と金の刺繍《ししゅう》が施されたドレスをお召しだった。どちらもグローリア様の瞳と髪の色で、可憐さが一層引き立てられてまるで春の女神のようなお美しさだ。

周囲に向ける笑みには慈愛が、コンラッド様に向ける笑みには親愛が感じられ、とても裏の顔があるようには見えなかった。アデルは昔のことを出して憤《いきどお》っていたけれど、それは子どもの頃の他愛のない行き違いではないだろうか。

コンラッド様は穏やかな笑みを浮かべ、今日の主役のグローリア様を立てるようにエスコートされていた。時々言葉を交わして笑い合っている様子から、大切にすると仰《おっしゃ》っていた言葉に嘘はないのだろう。グローリア様も嫌がっている様子には見えず、政略と聞いていたけれどとても仲睦《なかむつ》まじそうだ。アルヴァン様との噂がお二人の関係に影響しないかと心配だったことも杞憂《きゆう》に思えた。

「グローリア様とコンラッド様、仲がよろしいのね」

「そうね」

素っ気なくそう答えるアデルだったけれど、そこまでグローリア様を毛嫌いしなくてもいいのに……国のためだけでなくお二人のためにも、仲がいいに越したことはないのだから。

喉が渇いたとアデルが言うので、壁際の休憩スペースに移動した。お兄様は気を利かせて少し離れた場所で見守ってくれている。

「ところでアデル。このドレスってもしかして……」

「ふふ、お察しの通りよ」

周りに人がいないのを確認して小声でアデルを問い詰めると、彼女はあっさりとそう答えた。

「いいじゃないの。申し出られても絶対辞退したでしょ」

「当たり前じゃない！」

「彼も必死なのよ。ヴィオラがちっとも絆《ほだ》されないものだから」

「そんなこと言われても……」

子爵夫人になる未来しか考えていなかったから、急に公爵夫人にと言われてもそう簡単にはいと答えられるはずもない。どう転んでもいいようにとお母様にも言われて、マナーやラファティ国についての勉強は始めたけど、実際にやってみればそんなに簡単なものではなかった。マナーも国が変わると微妙に変わってくるだけに、出来るのかと不安が募《つの》るばかりだ。

「あんまり押すと引かれそうだからって遠慮しているのよ」

「ええ？　あれで？」

エセルバート様とは十日に一度くらいのペースでお会いして、三日を置かず花束やお菓子と一緒にお手紙が届いていた。こんなにこまめに贈り物をいただいたことがなかったので、ちょっとやりすぎじゃないかと思っていたところだ。あれで抑えていたなんて……

「可愛いじゃない、一生懸命で」

「か、可愛いって……」

大人の男性を可愛いと言っていいのだろうか。しかも大国の王子なのに。

「まぁ、アルヴァン様の件もあるし、慎重になるのはわからなくもないけどね」

それは彼女の言う通りだった。どうしてもアルヴァン様とのことが引っかかってしまって、動けないでいるのだ。十一年の婚約の呆気《あっけ》ない終わり方に、単身ラファティに行ってあんな風になってしまったら……との懸念《けねん》がどうしても振り切れなかった。

「でも、どうしてもダメだと思うなら、そろそろお断りしないと」

アデルに紹介されてから既に四ヶ月が経つ。エセルバート様が国に戻られてお会い出来ない時期もあったけれど、確かに断るなら早い方がいいのだろう。でも……

「……断れる話なの？」

自国よりも国力が上の王族からの求婚なんて、断ったら後が怖くて仕方がない。受け入れるのも怖いけれど。

「どうしても無理なら仕方ないわよ。向こうだって無理して一緒にいられても嬉しくないでしょうから」

「……」

無理なわけじゃないし、嫌いなわけでもない。むしろ好感度は上がり続けている。でも……

「心配しないで。どうしても嫌だって言うなら私も協力するから」

「でも、それでアデルに迷惑がかかるんじゃ……」

彼は大国の王子だから、その気になったらアデルでも太刀打ち出来ないだろう。もしそうなった時にアデルが困ったことにならないだろうか。アデルに迷惑がかかれば、その累《るい》は公爵家にも及ぶかもしれない。

「ふふっ、大丈夫よ。彼にも勝てない相手はいるのよ」

そう言ってアデルが悪戯《いたずら》っぽい笑みを浮かべた。誰かと聞くのは怖い気もするが、アデルのお母様はエセルバート様のお母様である王妃様と親しいとも聞く。私には知らない、何かしらの伝手《つて》があるのかもしれない。


「きゃ！」

「えっ？」

アデルと一緒にレストルームから出てきた私は、入り口で一人の令嬢とぶつかって思わず声が出てしまった。その令嬢は泣いていたのか目を真っ赤にし、お化粧も落ちて、何かあったようにしか見えない姿だ。

「貴女、どうしたの？」

「……ぅ、た、たすけ、て……く、るし……」

その令嬢は驚いて私たちを見上げ、すぐに似たような年だとわかったのか、苦しそうに顔を歪《ゆが》めながら助けを求めてきた。アデルと顔を見合わせてしまったけれど、アデルがそれなら……と、近くにいた侍女に声をかけて、部屋と医師の手配を求めた。公爵家の彼女は王宮では顔が知られているから、侍女は一番近い空《あ》き部屋に案内してくれた。

ソファに座らせて水を飲ませたものの、苦しそうな様子に変わりはなかった。名を尋ねるとヘールズ伯爵家のエイミー嬢と名乗った。先日デビュタントを済ませたばかりで、王宮の催《もよお》しへはこれで二度目の参加だという。聞けば会場でジュースを飲んだところ、急に気分が悪くなったという。近くにいた男性が大丈夫かと声をかけてきたが、怖くなって逃げてきたところだった。

「飲み物？」

「ち、近くにいた、給仕から、う、受け取り、ました」

「給仕から。顔、覚えている？」

「は、はい……」

「声をかけてきたのは？」

「え、っと、若い男性で……髭《ひげ》を生やし、ていま、した……」

「髭《ひげ》を？」

「そっ、それから……目じり、にホクロが……」

アデルの質問に答えた彼女は、苦しそうに身を縮こまらせた。身体が熱くて息が苦しいのだという。そこにドアをノックする音が聞こえ、医者が来たと先程の侍女が告げた。彼女を奥の間のベッドに移動させ、私たちはソファで医師の診断を待つ。その間、アデルが形のいい顎に指を添えて考え事をしていた。何か思い当たることがあるのだろうか。


「媚薬《びやく》、でしょうな」

「やっぱり」

しばらくして診察を終えた医師の診断はアデルの予想通りだった。即効性がある、最近流行《はや》っているものだろうとのことだった。解毒剤を飲ませたら安心したのか眠ってしまったという。アデルはすぐにヘールズ伯爵家の者を呼んでくるよう侍女に伝えた。

「媚薬《びやく》って……」

思い出したのはエセルバート様のことだった。あの件と関係があるのだろうか。いや、相手は女性だから同じ犯人ではないだろう。それにエセルバート様は犯人はわかっていると言っていたし。

私がそんなことを考えている間に、ヘールズ伯爵夫妻と婚約者が駆けつけたので、アデルがこれまでの経緯を説明した。後日彼女から詳しい話を聞かせてほしいと頼むと、伯爵は二つ返事で了承した。


彼らを残して部屋を出た私は、そのままアデルに従って庭に出た。まだ明るい時間帯なこともあって、会場の熱気から逃れた人たちが散策しているのが見える。ここの庭は手入れが行き届き、今の季節の様々な花が咲き誇っていた。嫌な気分が少しだけ和《やわ》らいだ気がする。ちょっと歩いて木陰のベンチに腰を下ろした。

「アデル、あれって……」

「そうね、前々から起きているあれ、かしらね」

アデルの言わんとしているところは私にもわかった。以前から起きている若い令嬢を狙った事件だろう。まったく、お祝いの場でなんて真似をしてくれるのか……アデルの話では、誰かが給仕に金を握らせ、媚薬《びやく》を入れた飲み物を渡したのではないかとのことだった。他の被害者が出ないか心配になったけれど、失敗した以上、犯人が他の令嬢を狙う可能性は低いのではとアデルは言った。今頃は騎士にも話が届いているはずだから警戒しているだろうし、未だに捕まっていない犯人は慎重な性格なのかもしれない。

「さて、戻りましょうか」

そう言ってアデルが立ち上がったので、私も続いた。会場に戻ると会場内が騒《ざわ》めいている。

「何かしら？」

アデルが眉を顰《ひそ》めながら会場の中心に向かうと、人だかりが出来ていた。皆が見つめる先にいたのは、国王陛下ご夫妻と王太子殿下ご夫妻で、その後ろにはグローリア様とコンラッド様の姿が見えた。

「皆によい知らせがある！」

陛下が会場内を見渡し、張りのある声で会場内の視線をより集めた。

「我が国の王女グローリアは、半年後にハイアット国のコンラッド殿下のもとに輿入《こしい》れすることが正式に決まった」

一瞬の沈黙の後、割れるような拍手が会場を満たした。グローリア様とコンラッド様の婚姻は、グローリア様の学園卒業後、一年程先だと言われていた。それが半年後になったということは、卒業を待たずに輿入《こしい》れするということで、慶事とはいえ異例とも言える話だった。

「お、お父様、どうして……？」

アデルに続いて前の方まで進むと、国王陛下の側に控えていたグローリア様が動揺しているのが見えた。意外にもこの件は本人にも知らされていなかったらしい。

「ああ、お前を驚かせようと思ってな。かねてよりお前も早く嫁《とつ》ぎたいと言っていただろう？」

「そ、それは……ですが！」

「案ずるな。元より準備は進めていたのだ。半年早まったところで何ら問題はない」

「でも……」

「ハイアット国と我が国の絆《きずな》を断とうとする者の動きが途切れんのでな。両国の安定のためにも早い方がいいだろうということになったのだ。これはラファティ国王陛下も賛成してくださっている」

「ラ、ラファティ、が……」

ラファティの名を聞くとグローリア様が口を閉じた。ラファティ国の仲介で進んでいる話なだけに、我が国が異を唱えることは出来ない。横槍が入る前に既成事実にしたいのかもしれない。最近、反ハイアット派の貴族の違法行為が摘発されたばかりだから、彼らの力が弱まっている今が好機と考えているのだろう。

「へぇ……」

会場内が沸く中、アデルが感情を感じさせない声で呟いた。何だかアデルらしくない。もしかして……という考えは呑み込んだ。もしそうならアデルは触れてほしくないだろうから。

「これでやっと私も婚約者を決められるわね」

「え？」

思いがけない言葉に、私はついアデルを見つめてしまった。グローリア様の結婚とアデルの婚約にどんな関係があるのだろう。

「もしこの婚約が流れたら、コンラッド様はうちに婿《むこ》入りする予定だったのよ」

「ええっ？」

「我が国とハイアット国の婚姻は絶対。最初からグローリア様がダメなら私って約束だったのよ。王女のグローリア様には、別の国に嫁《とつ》ぐ可能性も残っていたからね」

そんな約束があったとは知らなかった。でも、我が国の王女はグローリア様一人で、アデルはグローリア様に次いで地位が高い。結婚相手が他国の王族でも問題なく、ハイアット国もどちらでもいいと言っていたらしい。

「大人しくハイアット国に向かってくれるといいんだけどね」

そう言ったアデルだったけれど、こうも大々的に発表されたら覆《くつがえ》されることはないだろう。今のところ我が国はハイアット以上に関係が悪い国はなく、慌てて他国の王族と婚姻を結ぶ必要はないのだから。

一方でこの話をなかったことにすれば両国間の関係だけでなく、ラファティ国の面子《めんつ》を潰すことになり我が国としては大きな瑕疵《かし》になる。グローリア様とコンラッド様の様子からしても、先程の陛下のお言葉からしても、お二人の仲は良好で結婚に不安はないように思えた。

それからは国王陛下から希少なワインが振る舞われ、会場内は大いに沸いた。国王ご夫妻と王太子殿下ご夫妻、そしてコンラッド様は笑顔で賓客《ひんきゃく》から祝辞を受けていた。

一方でグローリア様と第二王子であるハロルド様の表情は冴えなかった。ハロルド様も事前に聞かされていなかったのだろう。グローリア様が聞かされていなかったのはサプライズだとしても、ハロルド様が知らなかったのには違和感が残った。

「アデル嬢」

騒ぎの中で声をかけてきたのはエセルバート様だった。その後ろにはハガード公爵ご夫妻の姿もある。

「エセルバート様、ようやくですわね」

「ああ。これでやっと落ち着くだろう」

「ええ」

「だが……よかったのか？」

「何がですの？」

エセルバート様の問いに、アデルがいつも通りの笑顔で答えた。

「いや。詮無《せんな》いことを聞いた」

何となく歯切れの悪いエセルバート様だったけれど、アデルはいつもの笑みを浮かべるだけだった。

グローリア様の誕生祝いの舞踏会は、祝賀ムードのまま幕を閉じた。民《たみ》にも人気の可憐な王女殿下と隣国の王子殿下の婚姻の話は瞬《またた》く間に国中に広がり、世間は一気にお祝いムードに覆われた。市井《しせい》ではグローリア様とコンラッド様の絵姿が飛ぶように売れ、俄《にわ》かにハイアットブームに沸いている。

グローリア様の卒業はまだ一年先だったが、卒業条件は満たしているため前倒しで今の最上級生と一緒に卒業されるとの発表があった。早々にハイアット国からも講師が何人か派遣されて、ハイアット流の王子妃教育を始めるという。三か月後にはハイアット国に向かい、そこで結婚式までの間、本格的な王子妃教育を受けるのだと聞いた。

◆
◆
◆

舞踏会から十日程が過ぎた。世間のお祝いムードも私はあまり興味がなかった。それよりも舞踏会で助けた令嬢が気になっていた。媚薬《びやく》を盛られたのはエセルバート様も同じで、そこに何らかの関係性があるのではないかと思ったからだ。あれから王家は本格的に調査を始めたと聞く。これ以上被害者を増やせば王家の威信にも関わるからだ。

「あの令嬢はどうなったの？」

アデルのお屋敷に伺った時、私は媚薬《びやく》を盛られた令嬢のことを尋ねた。

「大丈夫だったみたいね。後遺症の心配もないそうよ」

「そう、よかったわ」

媚薬《びやく》は違法薬物の一つで粗悪なものも多く、場合によっては重大な後遺症が残る場合もあるのだと聞く。未婚の彼女がそんなことにならなくてよかった。

「それで、犯人は？」

「まだ調査中で詳しいことはわからないわ。グローリア様の誕生祝いの場での狼藉《ろうぜき》だから陛下も相当お怒りだそうよ。かなり捜査に力を入れているみたい」

「そう。今度こそ犯人が見つかるといいわね」

裏に権力者がいるのか、これまで犯人が見つからなかったけれど、今回こそは見つかってほしい。

「エセルバート様との関係は？」

「関連がないか、お父様が秘かに調べているわ」

「そう」

違法薬物の入手先は限られているだろうから、判明すれば一気に片付くかもしれない。エセルバート様の件も犯人はわかっているけれど、決定的な証拠がないせいで訴えることが出来ないのだと聞いた。王族でも証拠がなければどうしようもないのだ。

「あの令嬢は私たちが見つけたから無事だったけど、泣き寝入りした子もいたでしょうね」

「そうね」

全くその通りで、外聞を憚《はばか》って被害に遭っても泣き寝入りしている可能性は高い。ここで被害を食い止めてほしいと思う。

「あとはグローリア様が大人しく輿入《こしい》れしてくれたら一安心ね」

まるで厄介者がいなくなって清々《せいせい》すると言わんばかりのアデルに、これまで抱いていた違和感が一層増した。

「ねぇ、アデル。どうしてそこまでグローリア様を毛嫌いするの？」

こうなってくると子どもの頃の行き違いのレベルを超えているだろう。他の令嬢にはここまで手厳しい態度を取ることはない。あのアメリア様にもこれよりは寛容だ。

「知りたい？」

「そりゃあ。だって気になるもの」

そう思うのも仕方ないはず。グローリア様にだけ点が辛いのだから。

「そうね……知らない方が、危ないかもしれないものね」

しばらく考えてから、アデルがまだ迷いを残しながらもそう言った。

「決定的な証拠がないから言わなかったんだけど……アルヴァン様とのことも、ヴィオラの噂も、令嬢が襲われた事件も、私たちはグローリア様が関係していると思っているの」

「ええっ!?」

「あと、エセルバート様に媚薬《びやく》を盛った件も、ね」

「はぁっ!?」

アデルの口から告げられた内容に、私はしばらく頭が動かなかった。あの可憐でお優しそうなグローリア様が？　私とアルヴァン様とのことも、あの噂も、令嬢が襲われた事件もって……

「ちょ、ちょっと待ってよ、アデル。いくら何でも飛躍しすぎだわ」

「そう言うだろうと思ったわ」

「だって、あ、当たり前じゃない。どうしてグローリア様が、そんなこと……」

そう、あんなにもお綺麗で民《たみ》にも慕われていて、色んな意味で恵まれた方が、そんな酷いことをする必要があるのだろうか。少なくとも私に対してそんなことをしても、グローリア様には何のメリットもないだろうに。

「話せば長くなるんだけど……」

そう言ってアデルが話し始めた。近年、我が国とハイアット国の関係は険悪の一歩手前で、際どい場面も多々あったという。それでもラファティの執《と》り成しで最悪の事態は免《まぬが》れていた。この状況を改善すべく、コンラッド様の姉のレオノーラ第一王女が我が国のハロルド第二王子に嫁《とつ》ぐことが、彼らがまだ幼児の頃に決まっていた。

だがそのレオノーラ様が、エセルバート様の兄君のユージーン第二王子に見初《みそ》められたことで、三国は俄《にわ》かに騒ぎになった。最終的にはラファティ王族の意向と国力の関係もあって、ユージーン様はレオノーラ様を妃に迎えた。当時、一番重要視されたのが我が国とハイアット国の関係改善だったため、すぐにグローリア様とコンラッド様との婚約が整えられたという。

「でも、そこで予想外のことが起きたの」

「予想外？」

「そ。グローリア様がエセルバート様を好きになったのよ」

「ええっ？」

思いもしなかった事実に大きな声が出てしまった。アルヴァン様に続いてエセルバート様までグローリア様と絡むことになるなんて……

アデルの話では、エセルバート様は子どもの頃は身体が小さかったが、十五歳を過ぎた頃から一気に成長して見た目もかなり変わったそうだ。長い間彼に会っていなかったグローリア様は久しぶりに会ったエセルバート様に瞬《またた》く間に恋をして、国王陛下に婚約者の変更を願い出たという。

だが、他国との関係を重視した国王陛下は、そんなグローリア様の願いを一蹴《いっしゅう》した。既に婚約は発表され、それを機に双方の関係改善も進んでいたからだ。しかもこの婚約を執《と》り成したのはラファティ王。ここで婚約解消となれば二国との関係悪化は避けられず、簡単に頷ける話ではなかったのだ。

「それに我慢ならなかったのが、グローリア様なのよ」

「我慢って……」

貴族や王族の結婚は政略が当たり前で、そこには個人の意向は関係ない。特に王族は国を安定させるための道具のようなものだから、敵国だろうが何だろうが行けと言われれば拒否権はなかった。表面上だけでも関係がよさそうに見えるコンラッド様との婚約解消は難しいだろう。

「これ、陛下も悪かったのよ。もしエセルバート様から求婚されたら考えようって仰《おっしゃ》ったらしくて……」

「えぇぇ？」

「まぁ、ラファティ王族の一途さは有名だし、ラファティの意向とあればハイアットも文句は言わないからね。その時は援助を条件に受けた方がメリットも大きいもの」

「そ、そう」

なるほど、ラファティの第二王子でもあるユージーン様とハイアットの第一王女のレオノーラ様の前例もあるし、エセルバート様から求婚されたらハイアットも引き下がる可能性は高い。既に自国の王女が輿入《こしい》れしているが、レオノーラ様の夫の方が王位継承権は高いから面子《めんつ》も保たれる。両国から相応の援助を引き換えに認めた方が、今よりもメリットが大きいかもしれない。

「じゃ、アデルの婚約は……」

「グローリア様がエセルバート様に求婚された場合の予備が、私なのよ」

なるほど、ずっとアデルに婚約者がいないのが不思議だったけれど、そういう理由なら納得だ。ハイアットとの婚姻は絶対だから。あちらには他にも王子がいるので、その場合はコンラッド様が婿《むこ》入りするという。

「じゃ、あの媚薬《びやく》は……」

「グローリア様が既成事実を作るためにやらかした、と私たちは思っているわ」

「既成事実って……それに、私たち？」

そういえばさっきもそう口にしていたっけ。それじゃ、他にも同じように考えている方がいるということだろうか。

「エセルバート様とコンラッド様も同じ意見よ」

「お、お二人が？　じゃ、コンラッド様はグローリア様の気持ちも、媚薬《びやく》を盛った件もご存じの上で婚姻を？」

「そう。彼はああ見えて王族の義務をよく理解しているわ。彼ならあの女が余計なことをしないように見張ってくれるでしょうね」

「見張るって……」

何だか随分な言い方だけど、大丈夫なのだろうか。そりゃあ、嫁《とつ》ぎ先では好き勝手出来ないだろうけど。

「王家の婚姻の実情なんてそんなものよ。お互い自国の民《たみ》にはいい顔だけ見せておきたいからね。側妃として嫁《とつ》ぐ場合は殆《ほとん》どがわけありだって言うし」

それでは体《てい》のいい厄介払いじゃないだろうか。しかしそういう場合、問題を起こした場合の処分は嫁《とつ》ぎ先に委《ゆだ》ねると先に約束しているという。そりゃあ、問題を起こす方が悪いのだけど、そこに親子の情が全く感じられなくて薄ら寒い。あまりの内容に軽く眩暈《めまい》がしてきた。こんな話は知らない方がよかったと思ったけれど、後の祭りだ。

グローリア様が一連の黒幕らしいのは驚きだったけれど、これまでに何度か持った違和感を思い出した。例えばアルヴァン様のことがそうだ。もし本当にお優しい方なら、いくら専属騎士とはいえ婚約者がいる相手をずっと側に置くことはしないと思う。仮にご本人が気付かなくても、周りに仕える者たちがそのような状況に黙ってはいないだろう。つまらない噂を立てられた場合、最初に責められるのは当事者よりもそれを防げなかった周囲の者なのだ。私との婚約も、デビュタントも誕生日も、誰一人気が付かなかったなんてはずはないから、忠告されてもグローリア様が黙殺したと考えたほうが納得だった。

これまでは彼が信頼され重用《ちょうよう》されているのは名誉なことだと思っていたけれど、それは自分を納得させるためにそう思い込もうとしていただけだったのかもしれない。王族は敬《うやま》うものと教え込まれていたから、反感を持つことに強い罪悪感があったし、不敬罪への恐怖もあったと思う。それに、自分が蔑《ないがし》ろにされていると認めたくなかった。

でも、謝罪も再婚約の打診も私のためではなかったと、今ならわかる。もし本当に私に悪いと思っているのなら、再婚約なんて無神経な提案など出来ないだろう。

(そこまでの悪意はなかった、のかもしれないけれど……)

そう思いたい自分がいたけれど、グローリア様の行動の結果はとてもお優しい王女殿下のそれではなかった。今更だけど、あまりの自分の鈍さに笑いが込み上げてしまった。

その件をお兄様に話したら、そういうところがヴィオラのいいところだからと言われてしまった。

「お兄様、それはどういう意味ですの？」

「ヴィオラはそのままでいいんだって。現にハガード公爵令嬢だって、ヴィオラのそういうところを気に入ってくれているのだろう？」

「そう、でしょうか」

「相手を疑ってばかりじゃ気が滅入《めい》るからね。ハガード公爵令嬢は常に気を張っていなきゃいけない立場だから、ヴィオラ相手だと安心出来るんだろう」

なんだろう、褒められているわけじゃなさそうで、釈然《しゃくぜん》としない。それは鈍感で能天気と言いたいのだろうか……そう思ったけれど、お兄様はヴィオラはそのままでいいんだよと重ねて言って笑った。そう言われてしまうとそうかと思ってしまうけど、それじゃダメな気がしてきた。

後日、お兄様との会話についてアデルに話したら、アデルにまで同じことを言われてしまった。

何故だろう……何かが違う気がするのだけど。

◆◆◆

舞踏会から半月あまりが経った頃、我が家に来客があった。

「珍しいですわね。お母様、どなたが？」

「ああ、ヴィオラ。それが……」

予想外の来客に戸惑うお母様に尋ねると、訪ねてきたのはセクストン侯爵家のお使いの方だと教えてくれた。確かお父様よりも少し上の世代の方で、我が家とは領地も遠く交流も殆《ほとん》どなかったはずだ。一体我が家に何の用なのだろう。みんな不思議に思ったけれど、同じ侯爵家とはいえあちらの方が家格は上だから無下《むげ》にも出来ず、お父様が対応されていた。

お使いの方は半刻程でお帰りになった。どうやら用件だけ話して帰られたらしい。応接室から出てきたお父様の顔色はあまりよくなかった。

「あなた、一体どんなご用件でしたの？」

「それが……」

お父様は私を見ると一層戸惑いの色を深める。その表情に嫌な予感がした。


「縁談、ですか？　私に？」

「ああ」

家族用のサロンに集まった私たちは、お父様からセクストン侯爵家の使者の用件を聞いた。

「一体、どなたと？」

婚約破棄が成立してから五か月余りが経ったから、そういう話が来てもおかしくはない。実際、これまでも申し込みはいただいていたけれど、エセルバート様のことがあるから丁重にお断りしていた。ただ、セクストン侯爵家とは交流がないので、縁談が来るなんて想像もしていなかった。

「父上、ヴィオラに縁談といっても、あそこの息子は二人とも結婚していますよ」

お兄様は下の令息と学園で一緒だったらしく、彼の家のことを少しご存じだった。聞けば二人とも結婚し、上の子息には既に後継の男児もいるらしい。だったら相手はセクストン侯爵の縁者なのだろうか。

「それが……お相手はセクストン侯爵だそうなんだ」

「は？」

「まぁ……」

「ええっ⁉」

我が家のサロンに三者三様の驚きの声が響いた。

◆　◆　◆

翌日、私はアデルのお屋敷にいた。学園でセクストン侯爵から求婚されたとアデルに話したら、放課後馬車に押し込められて連れてこられたのだ。

「どうしてセクストン侯爵から求婚されているのよ？」

「そんなの、こっちが知りたいくらいよ」

一応お父様が使者に理由を聞いたけれど、その方も詳しいことは知らないと答えたそうだ。

「セクストン侯爵、ね」

そう言うとアデルは、紅茶を一口飲んだ。

「特殊な趣味をお持ちだって聞いたけれど……」

「ああ、あれね」

「一体どんな趣味なの？　お兄様もお母様も教えてくれなかったんだけど……」

「あ～、うん、まぁね」

アデルにしては珍しく歯切れが悪かったけれど、話を聞いて納得した。うん、確かに口に出すのは憚《はばか》られる内容だ。まさか嗜虐《しぎゃく》趣味の持ち主だったなんて……

「じゃ、結婚したら……」

「軟禁の上、甚振《いたぶ》られる生活、かしら？」

「軟禁……」

暗澹《あんたん》たる未来図に、周囲から空気がなくなったような気がした。気持ち悪いを飛び越えた先にあるこの不快感をどう表現したらいいのだろう。

「こうなったら、ヴィオラもそろそろ覚悟を決めたら？」

「か、覚悟!?」

急にそう言われて、思わず大きな声が出てしまった。そ、それって……

「エセルバート様のことよ」

「…………へ？」

すっかりセクストン侯爵のことだと思い込んでいた私は、エセルバート様の名を聞いて自分の思い違いに気付いた。

「もしかして、まだアルヴァン様を忘れられないとか？」

「……さすがに、それはないわ」

確かに好きだったと思う。けれどその好きは、兄やブライアン様へのそれとあまり変わらなかったと今ならわかる。

「セクストン侯爵に嫁《とつ》ぐ気はないんでしょ？」

「当たり前じゃない！　それくらいなら修道院に行くわ」

「だったらエセルバート様でいいじゃない」

でも……本当にそれでいいのだろうか？　確かにエセルバート様を好ましく思う気持ちは強くなってきている。それはアルヴァン様では感じなかったものだ。

「セクストン侯爵の求婚を断るなら、エセルバート様の名を出すしかないわ。グローリア様が出国した後の方がよかったけれど、こうなったら腹を括《くく》りなさいな」

確かにアデルの言う通りだった。あちらの方が我が家よりも家格も役職も上なのだ。さすがに嗜《し》虐《ぎゃく》趣味のあるお父様よりも年上の男性に嫁《とつ》ぐなんて嫌だ。それくらいなら修道院に行きたい。

「どうして迷うかなぁ。エセルバート様のどこが不満なのよ」

「不満なんかないわ。そんな恐れ多い」

「じゃ、どうして」

「……怖いのよ」

今まで言葉に出来なかった思いがあっさりと口から出た。

「十一年間、ずっとアルヴァン様の妻になるために努力してきたわ」

「そうね」

「子爵といっても領地もなくて名前だけ。使用人を雇えるかもわからないから、料理や掃除なんかも習ったし、騎士は怪我をして働けなくなることも多いって言われて、侍女か家庭教師として働く準備もしていたわ」

「確かに離職率、高いものね」

「マナーだって、上位貴族のマナーを使うと反感を買うって聞いて、両方習ったし」

「……」

「二人とも兄一人だから、万が一の時には実家を継げるよう、上位貴族の勉強だって手を抜けなかったわ」

結婚後は今の生活よりも質が下がるのはわかっていた。それでもアルヴァン様となら温かい家庭が作れると思ったし、料理を覚えたり街へ買い物に行ったりするのも想像以上に楽しかった。上位貴族の中で足の引っ張り合いに神経をすり減らすよりは、と思っていたのだ。なのに……

「あと一歩のところで全部ひっくり返ったわ。これまでの十一年って何だったんだろうって……」

「ヴィオラ……」

今までこんなことを言ったことがなかったからか、アデルが戸惑っている。そんな表情をさせたかったわけじゃない。

「エセルバート様のお気持ちは嬉しいのよ。でも、またダメになったら？　しかも今度は誰も知り合いのいない異国よ。そんなことになった時、耐えられる自信がないの」

今回は家族もアデルもいてくれたし、ブルック侯爵家の皆さんも味方してくれたから、それ程落ち込まずに済んだ。

でも、ラファティで知り合いがいない中で放り出されたら？　私は一人で立っていられるだろうか。躊躇《ちゅうちょ》する一番の理由はそれだった。

◆　◆　◆

翌日、学園から帰った私は屋敷の前に立派な馬車が停まっているのに気付いた。今日は来客があるとは聞いていなかったのだけど……

「お嬢様！　た、大変でございます！」

「どうしたの、ハンナ。慌てて」

「それが、セクストン侯爵がお見えでして」

「ええっ⁉」

求婚の申し込みがあってからまだ二日しか経っていない。こんなに急に、しかも事前の連絡もなく押しかけてくるなんてあり得ないのだけど。

「そ、それで、ご用件は？」

「旦那様かお嬢様にお会いしたいと……誰もいらっしゃらないからお引き取りいただくようにお願いしたのですが、お待ちになるの一点張りで。今は応接室でお待ちいただいています。でも、まだどなたもお戻りにならなくて……」

「そ、そう……」

何て非常識な方なのか。セクストン侯爵が我が家を下に見ているのは明らかだった。でも、格上の相手を待たせるわけにもいかない。私が行くしかないだろう。

「お嬢様……」

「大丈夫よ。まだ婚約の申し込みの段階だからご挨拶《あいさつ》だけでしょう。護衛代わりに家令のドルフとハンナに来てもらうわ。ああ、出来ればもう一人侍女を呼んでもらってもいいかしら？」

「それじゃ、母に頼みますわ」

着替えを終えても、誰も帰ってこなかった。ドルフが家族に使いを出してくれたけど、すぐに戻れるはずもないだろう。妊娠中のマリアンお義姉《ねえ》様に心配をかけたくないし、やはり私が行くしかない。ドルフとハンナたちを連れて私はセクストン侯爵のいる応接室に入った。変な噂が立っては困るからドアは開けておいて、外にも侍女と我が家の護衛に待機してもらった。

「おまたせしました、セクストン侯爵様」

「おお、これはヴィオラ嬢自ら迎えてくれるとは、いやはや何とも光栄ですな」

大袈裟《おおげさ》なくらいに喜びをあらわにするセクストン侯爵は、テカテカした額とでっぷりしたお腹が目立つ男性だった。お父様よりも年上のはずだけど、随分落ち着きがなく見える。まだ挨拶《あいさつ》もしていないのに名前呼びされたのも不快でしかない。アデルから聞いた特殊な嗜好《しこう》のこともあって、嫌悪感からか鳥肌が立った。

「今日はどういったご用件でしょう」

「おお、そうでしたな。今日はヴィオラ嬢にご挨拶《あいさつ》をと思いましてな。ぜひとも私めにヴィオラ嬢の人生を預けていただきたく馳せ参じたのですよ」

芝居がかったような態度も、言われた内容にも嫌悪感しかなかった。そんなこと、直接私に言われても困るのだけど。こういうことはまずは家長同士で話し合うものだろうに。

「そうでございますか。でしたら尚《なお》のこと、まずは父とお話しください。私に決定権はございませんので」

貴族の子女の結婚は家長が決めるものだし、私が約束したところで何の意味もない。そんなことをご存じないわけでもないだろうに。

「確かにヴィオラ嬢の仰《おっしゃ》る通りですな。ですが、この件は王女殿下自ら私にお声がかかったものなのですよ」

「お、王女殿下って……」

思いも寄らなかった事実に、つい声が出てしまった。グローリア様がどうして……

「王女殿下はご自身のせいで婚約破棄になったヴィオラ嬢のことを大層気に病まれていらっしゃいましてな。先日、お茶会でご挨拶《あいさつ》した際、憂《うれ》い顔でいらっしゃったのでお尋ねしたのですよ。そうしたら……」

グローリア様は、婚姻が決まって自分は幸せなのに、自分のせいで私が未だに婚約者も見つからずにいるのが心苦しいのだと仰《おっしゃ》ったそうだ。話をしている中で侯爵が、冗談で自分が立候補しようかと言ったところ、グローリア様が名案だと仰《おっしゃ》ったのだとか。

「王女殿下はご自身が国を離れる前に、ヴィオラ嬢に新たな縁談をとお考えなのです」

セクストン侯爵の言葉に、身体中の血が凍り付きそうになった。王家からの提案を断るのは簡単ではなく、それをご存じないグローリア様ではないだろうに。ふと、底意地の悪い笑みを浮かべているグローリア様の顔が浮かんだ。そんな表情を見た覚えはないのに、それはやけに現実味を持っていた。模範的な王女殿下との触れ込みが単なる上っ面《うわつら》だということを、私はようやく本当の意味で理解した。

「王女殿下にまで気にかけていただけるとは、ヴィオラ嬢は幸運でいらっしゃる。王女殿下はあと僅かでハイアット国に向かわれる。王女殿下の憂《うれ》いを払うためにも、ぜひこの話をお受けいただきたいのですよ」

そう言ってセクストン侯爵がにやりと口元を歪《ゆが》めて、立ち上がった。驚いて言葉を発せない私を見下ろしながら近くまで来ると、私の隣に腰を下ろして私の手を握る。生温かく湿った手の感触に悪寒が背中を駆け上がった。

咄嗟《とっさ》にセクストン侯爵から距離を取ろうとしたけれど叶わなかった。しっかりと両手を握られ、私では到底振り払えなかったのだ。いくらグローリア様の意向があったとしても、まだ婚約すらしていないというのにあまりにも横暴すぎる。

「は、放してください！」

「まぁまぁ、そう邪険になさいますな。いずれは夫婦になるのですからね」

セクストン侯爵は私の手を撫で回しながらそう言った。湿った手の感触が気持ち悪い。

「ま、まだ決まったわけではありません！」

「そうは言っても、王家の意向を無下《むげ》にも出来ますまい。それともリード侯爵家は王家のお決めになったことに異を唱えられるのかな？」

「な……！」

その言葉に、戦慄《せんりつ》が走った。グローリア様は何としてでもこの婚姻を成立させるおつもりなのだ。

（ど、どうしてそこまで……）

もしかして、エセルバート様とのことが知られたのだろうか。細心の注意を払っていても、どこから話が漏《も》れる可能性がないとは言い切れないけれど……

「なぁに、わしの妻になれば悪いようにはせん。近々兄夫婦に子が生まれるのだろう？　生まれてくる子と侯爵家の未来、明るい方がいいと思わぬか？」

まさか、これから生まれてくるお兄様の子どものことまで出してくるなんて。

「な、にを……」

「言葉通りじゃよ。わしの息子は第二王子殿下の側近だ。わしの言うことを聞いておけば、この家も安泰だということだよ。悪い話ではなかろう？」

断れば第二王子殿下の不興も買うという意味だろうか。確か第二王子のハロルド様はグローリア様とは仲がよかったと聞いたけれど。

「か、仮にそうだとしても、まだ婚約もしておりませんわ。それに私には求婚してくださっている方が……」

「ほう？　どこの若造かな？」

「そ、それは……」

エセルバート様のことを出せば引いてくれるかとも思ったものの、ここでその名を出せばグローリア様に知られてしまう。エセルバート様の許可もいただいていないから、勝手な真似をするわけにもいかなかった。

「そんなものなどどうにでもなる」

「でも、私はまだ学園だって……」

「結婚すれば学園を出る必要などないだろう？」

「何を……」

「心配無用じゃよ。わしには後継の息子も孫もおる。既に息子夫婦が当主代行をしておるから侯爵夫人の仕事も特にない。ヴィオラ嬢は何の心配もせず、ただわしに可愛がられておればいいんじゃ」

アデルが言っていた、軟禁されて甚振《いたぶ》られる話は冗談ではなさそうだ。気持ち悪さに吐き気までしてきた気がした。

「ご心配召されるな。婚約式も結婚式も盛大に行おうではないか。王家のお声がかりでの結婚じゃからな」

「ですから、まだ婚約するとは……」

「そんな兄夫婦を困らせるようなことを言うものではないよ。両親にいらぬ心配をかけるなど親不孝というものじゃ」

何を言っても聞く気がないらしい。冗談ではないと思うし、気持ち悪くて逃げたいのに思うように身体が動かなかった。

「おお、怯《おび》える表情もまた愛らしいのう。実にわし好みじゃよ。王女殿下も気の利いたことをしてくださる」

「きゃぁ!?」

セクストン侯爵がにやりと下品な笑みを浮かべたと思ったら、そのままソファに押し倒された。恐怖とあまりの気持ち悪さに、身体が固まってしまって動けない。掴まれた腕を軋《きし》む程に握りしめられ、その痛みと重みに絶望が広がった。

「お嬢様!」

「セクストン侯爵、おやめください!」

いきなりの暴挙に、ドルフとハンナの母が諌《いさ》めようとしてくれた。

抗議の声を、

「煩《うるさ》い! これは王女殿下もご存じのこと。使用人風情《ふぜい》が口を挟むな!」

セクストン侯爵が睨みつけて一喝した。濁った声が室内に響き渡って、その勢いにドルフたちが怯《ひる》んだ。我が家ではこんな風に声を荒らげる人がいないから、このようなことに慣れていない。それに王家の名を出されればそれ以上強くは言えないだろう。

(ああ、やっぱり誰かが帰ってくるまで待つべきだったわ……)

誰もいなかったから仕方なく相手をしたのは迂闊《うかつ》だった。しかしそうは言っても家格が上の相手を放っておくことも出来なかったのも確かだ。最初からこうするつもりだったから、先触れなども出さなかったのだろう。

「愛《う》いのう。瑞々《みずみず》しい肌も怯《おび》える表情も。やはり若い娘が一番じゃ」

「お嬢様！」

「セクストン侯爵、おやめください！」

ドルフたちが制止する声も、セクストン侯爵は気に留めることはなかった。舌なめずりするセクストン侯爵の顔が近づいてきた。

「いやっ！　エセルバート様っ!!」

あまりの気持ち悪さに無意識に身体が動いた。

「……§、Θ$&Й‰※#&…？×!!」

室内に意味不明な悲鳴が響き渡る。強く掴まれていた腕が自由になったので思いっきり振り払ったら、何かにぶつかってそれが床に転がり落ちていった。

「ヴィオラ様！」

「お嬢様!!」

悲鳴のようなドルフとハンナの声が聞こえた。その隙にハンナとドルフがセクストン侯爵から私を守るように間に立つ。侯爵は床で身を丸くして蹲《うずくま》っていた。どうやら渾身《こんしん》の一撃がヒットしたらしい。と、次の瞬間、乱暴にドアが開く音がした。

「ヴィオラ！」

「ヴィオラ嬢!?」

「ア、デル……？　エセルバート様も……」

突然現れた二人を呆然と見上げた。どうしてここにいるのだろう。今日は何の約束もしていなかっ

たはず……

「セクストン侯爵に求婚されたと聞いて、エセルバート様に連絡したのよ。そうしたらすぐに会いたいって言うから屋敷に来たら、セクストン侯爵家の馬車が……それでエセルバート様を呼ぶ声がしたんだけど……」

私とセクストン侯爵を交互に見ながら、アデルが困惑の表情を浮かべていた。

「何が、あったの？」

「そ、それが……私も夢中で……」

あまりの嫌悪感に咄嗟《とっさ》に身体が動いてしまったけれど、無我夢中で何がどうなったのかは自分でもわかっていなかった。

「お嬢様がセクストン侯爵を撃退されたのです」

私たちの疑問に答えてくれたのはドルフだった。

「ヴィオラ嬢が？」

「ええ、お嬢様は体術を習っていらっしゃいましたから」

そう言ってドルフが何が起きたのかを詳しく教えてくれた。私は馬乗りになったセクストン侯爵を蹴り上げ、それが急所を直撃したらしい。その後、痛みで蹲《うずくま》った彼に自由になった腕を振り上げたところ、こっちは首にヒットしたのだと言った。

「お嬢様、長年習った甲斐《かい》がありましたな」

ドルフが晴れ晴れとした笑顔を見せた。私はアルヴァン様の妻になる準備の一つとして体術を習っていた。騎士は仕事柄逆恨みされる場合もあり、妻子が狙われたことがあると聞いたからだ。それに私は活発な子どもで、兄やアルヴァン様たちが習うと聞いて私もやりたいと強請《ねだ》ったのだ。一応剣も習ったけどこっちは手元に剣がないと意味がないからと、素手でも出来る体術の方はずっと続けていた。

「そうでしたか。それでお怪我は？　大丈夫ですか？」

「えっと、だ、大丈夫です。ちょっと腕が痛かったくらいで……」

「腕が？」

エセルバート様が心配そうな表情を浮かべたので掴まれた腕を見せると、そこには手の痕がくっきりとついていた。まだ僅かに痺《しび》れたような痛みが残っていることに今になって気が付いた。

「こんなに赤くなって……女性になんてことを……！」

エセルバート様の纏《まと》う空気が一瞬でヒヤッとした。物凄く怒っていらっしゃるのだろう。

「誰か、冷やしたタオルを！」

「は、はいっ！　ただ今！」

エセルバート様の言葉を受けて、我に返ったハンナが飛び出していった。その後ろ姿を視線で追っていると、突然身動きがとれなくなった。

「……よかった。ご無事で……」

（……え？　えええっ⁉）

自分が置かれた状況を理解するのに十を数える時間がかかっただろうか。私はエセルバート様に抱きしめられていた。悲鳴を出さなかった私を誰か褒めてほしい……

（ア、アデルやドルフたちがいるのに……）

自分よりもずっと大きな身体とエセルバート様の匂いに、さっきとは違う意味で心臓が早鐘を打っていたけれど、それはエセルバート様もだった。

（こんなにも、心配してくださったんだ……）

そのお気持ちを嬉しく思う自分がいると同時に、そんなにも心配をおかけしてしまったことが申し訳ない……それでも、こうしていると震えが少しずつ収まっていくのを感じた。

「こ、んの、小娘が！　よっ、よくもこのっ、わし、にっ！　こんなことをして、ゆ、許されると思っておるのかぁ！」

「っ！」

割り込んできた声は、復活したセクストン侯爵のものだった。さっきの恐怖が再び込み上げてきて身体が強張るのを感じた。セクストン侯爵は唾を吐く勢いで怒鳴り声を上げようとしたけど、まだ完全復活ではなかったらしく、途切れ途切れで先程までの勢いはなかった。

「ほう、許さずにどうしようと言うのだ？」

「そうね。こうなった原因を作ったのは誰かしら？」

部屋の中に響いたのは、真冬の冷気を思わせるエセルバート様とアデルの冷え切った声だった。

「なっ！　あ、あなた様は……ラファティの!?」

怒りに震えて声を荒らげたセクストン侯爵だったが、エセルバート様の姿に声を裏返らせた。少し身体をずらすと、エセルバート様の向こうにすっかり顔色を変えた彼の姿が見えた。まだ足元がおぼつかないのか内股になっていて余計に情けなく見える。更にアデルに気が付くと白くなっていた顔を青くした。

「な、な、なぜ、あなた方がここに……」

セクストン侯爵にとっては想像だにしない相手だったのだろう。自分に逆らえる者がいないとわかっての狼藉《ろうぜき》だったのだから。二人はそれぞれ王族とそれに準じる地位にいるし影響力も大きい。アデルはまだ一介の令嬢だけど、伯父《おじ》でもある国王陛下は聡明で物怖じしない彼女に非常に甘い。いくらセクストン侯爵家の家格が高いといっても身分制度の厳しい我が国では太刀打ち出来る相手ではない。

「ど、どうしてあなた様たちがこちらに？」

「あら、ご存じないかしら？　ヴィオラは私の親友ですのよ？」

「し、親友ですと？」

「ええ、学園では有名な話ですけれど、侯爵は求婚する相手の交友関係もご存じなかったの？」

「そ、それは……」

アデルにそう問われたが、セクストン侯爵は何も答えられなかった。

「わ、私めは王女殿下に頼まれて……」

「まぁ！　王女殿下に彼女を襲うように頼まれたと、そう仰《おっしゃ》るのね？」

セクストン侯爵の言葉に、アデルがわざとらしい程大きな声を上げた。絶対にわかってやっている。

「な！　そ、そうではありません！　私はっ、王女殿下に！　そう、王女殿下に言われたのです。婚約者がいないヴィオラ嬢が気の毒だと。ご自身のせいで婚約破棄になった彼女をこのままにしてはハイアットに行けないと……」

「そう。それで？」

「だから、王女殿下の憂《うれ》いを払って差し上げようと。お、王女殿下も私がそう申したらぜひにと仰《おっしゃ》ったので……」

「そう。わかったわ」

アデルがそう言うと、セクストン侯爵の表情が明るくなった。アデルが自分の言い分を理解してくれたと思ったらしい。でも……

「ヘンダーソン公爵。もうよろしいかしら？」

「ええ、ハガード公爵令嬢。十分かと」

アデルがドアの方に視線を向けると、そこには騎士が五人立っていた。一人は壮年で四人はまだ若い騎士だから、上司とその部下だろうか。

「セクストン侯爵を捕らえろ！」

「「「はっ！」」」

五人は部屋に入り、若い騎士がセクストン侯爵のもとまで歩み寄った。

「な、な、なぜですか!?　わ、私は王女殿下に言われてっ!!」

「当たり前でしょう？　だってあなたは王女殿下に唆《そそのか》されたとはいえ、家長のリード侯爵の意向も聞かずにヴィオラ様を襲おうとしたのよ。当然じゃない」

「で、ですからそれは王女殿下が……王女殿下にお尋ねくだされば、きっと……」

「そこも含めて詳しい話を聞かせてもらおう」

「そんな！　ヘンダーソン殿！　私は、私は何も……！」

「ご安心ください、セクストン侯爵。我らは公正と清廉《せいれん》を掲《かか》げる王立騎士団。忖度《そんたく》などなくしっかり話を聞かせていただきますから」

温和な笑みを浮かべてヘンダーソン公爵が紳士的な態度で答えた。

「お、お待ちください！　待って……」

抵抗するセクストン侯爵だったが、若くて屈強な騎士に両脇を押さえられると、そのまま連れていかれた。

「ハガード公爵令嬢、ご協力感謝いたします」

そう言ってヘンダーソン公爵が一礼して出ていった。彼らが去ると室内の空気が一気に緩んだ気がした。どうやら危機は去ったらしいと、ほっと胸を撫で下ろしたけれど……

「エセルバート様……そろそろヴィオラを放してくださらない？」

「え？　あ……」

ヘンダーソン公爵や騎士の前でも私を放さなかったエセルバート様に、アデルが呆れた声をかけた。もしかしたらヘンダーソン公爵に見られてしまったのではないだろうか。それって……

「ヘンダーソン公爵たちに見られてしまいましたわよ」

腰に手を当ててアデルがため息をついた。確かに見られてしまったのは迂闊《うかつ》だったと思う。もしこのことが噂になったら……

「ヘンダーソン公爵はそこまで野暮《やぼ》な方ではないだろう？」

「あら、でも騎士たちはわかりませんわよ」

「彼らにも守秘義務はあるから大丈夫だよ」

「それはそうだけど……」

「頼りにしているよ、アデル」

エセルバート様が笑顔でそう告げると、アデルが大袈裟《おおげさ》にため息をついた。どうやらこの件はアデルがハガード公爵を通じてどうにかしてくれるのだろう。申し訳ないけれど、そうしないとグローリア様から一層恨みを買って、私だけでなく家族まで危険に晒《さら》されるかもしれない。

「アデル、ごめんなさい。でも……」

「ああ、わかっているわ、ヴィオラ。ちゃんとお父様にお願いしておくから心配しないで」

「ありがとう」

「いいのよ。それも織《お》り込み済みだから」

やっぱりこういう時、アデルは頼りになるなと思った。頼ってばかりなのが心苦しいけれど、せめてグローリア様が輿入《こしい》れなさるまでは知られたくなかった。

さすがにこの部屋にはいたくなくて別の応接室に移動しようとしたら、そのままエセルバート様に抱きかかえられてしまった。

（ええええっ⁉）

これは世に言うお姫様抱っこというものだろうか……アデルがニヤニヤしながら、ドルフとハンナは微笑ましいものを見る目を向けてきているけれど……

「エ、エセルバート様！　わ、私重いですから！」

「そんなことはないよ。軽すぎるくらいだ」

そんなエセルバート様に、ドルフがご案内しますと言って先に歩き始めてしまった。

着いた先は二つ隣の応接室だった。エセルバート様は私をそっと二人掛けのソファに下ろすと、そのまま隣に腰を下ろしてしまわれた。心配そうに見下ろして、腕にセクストン侯爵が掴んだ痕がくっきりと残っているのを視界に入れると表情を曇《くも》らせた。私はそんなことよりも距離の近さに鼓動が速くなって心臓が落ち着かない。ハンナが持ってきた冷やしたタオルを、エセルバート様が私の腕にそっと当てた。

「痛みますか？」

「あ、あの、少し、だけ……」

ひんやりした感触に、痺《しび》れるような痛みが戻ってくる。かなり強い力で掴まれていたのを今になって思い出した。

「念のため侍医に診《み》てもらった方がいいでしょう。湿布を貼った方がよさそうです」

「あ、ありがとうございます」

「お気になさらず。それよりも、駆けつけるのが遅くなって申し訳ございません」

「そんな！　こちらこそ来てくださってありがとうございます」

そもそも謝っていただく理由がない。それに二人が来てくれなかったらどうなっていたか……そう思うとまた身体が震え出しそうだった。もう感謝しかない。

「でも、これでやっと媚薬《びやく》絡みの事件に切り込めるわ。せっかくきっかけを作ってくれたのだもの、有効に活用しなきゃね」

私たちの向かい側に座ったアデルが、ハンナが淹《い》れたお茶を一口飲んだ後、そう言ったけれど、まさかそこに繋げる気なの？

「あの事件が？」

「ええ。セクストン侯爵、あの媚薬《びやく》事件の容疑者として前から名前が挙がっていたのよ」

「あの人が……」

確かに好色そうだし、彼がやったと言われたら納得してしまうような方だったけれど。容疑者だったなんて……

「まさかとは思ったけど、駆けつけて正解だったわ。本当にやらかすとはね」

アデルとしても五分五分だったという。でも、昼間から他家に乗り込んでこんな無体を働くなんて、普通はあり得ないだろう。

「騎士団もずっと彼を疑っていたの。捜査のきっかけが欲しそうだからお呼びしたのよ」

なるほど、ヘンダーソンといえば確か公爵家の一つで、王立騎士団の副団長をなさっていた方だ。

そんな方が相手では、セクストン侯爵も言い逃れは難しいだろう。

「じゃ、私は先に帰るわね」

「え？　アデル？」

「だって、すぐにお父様に根回しをお願いしなきゃいけないもの。エセルバート様、後で帰りの馬車をよこしますから」

「ああ、ありがとう。頼んだよ」

「ふふ、これで貸し三つですね」

そう言うとアデルはさっさと帰ってしまった。確かにお父君のハガード公爵に色々お願いしなきゃいけないけど、来たばかりなのに……

「アデルが気を遣ってくれたみたいですね」

そんなことをエセルバート様が仰《おっしゃ》るものだから、また頬が熱くなってしまったけれど、あんなことがあった後のせいか安堵感がじんわりと全身を包んだ。

あの後、家族が相次いで帰ってきて、セクストン侯爵の狼藉《ろうぜき》に怒り心頭だったのは言うまでもない。いくらあちらの方が家格は上とはいえ同じ侯爵家。家長を無視した振る舞いは許し難いと、お父様はすぐにセクストン侯爵家に厳重抗議した。

同時に王家にも事の詳細を書いて抗議する文書を届けた。いくらグローリア様といえども、貴族の婚姻に口を出すのはマナー違反だ。当主の了解もなしに話を進めるなど臣下を軽《かろ》んじているも同然で、一歩間違えれば貴族の反感を買う十分な理由になるだろう。それでなくても我が家はアルヴァン様との婚約破棄にグローリア様が絡んでいただけに、このような無神経な提案は受け入れ難かった。

アデルも父であるハガード公爵に話をしたところ、公爵もお父様を支持して陛下に抗議してくださったという。ただでさえハイアットの件で貴族が二分している中、貴族を軽《かろ》んじる行為をされては示しがつかず、王家の求心力が低下すると厳しく仰《おっしゃ》ったとか。アデルにもハガード公爵にも感謝しかなかった。


夜、湯あみも済ませて一人になると急に不安に襲われた。さっきまでずっとお母様がいてくださったけど、今はハンナも寝る前のお茶の準備で部屋には誰もいない。静かすぎることに不安を感じたら、あの時の恐怖がまたじわじわと這《は》い上がってきた。

「お嬢様！」

「ヒッ！」

ぼうっと腕を眺めていたら急に呼びかけられて、思わず悲鳴を上げてしまった。

「ハ、ハンナだったのね……」

見知った顔に安堵したけれど、一度跳ねた心臓は簡単には収まらなかった。誤魔化すように視線を彷徨《さまよ》わせると、ハンナが持つトレイに載っているそれが気になった。その手にあるのって……

「お嬢様、エセルバート様より贈り物ですわ」

「エセルバート様から!?」

「ええ、花束とお菓子が届いていますわ。あと、これは匂い袋かしら？」

贈られてきた品を受け取り、まじまじと見てしまった。

（……帰ってから手配してくださったの？　お帰りになったのは夕刻だったのに？）

王子としてお忙しくしていて、今日だってそんな中でも駆けつけてくださったのに、帰った後も贈り物を手配してくださったなんて……

花束はふんわりと優しい色と匂いがして、香りを吸い込むと強張っていた心が解《ほぐ》されて何だか泣きそうになった。匂い袋と同じ香りがするカードには、私を気遣う言葉と共に、この香りは安眠効果があるからぜひ枕元にとの一言が添えられていた。

「愛されていますねぇ、お嬢様」

「……ええ、そうね」

すとんと腑《ふ》に落ちた気がした。愛されていると、何故か素直に受け止められた。

「よかったですね。アルヴァン様の時はお嬢様のそんな顔、見られませんでしたからね」

「な！　何よ、そんな顔って？」

「え？　恋している乙女の顔ですよ」

「お、乙女って……」

言われた言葉が恥ずかしくて、益々《ますます》頬に熱を感じた。きっと今、私の顔は赤くなっていると思う。

「いいじゃないですか、女性の夢ですよ。素敵な男性に熱烈に求婚されるのって」

恋愛小説好きのハンナがうっとりした表情で語り始めた。

「アルヴァン様って、顔はよかったけど女心には疎《うと》かったですからねぇ」

「アルヴァン様は生真面目な方だったから仕方ないわよ」

「それにしたって、贈り物も浪漫《ろまん》がなかったですし」

「そんな風に言っては失礼よ」

「でも、ペンとか便箋《びんせん》とか刺繍《ししゅう》道具とか、実用的なものばかりで全然ロマンチックじゃなかったじゃないですか。そりゃあ質がいいとか使い勝手がいいっていうのはわかりますけど」

確かにアルヴァン様は実用性を重視して、恋人同士の贈り物という雰囲気じゃなかった。それが嫌ではなかったけれど、ロマンチックな贈り物を羨《うらや》ましいと感じなくもなかった。今にして思えば兄妹の延長で、私たちの間に恋はなかったな、と思う。家族愛はあったけれど。

「お返事はいいそうですから、早めにお休みください」

私が手紙の返信を苦手にしているのをご存じで、最後まで気遣いに抜かりはなかった。花を飾り、ハンナが淹《い》れてくれた気持ちが落ち着くお茶を飲みながらお菓子をいただくと、凄く満たされた気持ちになって、さっきまで感じていた恐怖はすっかり消えていた。

◆　◆　◆

あれから私は、しばらく学園を休むことになった。腕にセクストン侯爵に捕まれた痕が残ってしまったからだ。こんなものを人に見られたら、またつまらない噂を流されるだろうからと家族総出で止められたのだ。心配してくれる家族の気持ちが嬉しく、私もこれ以上家族に心配をかけたくなかったので、痕が消えるまで休むことにしたけど……

（休んでおいてよかった……）

直後は何とも思わなかったのだけど、翌晩からセクストン侯爵に襲われる夢を見るようになった。繰り返しあの時の夢を見て、夜中に何度も目が覚めるのだ。三日経っても収まらなかったため侍医に相談したら、それだけショックが大きかったのでしょうと言われた。自分で思う以上に怖かったらしい。幸い処方してもらった薬と、エセルバート様がくださった花と匂い袋、ハンナが淹《い》れてくれた気持ちを落ち着けるお茶のお陰で五日目には夢を見ることはなくなったけれど、このせいで予定よりも長く学園を休む羽目になってしまった。

その間、エセルバート様からは毎日お手紙と花やお菓子が届いた。これまでは二、三日おきだったので、返事を書くのが苦手な私は大いに頭を悩ませることになった。心配してくださるお気持ちが嬉しくて、手紙の数だけ想いが深まっていくのを自覚しないではいられなかった。グローリア様のことがあるからまだ会いに行けないが、ハイアットに向かったら一緒に外出したいとあった。

アデルからも手紙があって、セクストン侯爵が逮捕されて関係者も聴取を受けていると教えてくれた。いずれは彼らの罪が明らかになるだろうとも。その上で、ハイアットに発《た》つ日が決まったグローリア様が焦っていて何をするかわからない、国を去るまでは特に気を付けるようにと記されていた。

◆
◆
◆

そんな中、我が家に急な来客があった。

「エセルバート様!?」

小雨の中、目深にフードを被りハガード公爵家の馬車から降りてきたのはエセルバート様だった。てっきりアデルだと思っていた私も我が家の使用人たちも大いに慌てたのは言うまでもない。

「すみません。どうしてもこれをお渡ししたくて」

そう言って手渡されたのは……一冊の本だった。

「これ……フィンギーの……!」

「ええ。昨夜、我が国からの一行が到着して、頼んであったこれが届いたのです。学園をお休みされていたと伺ったので、お暇だろうと思って」

「そんな……わざわざありがとうございます」

確かにお願いしたけれど、わざわざ届けてくださるなんて……こんなこと、使用人に頼めば済むことなのに。

「いえ、これも私の個人的な希望もありまして」

「個人的な、希望?」

「ええ。ヴィオラ嬢のお顔を、一目だけでも見たかったのです」

「な！」

甘い笑顔でそんな風に言われて、カッと頬が熱くなるのを感じた。マズい、今の私はきっと顔が赤くなっているだろう。本があるので手で覆うことも出来ず、私は抱きしめた本で顔を隠すしかなかった。

「あ、す、すみません。ご案内もせずに。すぐにお茶の用意をしますね」

俯いたせいで視界に入った玄関ホールの床を見て、立ったままだったことに気付いた。二重の恥ずかしさを誤魔化すように応接室に案内しようと声をかけた。

「いいえ、お構いなく。実はすぐに行かねばならないのです」

「え？」

「すみません、どうしてもこれを届けたかったものですから。お茶は次の機会の楽しみにとっておきますね」

そう言ってエセルバート様は私の頬をそっと撫でる。突然のことに一層ドキドキしてしまった。

「次はこの本の感想を語り合いましょう」

そう言うと足早に帰ってしまわれた。

（もしかして……これを届けるためだけに？　私が昔から読みたかったと言っていたから？）

残された玄関ホールで、私はフィンギー紀行録を抱きしめながら彼の乗った馬車を見送った。触れられた頬にまだ指先の体温が残っているような気がした。

せっかくエセルバート様が持って来てくださった旅行記だったけれど、困ったことに文字を追いかけても内容がちっとも頭に入ってこなかった。ページを捲《めく》るたびにエセルバート様に頬を撫でられた感触が蘇《よみがえ》って、意識が文字に留まってくれないからだ。

（……どうしよう。これじゃ感想どころじゃないわ……）

あんなに読みたくて仕方がなかった本なのに、今は他のことが気になってしょうがなかった。ラファティ語で書かれているのもエセルバート様を連想してしまってよろしくない。

（…………）

本を手にしながら、もう何度目かわからないため息が漏《も》れて、昼間触れられた頬をそっと撫でた。

『ヴィオラもそろそろ覚悟を決めたら？』

不意にアデルに言われた言葉が蘇《よみがえ》った。もう私はとっくにエセルバート様に恋していた。後はラファティに嫁《とつ》ぐ覚悟を決めるだけだけど、まだどこかで思い切れない自分がいた。

◆　◆　◆

動きがあったのはセクストン侯爵の訪問から三週間後のことだった。王家から登城要請が届いたのだ。書状には家族で登城するようにとあり、我が家に緊張が走った。多分セクストン侯爵の件だとは思うけれど、用件が書かれていなかったので不安が募《つの》った。

そうは言っても王家の要請を断るわけにもいかない。指定された五日後、お父様たちと共に緊張しながら王宮に向かった。

「リード侯爵家の皆様、どうぞこちらに」

出迎えてくれた侍従に案内されたのは、謁見室ではなく広々とした応接間だった。綺麗に整えられた部屋に、悪い話ではないような気がして少し気が楽になった。しばらく待たされた後、やって来たのは国王陛下と王太子殿下、宰相閣下とハガード公爵、そしてヘンダーソン公爵だった。そのメンバーからすると、話の内容はセクストン侯爵に関することだろうか。

「国王陛下にはご機嫌麗《うるわ》しく。拝謁の栄に浴しまして光栄至極にございます」

「ああ、よい、今日は非公式のものだ。楽にしてくれていい」

陛下がそう仰《おっしゃ》ったことでこの謁見が非公式のものだとわかった。我が家に落ち度はなかったとは思うけれど、セクストン侯爵は我が家よりも家格も役職も上で、令息はハロルド様の側近、本人もグローリア様と面識があって確実に我が家よりも王家への影響力が強い。その事実を思い出して不安が胸をよぎった。

「まずは謝罪させてくれ。すまなかった」

何を言われるのだろうと不安を抱えていた私だったけれど、陛下に頭を下げられて面食らってしまった。

「へ、陛下！　おやめください！」

お父様が慌てて陛下を止めた。威信に関わるから、国王陛下が臣下に易々《やすやす》と頭を下げていいはずもない。

「いや、今回の件の大元は王女の迂闊《うかつ》な発言だ。それでセクストン侯爵が勘違いをしたのだから」

「ですが……」

「リード侯爵とヴィオラ嬢には、アルヴァンの件でも迷惑をかけた。王としても父親としても謝罪したい」

そう言われてしまうと、それ以上は何も言えなかった。確かにその通りで、グローリア様がご自身の立場を考えて色々と自重されていたら、こんなことにはならなかったのだ。陛下が謝罪してくださったということは、グローリア様に関わる疑惑を調べられたのだろうか。

「何から話すか。そうだな、まずはセクストン侯爵からにするか。彼は今牢で取り調べの真っ最中だ」

アデルからも侯爵が媚薬《びやく》事件に関わっている可能性を聞いていたから、その関連を調べられているのだろう。私を襲おうとしただけではこんなに長い間、牢に入れられることはないはずだ。

「では……」

「勿論侯爵との縁談など論外だ。そんなことには決してしないから安心してほしい」

陛下にそう言ってもらえて、私だけでなくお父様もホッとした表情を浮かべた。あんな人との結婚など言語道断ではあるけれど、あの調子でごり押しされると断るのも骨が折れる。

「しかし、どうしてセクストン侯爵はあのようなことを？　娘から聞いた限りではグローリア様が勧められたとの話だったそうですが」

お父様が冷ややかにそう尋ねた。温厚なお父様にしては珍しい。

「あの男は……茶会でグローリアにヴィオラ嬢について聞き、その後でその取り巻きたちに唆《そそのか》されておったのだ」

疲労感を滲《にじ》ませて陛下がそう仰《おっしゃ》った。

「唆《そそのか》されて、ですか？　それに取り巻きとは？」

「そのことなのだが……何からどう話したものか……」

陛下は大きく息を吐かれた。どうやら言い難《にく》いことらしい。

「昔からあれは、少々ずれたところがあってな……」

そう言って陛下は少しだけ遠い目をした。宰相閣下も小さくため息をつくのが見えた。

「本人には自覚がないし、言っていることだけ聞くと確かに間違ってはおらぬ。だが、困ったことに、周りの者があれの言葉を馬鹿正直に受け取って、時折トラブルが起きるのだ」

そう仰《おっしゃ》ると陛下はまたため息をつかれた。どうやら相当お困りらしいことは伝わってきた。

「周りの者？　トラブルと仰《おっしゃ》いますと？」

「あれが発した何気ない一言を、あれの望みだと思い込んで叶えようとする者がいてな」

グローリア様は理想の王女であれとの教育通り、側に仕える者にも気遣いを忘れないものの、それがずれているのだという。相手を案じているのは間違いないが、やり方が短絡的で、後のことを考えているとは思えないようなものがあるのだと。

「特に頭が痛いのが、若い世代の令息たちだ。彼らはあれを心優しい王女だと信じ、騎士のごとく忠誠を誓っている。中にはあれの些細《ささい》な言葉を神託とばかりに受け取って、競うように動く者もいるのだ。言葉だけ聞けば言っていることは間違いないのだが、その中身がな……」

陛下はうんざりだと言わんばかりの表情だった。具体的なことはわからないけれど、グローリア様の言動が陛下たちにとって想定外の事態を招いていることは察せられた。

「アルヴァンとヴィオラ嬢のことも、あの者たちが関係していたのだ」

陛下の口から私の名が出た。私たちの婚約破棄の一因には、同僚の近衛騎士たちが関係しているという話だった。多分、騎士の中にもグローリア様に心酔する者がいたのだろう。

「わしがアルヴァンをあれ付きにしたのは、監視のためだったのだ。アルヴァンはあれに心酔するようなところがなく、穏やかに諌《いさ》めることが出来たからな」

陛下は護衛ではなく監視と仰《おっしゃ》った。それは一体……

「アルヴァンはわしの期待によく応えてくれた。あれがおかしなことを言い出したらさりげなく常識を説いて諌《いさ》め、お陰であれの悪癖が表に出ることも随分と減ったのだ」

私が思っていた以上にアルヴァン様は陛下に高く評価されていたし、グローリア様を持て余していたお付きの者たちからも頼りにされていたという。グローリア様ご自身もアルヴァン様の忠告に感謝し、耳を傾けていた。アルヴァン様のことを兄のようだと言っていたのは、こういうことだったのだろう。

「だが、それをよく思わない者がいたのだ」

「それが、グローリア様に心酔する令息たち、ですか？」

「その通りだ、侯爵。若い令息たちは、あれの言うことに異を唱えるアルヴァンが気に入らず、排除しようとしたのだ」

彼らは盲目的で、グローリア様の願いを叶えることが使命だと思い込んでいたから、発言に異を唱えるアルヴァンは許し難い存在だったのだ。

そんな時グローリア様が、アルヴァン様に私のことを尋ねたという。アルヴァン様は幼馴染《おさななじみ》で仲良くしていると答え、グローリア様は「仲がいいのね。羨《うらや》ましいわ」と仰《おっしゃ》ったらしい。

何気ない会話で特別な意味はなかったが、それを聞いた令息たちはグローリア様が政略結婚を嫌がっているのだと受け取った。主が政略結婚を苦にしているのに、その部下が幸せな結婚をするのはおかしいとも。そこには自分たちの婚約者への不満もあったかもしれない。

彼らは私たちが不仲との噂を流し、その噂は身分違いの恋に憧れる女性たちによって尾ひれがついて、想定以上に広がった。結果として彼らの目的は達成されたのだろう。婚約は破棄され、アルヴァン様が職を辞することを願い出たのだから。

「彼《か》の令息たちも、今調べの最中だ」

「と申しますと？」

「そこからはわしよりもヘンダーソンの方が詳しかろう」

そう言って陛下がヘンダーソン公爵に視線を移すと、公爵が一歩前に歩み出た。

「私から申し上げます。実はセクストン侯爵を調べたところ、彼の持ち物から媚薬《びやく》が見つかったのです」

「媚薬《びやく》って……」

「ええ。彼はリード侯爵令嬢、あなたに使うつもりだったようです」

「な……！」

さすがに私だけでなく家族からも小さな悲鳴が上がった。そんなものを用意していたなんて……

それでは最初から私を襲うつもりだったと……

「その媚薬《びやく》を調べたところ、二年程前から起きている令嬢の襲撃事件で使われていたものと一致したのです」

「それって、夜会で起きている、あの?」

「ええ、そうです。先日ハガード公爵令嬢が令嬢を助けたばかりですが」

「え、ええ。あの時は私も一緒に……」

そうだ、夜会で令嬢を助けたのは記憶に新しい。

「ええ、伺っています。あの令嬢が飲んだ媚薬《びやく》の成分はわかりませんが、媚薬《びやく》入りの飲み物を渡した給仕は捕らえてあります。その線から調べたところセクストン侯爵が関係していたことが判明したのです。侯爵はその件についても認めました」

「それじゃ、あの媚薬《びやく》事件は……」

「はい。セクストン侯爵の関与は確定です。そして他にも仲間がいると判明しました」

「じゃ……」

「はい、残念なことに……例の令息の中に仲間がおりました」

まさかこんなところにも繋がりがあったとは、驚きしかなかった。そんな者が王女殿下のお側にいたなんて……

ヘンダーソン公爵の話によると、セクストン侯爵をグローリア様と引き合わせたのはその取り巻きの一人だったらしい。反ハイアット派を排除して安心していたけれど、問題はそれだけではなかったのだ。

あの媚薬《びやく》事件の関係者がグローリア様の側にいたとは意外だった。でも、それならエセルバート様に媚薬《びやく》を盛った件も納得だ。その中の誰かが渡したか、気を利かせたつもりで使ったのだろう。

「媚薬《びやく》の事件は泣き寝入りしている被害者も少なくないでしょうから、全容解明は難しいでしょう。令嬢の評判にも関わりますし、わざわざ思い出させて辛い思いをさせるのも、果たしていいことなのかと躊躇《ちゅうちょ》するところなのです」

「そう、ですね。確かに……」

ヘンダーソン公爵の言う通りで、被害に遭った令嬢にとっては思い出すことも死ぬ程辛いだろう。それを乗り越えているのなら、もう放っておいてほしいと思っていても不思議じゃない。本人が望まないのであれば、わざわざ蒸し返す必要はないと私も思う。それでも何の瑕疵《かし》もない令嬢が苦しむ一方で、その犯人がのうのうと暮らしているのは許し難かった。厳しい処分をお願いしたいと切に願った。

「媚薬《びやく》に関しては今、入手ルートを全力で追っています。今回こそは逃しません。何としてでも捕まえます」

「そうですか。よろしくお願いします」

これ以上被害が広がらないよう、徹底した捜査をお願いした。上手くすればエセルバート様に媚《び》薬《やく》を盛った犯人もわかるだろうか。先程の陛下の話を聞いた限りでは、グローリア様がご自身で動いた可能性は低い気がする。グローリア様のエセルバート様への想いを知っている者が動いたのではないだろうか。

「捜査が終われば公表する予定だ。リード侯爵よ、セクストン侯爵の件は王家が責任をもって処罰する」

「ありがとうございます」

「またヴィオラ嬢の婚約者の件もだ。もし希望する相手がいるのならわしも協力しよう」

その言葉に、エセルバート様とのことはまだ陛下の耳には届いていないことが窺《うかが》えた。ちらっとヘンダーソン公爵を見ると僅かに口角が上がったように見えた。

「光栄にございます」

「だが……いいのか？」

僅かな間を開けて、陛下が躊躇《ためら》いながらもそう仰《おっしゃ》った。

「はい？」

「アルヴァンのことだ。そなたらは仲のいい婚約者同士だったと聞いている。王家のごたごたに巻き込んでしまったが、そなたらに瑕疵《かし》はない。もし望むならわしがブルック侯爵家との橋渡しもしよう」

今更感満載ではあったけれど、陛下は本気で申し訳ないと思われている様子だ。そのお気持ちは嬉しい。グローリア様に言われた時は素直に受け入れられなかったけれど、陛下の言葉はすんなり心に入り込んできた。でも……

視線を感じてその方を見ると、お父様と目が合った。お兄様やお母様も私を見ていた。私の好きにしていいという意味なのだろう。そんな家族がいてくれるのはとても嬉しかった。

「ありがとうございます。でも……」

「遠慮はいらぬ。望むなら王女が原因だったとわしから話をしてもいい」

それは破格な申し出だけど、ハイアットとの婚礼の話が進んでいる今、そんなことを公表するのはいかがなものか。それだけ謝罪の意思がお強いのだろう。これが婚約破棄前か直後だったら……と思わずにはいられない。

「誤解が解けた今ならば、またいい関係を築けるのではないか？」

重ねてそう言われたけれど、頭に浮かんだのは夜の闇で染めたような黒髪と夏の鮮《あざ》やかな木々を思わせる瞳だった。

「せっかくのご厚意ですが……」

「そうか。だが、その気になったら言ってくれ」

「ありがとうございます」

申し訳ないけれど、アルヴァン様との未来が私にはもう見えなかった。

◆　◆　◆

陛下にお会いしてから半月が経った。さすがにこれ以上学園を休み続けるわけにもいかず通学を再開し、これまでの日常を取り戻していた。まだわからないことはあるけれど捜査は続いているそうだし、関係者が拘束《こうそく》されたという話もあちこちで聞く。次は誰が逮捕されるのかと賭けをする者まで現れているという。

そんな中、学園から帰るとお父様に執務室に呼ばれた。部屋を訪ねるとお母様やお兄様以外に、見たことのない男性がいた。年はお父様と同じか少し下、だろうか。私の姿を認めたお父様がソファにかけるように言ったので、私はお母様の隣に座った。なんだろう。お母様やお兄様の表情が固くて不安になる。

「はじめまして。私はマーロン=ロイズと申します。宰相府の文官です」

そう自己紹介をしたロイズ様は伯爵で、今日は陛下のお使いで我が家を訪れたと言った。それじゃ、もしかしてあの一連の事件のことだろうか。

予想通り、ロイズ伯爵の訪問はこれまでの捜査の結果を知らせるためだった。

「まずはセクストン侯爵の件ですが、彼は媚薬《びやく》をノーランド国から仕入れていました」

「ノーランド国ですか」

ノーランド国は我が国の北西に位置する国で、我が国とは緊張が続いている国だ。ハイアットとの関係改善が進む今、唯一残っている敵国とも言える。

「はい。彼は仕入れた媚薬《びやく》を国内の貴族に内々に売っていました。更に彼は我が国の情報をノーランドに流していたことも判明しました」

「情報を？」

「はい。彼の妹の嫁《とつ》ぎ先はノーランドの貴族です。その関係からこちらの情報を流していたようです。侯爵は身分はく奪の上処刑、侯爵家は取り潰しとなります」

「そう、ですか」

媚薬《びやく》の所持や使用どころか、まさか国の情報まで流していたとは思わなかった。それだけでも重罪だから処刑も仕方ないのだろう。

「彼から媚薬《びやく》を購入した者も多数逮捕しました。こちらも極刑は免《まぬが》れません。家の方は降爵または爵位返上など、頻度によって処分が定まりました。こちらがそのリストです」

そう言ってロイズ伯爵はお父様に一枚の用紙を渡した。どうやら処分される者のリストのようだ。

「これが、今回の……」

お父様は紙に目を通した後、お母様に渡された。私とお兄様もそれを覗き込み、かなりの数の名前が載っていて驚いた。これだと被害者は相当の数になるのではないだろうか。

「随分な数ですね」

「ええ。中には自分で使って楽しんでいた者もいたようです。非常に嘆かわしいことですが」

ロイズ伯爵の言う通りだった。そりゃあ、自分で使う分には人に迷惑をかけないのかもしれないけれど、法律で禁止されているのだ。貴族としてそれはさすがにダメだろう。

「この件は近々陛下の御名で公表されますが、陛下はその前に被害に遭ったリード侯爵家に説明するよう仰《おっしゃ》られたのです」

「左様ですか。お心遣いに感謝いたします」

「いえ。今回はセクストン侯爵が捕まったことで一気に捜査が進みました。以前から彼はマークされていましたが、中々きっかけがなくて困っていたのですよ」

「そうでしたか」

嫌な思いをしたけれど、それで誰かの役に立てたのならよかったのかもしれない。

「これでようやく苦労が報われると騎士団長も仰《おっしゃ》っていました。それに先日の夜会では、ヴィオラ嬢は媚薬《びやく》を盛られた令嬢を助けられたと伺っています」

「え、ええ」

「その件について、私からもお礼申し上げます。あの子は、私の姪でしたので」

「まぁ、そうでしたか」

一層改まった態度で、ロイズ伯爵が頭を下げた。あの令嬢がこの方の姪だったなんて。聞けばあの子には幼馴染《おさななじみ》の婚約者もいて、とても仲がいいという。あの時助けることが出来てよかったと思った。


「これで一件落着かしら」

ロイズ伯爵が帰った後、先程のリストを眺めていたお母様は、それをお兄様に渡すとそう呟いた。

「そうなってほしいですが、これだけの貴族が捕まって処分をとなると、色々大変になりそうですね」

お母様から受け取ったリストを再度眺めながらお兄様が言った。確かに人数が多いし、中には跡取りと思われる人の名前もある。そういう家は後継者を選び直さなければならないから大変だろう。既に家名に傷がついたので、今度は真っ当で優秀な人物じゃないと巻き返しもままならないだろうし。

「しばらくは社交界も荒れるかもな」

お父様の言葉を、誰も否定出来なかった。


ロイズ伯爵の訪問の翌日、私はアデルのお屋敷を訪ねた。庭に案内されると、アデルの他にエセルバート様とコンラッド様の姿があった。

「セクストン侯爵の処分が決まったそうですね」

「ええ。陛下の使者が見えて、報告をいただきました」

ロイズ伯爵から聞いたセクストン侯爵の処分の内容を、四阿《あずまや》でお茶を飲みながら彼らに説明した。

「これであの男がヴィオラ嬢に近づくことはありませんが……こうなると一日も早くグローリア王女には国を出てほしいですね」

「同感です」

王族に対して失礼かもしれないけれど、これ以上グローリア様やその取り巻きたちに振り回されたくなかった。これ以上関わると腐れ縁になりそうで怖い。既にそうなりかけている気がしないでもないけれど。

「ああ、今日はそのブローチを身に着けてくださったのですね」

そんなことを考えていたら嬉しそうなエセルバート様の声がして我に返った。いつの間にかアデルとコンラッド様の姿がない。二人が庭の向こうを散策しているのが見えた。

「え、ええ。ありがとうございます。とっても素敵ですね」

「気に入っていただけたなら贈った甲斐《かい》があります」

そう言って浮かべる笑みは直視し難い程に甘く蕩《とろ》けそうだった。頬が熱を持つのがわかって手で押さえてしまう。そんなことをしても隠し切れないのに。

今日身に着けてきたのは、紫色の小さな石がいくつも付いた蝶をモチーフにしたブローチだった。細かい細工が素晴らしいそれは、コンラッド様と共に来たハイアットの商人から買ったのだという。コンラッドに散々揶揄《からか》われましたけどね、と苦笑する姿すらもかっこいいから困る。

「あの、もう十分ですから」

実際、こうしていただいたアクセサリーは二十を超えたし、花やお菓子はもう数えきれない程だ。

「そう仰らないでください。選ぶのも楽しみの一つなのです」

そう言われてしまうと、これ以上不要だとも言えなかった。実際、エセルバート様が贈ってくださる品は高価なものは少なくて、気兼ねせず受け取れるものばかりなのだ。気を遣わせないようにそうしてくださる気遣いが嬉しくないはずがない。

(はぁ……何をなさってもかっこよすぎる……好きになる要素しかないわ……)

男性からこれ程大切に扱われたことがなかっただけに、些細《ささい》なことでもときめいている自分がいた。それでも、どうしても王族という身分差に慄《おのの》いてしまう。

(同じ侯爵家、せめて公爵家だったら、こうも迷わずに済んだのかしら……)

否定出来ない程に増してきた思慕と大国の王族に嫁《とつ》ぐ不安が、ギリギリの均衡《きんこう》を保っていた。それでもあと少し何かが加われば、それはあっという間に決壊してしまうのだろう。

◆　◆　◆

それから半月後、とんでもない事件が起きた。二日前に行われたグローリア様を送る夜会でそれは起きたという。その会には我が国とハイアットの王族や大使、そして仲介役のラファティの王太子殿下ご夫妻とエセルバート様、更に我が国の公爵位を持つ者と、錚々《そうそう》たるメンバーが参加していた。そこでグローリア様が、コンラッド殿下に婚約の撤回を願い出て、更にエセルバート様に求婚するという、とんでもない行動に出られたのだ。

「どうしてそんなことを……」

「そりゃあ、エセルバート様に何としてでも嫁《とつ》ぎたかったからでしょうね」

そう話してくれたのはアデルで、彼女はお父様のハガード公爵から聞いたのだという。ちなみにこの話は現在、厳しい箝口令《かんこうれい》が敷かれているという。

「そんな話、私に話しても大丈夫なの？」

「陛下に許可はいただいているわ」

「許可を？」

陛下が許可を出されたなんてどういうことだろう。あんまり喜べる話じゃない気がする……

「ヴィオラには悪いんだけど、陛下に話をしたのよ。エセルバート様がヴィオラに求婚しているってね」

「ええっ⁉」

先日の謁見ではまだ陛下はご存じなかったから安心していたけれど、このタイミングで知られて大丈夫なのだろうか。

「ちょっと待ってよ、アデル。このタイミングでって……！」

「まだ陛下と宰相閣下、王太子殿下くらいしかご存じないから大丈夫よ。そこはエセルバート様が口外しないようにときつく仰《おっしゃ》ったもの」

「そ、そう……」

そう言われても不安しかなかった。だって、グローリア様の恋敵になってしまったのだ。王家の方々からどう思われるかと考えると頭が痛い……

「それも陛下がエセルバート様に泣きついたせいよ。ここまで想っているから何とかならないだろうかと仰《おっしゃ》ったらしいわ」

「陛下が？」

「ええ。だって、国の重鎮たちが集《つど》う中でやらかしたのよ。婚約解消は当然として、このままだとあの女は生涯幽閉でしょう？　それを回避するにはエセルバート様に娶《めと》ってもらう以外の道はないと思われたのでしょう」

あの女はそれを狙ってやったんでしょうね、とアデルは言った。聞けばグローリア様は、我が国にとってはハイアットよりもラファティとの関係強化の方が国益に繋がる、だからコンラッド様ではなくエセルバート様に嫁《とつ》ぐべきなのだと仰《おっしゃ》ったらしい。王女としてより大国に嫁《とつ》ぐことこそが使命であり責務なのだと。

確かにその通りなのだけど、場所と状況を選ぶべきだし、言うのがあまりにも遅すぎる。既にハイアットに行く準備も終わっているだろうに。

「それで……」

「エセルバート様はお断りになったわ。こんなことをこの状況で言い出すような方では、なおさら妻には出来ないと」

「そう……」

どこかでホッとしている自分がいた。

「そう言われたら陛下もどうしようもないわ。この件にはラファティの王太子殿下も強い不快感を示されていたそうだし。王太子殿下はエセルバート様のお気持ちをご存じだから余計でしょうね」

それを抜きにしても、ラファティにしたら恩を仇《あだ》で返されたも同然だ。両国に頼まれて仲介役を受けたのに、これまでの労力が土壇場《どたんば》で無駄になったのだから。ここで対応を間違えれば、ラファティとの関係も悪化しかねない。いや、既に十分悪化している。

「それじゃ、グローリア様は……」

「まだ正式に決まってはいないけれど、表向きは急病で結婚は取りやめ、今後は療養という名の幽閉、でしょうね」

「そう……」

こうなってしまえばそうするしかないのだろう。まだ若いのに死ぬまで幽閉なんて気の毒だと思う一方で、それだけのことをしてしまったのだから仕方ないとも思えた。準備期間はあったのだから、その間にやりようはいくらでもあっただろうに。

「ハイアットはカンカンだし、ラファティにも睨まれるしで、これから先我が国は大変よ。それでもあの女は『自分は悪くない、国のために考えた結果だ』と言っているそうよ」

「そ、そう……」

「媚薬《びやく》の件も何か繋がりが見えたようよ。今は裏付けるべく捜査中ですって」

こうなるとグローリア様は、媚薬《びやく》を盛ったことも両国のためだと言い出しそうな気がしてきた。理解出来ないけれど、グローリア様の中ではそれは悪い行いではなく、両国のために必要な行いだと本気で思っていそうだ。

そして、エセルバート様とのことを陛下達に知られてしまった。陛下はどう考えていらっしゃるのだろう。グローリア様はご存じなのだろうか。何とも重苦しい空気に包まれた気がした。


アデルからグローリア様の話を聞いた私は、その夜、家族に話をした。アデルに私が家族に話すのは問題ないとハガード公爵が仰《おっしゃ》っていると聞いたからだ。近々陛下からヴィオラの気持ちを確かめに使者が派遣されるだろうから、先に答えを決めておいた方がいいわよ、とも言われた。

「そうか……陛下にエセルバート様とのことが……」

私の気持ちがはっきりするまでは内々にとの話だったこともあって、お父様は複雑な表情だった。お母様は賛成派なので陛下に知られてもあまり気にはならないらしい。お兄様はお父様に近い考えみたいだけど、どちらかと言うと令息たちの動きが心配のようだ。彼らとは年が近いため、お兄様は私たちが知らないこともご存じなのだろう。

「それで、ヴィオラはどう考えているのだ？」

「私、ですか？」

「ああ。結局はお前の気持ち次第だろう？　お前がエセルバート様を受け入れられないなら、グローリア様がエセルバート様に嫁《とつ》ぐ道もありうる。ご本人の意向もあるが、国同士の話となればエセルバート様も無下《むげ》には出来ないのではないかな？」

お父様の仰《おっしゃ》る通りだった。これに関しては今日、アデルにも同じようなことを言われたのだ。

「エセルバート様に求婚されてから、そろそろ七ヶ月になる。こうなっては返事をしないわけにもいかんだろう」

「あなたったら。まだ七ヶ月ですわ」

お父様の言葉に頷こうとしたら、お母様に先を越された。

「し、しかしだな。早い者だと一月《ひとつき》待たずに再婚約も……」

「あ、な、た。慌てて婚約して失敗したこと、もうお忘れですの？　アルヴァンの時、私もブルック夫人も反対しましたよね？　せめて十二、三歳まで待つべきだと」

最近知ったのだが、お母様もブルック侯爵夫人もあの時点での婚約には反対だったらしい。六歳は一般的に見ても早すぎるし、私は侯爵令嬢として同等かもっと上の家に嫁《とつ》ぐことだって可能だったからだ。それでも私たちの仲がよく、私がお転婆《てんば》だったから堅苦しい上位貴族に嫁《とつ》ぐよりは……と婚約が結ばれたのだけど、あの時父親同士で勝手に決めたことをお母様たちは許し難く思っていたのだ。

「そ、それは……」

「あなた方が勇み足で婚約を早めたせいで、ヴィオラは他の令息との交流を経験出来なかったのよ。それに子爵夫人の勉強も、です」

お母様は子爵夫人としての勉強が無駄になったことにお怒りだった。本来ならやる必要はないもので、その分を高位貴族の教養を学ぶのに充《あ》てられたし、そうしていれば苦労も少なかっただろうというのがお母様の考えだった。

「まぁまぁ母上、今更過ぎたことを言っても仕方ありませんから」

そう言ってお兄様が執《と》り成したけど、お母様のお父様への視線は冷たいままだった。

「ヴィオラ。急なことで躊躇《ちゅうちょ》する気持ちもわからなくもないが……」

「ありがとうございます、お兄様。でも私、求婚をお受けしようと思います」

「そうか！」

「……あ、な、た」

お父様がホッとすると共に喜びの表情を浮かべると、お母様が冷たい声で呼んだ。お父様が慌てて表情を引き締めた。

「でも、いいのか?」

お兄様は両親を無視して私に尋ねてきた。私が隣国へ単身向かうのを心配してくれているのだろう。その気持ちが嬉しかった。

「まだ不安はありますけど、お気持ちは嬉しいですし。それに、こうなっては受けない方が色々問題になりそうで……」

エセルバート様のお気持ちは嬉しいし、私の中ではいつの間にか戸惑いよりも思慕の方が勝っているのを感じていた。セクストン侯爵に襲われて自分の気持ちを自覚してしまってからは、その想いは深くなる一方だったから。今更他の方に嫁《とつ》ぐなんて考えられなかった。

それに、ここで私が受けないとラファティの我が国への心証がより悪化しそうな気がした。私が断れば陛下は一層エセルバート様にグローリア様をと望まれるだろうけど、媚薬《びやく》の件もあってエセルバート様のグローリア様への嫌悪感は相当なものだ。再度お願いするのは悪手だろう。

そもそもエセルバート様以上にラファティの王太子殿下が不快に思われていると聞いた。ハイアットとの仲介は王太子殿下が中心で動いていらしたから、土壇場《どたんば》での反故《ほご》に最も憤慨《ふんがい》されていたのが王太子殿下らしい。エセルバート様が頷いても、王太子殿下はお許しにならないだろう。

「確かに、そうだな」

「それに、いくら返事をしたからって、いきなりラファティに、という話にはなりませんよね?」

そう、王族の結婚は婚約期間が一年は設《もう》けられるのが慣例だ。私はまだ学園が一年残っているし、その間に交流を深めていけばいいはずだ。学園の勉強に嫁《とつ》ぐための勉強も重なって、この先は相当ハードな一年になりそうだけど、何とかなるだろう。

その日のうちにアデルを通してエセルバート様に連絡を取ってもらった。私から連絡したのは初めてだ。この先三日は予定が入っているので、四日後に訪問してくださるとの連絡があって、我が家は俄《にわ》かに慌ただしくなった。

◆　◆　◆

私が求婚を受けると決めた翌々日、我が家に宰相閣下が訪れた。きっとエセルバート様の件だろうと家族全員が思い、その通りだった。のだけど……

「エセルバート様からの求婚を辞退しろと、そう仰《おっしゃ》るのですか？」

宰相閣下の言葉は、私たちの想像と反対のものだった。

「はい。王女殿下がエセルバート殿下をお慕いしているのに、それを無視して求婚をお受けするなど不敬だとは思いませんか？」

「それは……しかし、エセルバート様ご自身がグローリア様を拒絶されていると伺っております。エセルバート様のご意向を無視するわけには……」

「ですから、リード侯爵令嬢からお断りしてくださいと、そう申し上げているのです」

宰相閣下の言葉に、私は両親たちと顔を見合わせた。確かにグローリア様の気持ちを思えば、臣下として無下《むげ》に出来ない。でもこの話の主導権を握っているのはエセルバート様だ。あちらの方が国力も上だし、今はそのグローリア様のせいで我が国の立場が危うくなっているのだけど……

「このままでは王女殿下は生涯幽閉です。ですがエセルバート殿下が娶《めと》ってくだされば、それを回避出来るのです。王家のために動くのは臣としての義務。であればリード侯爵令嬢が取る対応はおのずと決まってくるでしょう？」

そう言われても、本当に大丈夫なのだろうか。王太子殿下が相当お怒りだと聞くけれど。

「そうですか。でも、私がハガード公爵令嬢から聞いた話では、ラファティの王太子殿下は相当お怒りだとか。グローリア様を受け入れる余地は彼《か》の国にはないと伺いましたが？」

「それでも、エセルバート殿下が是と仰れば王太子殿下も否《いな》とは言わないでしょう。あの国は本人が望めば多少のことには目を瞑る国ですからな」

どうやら宰相閣下は、私が断ればエセルバート様がグローリア様を受け入れるとお考えなのだろう。でも、媚薬《びやく》の件もあってそれはないだろうに。大体、このことが知られたら一層ラファティの怒りを買わないだろうか。自惚《うぬぼ》れるわけじゃないけど、エセルバート様が本気なのは疑いようもないし。

「とにかく、エセルバート殿下の求婚はお断りするよう。臣としての立場を努々《ゆめゆめ》忘れぬよう願いますぞ」

そう言うと宰相閣下は、私たちの返事も聞かずに帰ってしまわれた。残された私たちは、急な話の流れについていけず、しばらく呆然としていた。宰相閣下の仰《おっしゃ》ることも一理あるのだけど……

「まさか、宰相があんなことを言い出すとはな」

お父様が深くため息をついた。宰相閣下の言うことは臣下としては当然かもしれないけれど、相手がいることを忘れていないだろうか。しかもその相手は格上で、意向を無視して事を進めてもいい結果にはならないだろうに。

「宰相ではなく、陛下の意向かもな」

「陛下のご意向……確かに」

何だかんだ言っても、陛下も人の親。グローリア様が可愛いのだろう。

「……確か、宰相の三男はグローリア様の取り巻きだったはず……」

「そうなのか？」

しばらく考え込んでいたお兄様がそう言った。それでは、今回のことも？

「ええ。次男が私と同級でした。三男は近衛騎士だったような……」

「ではアルヴァンの同僚ってこと？」

「多分。そうなると、この件もグローリア様の耳に入っているかもしれませんね」

「そんな。アデルは陛下と王太子殿下、宰相閣下しかご存じないと……」

「確証はないが、宰相もエセルバート様のお気持ちは聞いているのだろう？　その上で辞退しろと言うのであれば……」

エセルバート様は口外しないようにときつく仰《おつしや》ったと聞く。でも宰相閣下は、グローリア様の意向を優先されたのかもしれない。

「しばらくは警戒した方がいいかもしれない。もしグローリア様やその周りに知られているのなら、何をするか……」

グローリア様の願いを叶えることを至上としている令息たちだ。一部は媚薬《びやく》の件などで捕まったと聞くが、全員じゃない。送別会での出来事に箝口令《かんこうれい》を敷いていても、人の口に戸は立てられないだろう。となれば、グローリア様の幽閉を阻止すべく、またエセルバート様に嫁げるよう、動き出す人たちが出てくる可能性は否《いな》めなかった。

その翌日、今度はラファティ国の王太子殿下が我が家にいらっしゃった。恐れ多いことで我が家は上を下への大騒ぎだったのは言うまでもない。内々の訪問だから気遣い無用と言われたとしても、それを真に受けるなんて無理だ。

「エセルの兄のレギナルドだ」

「お、お目にかかれて、こ、光栄にございます。リード侯爵が娘、ヴィオラでございます」

(と、とても、気楽になんて……無理！)

確かに服装もお付きの従者もお忍び風といったラフな感じなのだけど、ご本人から放たれる威厳というか威圧感が普通じゃない。もしかしたら我が国の国王陛下よりもずっと強いオーラを放っていらっしゃるような気がする……

「ああ、そう畏《かしこ》まらないでくれ。今日は弟の想い人に会いに来た、ただの兄だ」

そう仰《おっしゃ》ったけれど、にこりともなさらないから畏《かしこ》まるなという方が無理だろう。レギナルド様は深沈《しんちん》とした厳しい方だと伺っているし、今回のグローリア様の騒動で我が国に対して大層お怒りだとも聞いている。このタイミングでのご訪問など、我が家には荷が重すぎる……

「今日参ったのは、リード侯爵令嬢の返事を聞きたくてな。私もあまり時間がない故《ゆえ》、この場で返事を聞きたい」

「……え？」

急に返事をと言われて、私も家族も言葉を失った。いや、最初からレギナルド様のオーラに負けて言葉も出なかったけれど。

それにエセルバート様ではなくレギナルド様に返事をするのは、何かが違う気がするのだけど……こういうことは先にエセルバート様に答えて、それからレギナルド様に、ではないだろうか。

「リード侯爵、昨日宰相がここを訪ねたそうだな。用件はなんだったのだ？」

「……っ！」

まさかそのことをご存じだったとは……私だけでなく家族も驚いた表情でレギナルド様を見つめていた。

「そ、それは……」

「部下から報告があってな。宰相とリード侯爵は親しい間柄ではないと聞いている。このタイミングであれば訪問の理由はエセルの件だろう？」

どうやら宰相閣下の思惑も、何なら我が家の考えもお見通しらしい。

「面倒なことに、貴国の王がエセルの相手にあの王女をと言ってきてな。しつこくて困っているのだ」

「さ、左様ですか」

「時間と労力をかけてこぎ着けたハイアットとの婚姻、土壇場《どたんば》で反故《ほご》にするような道理のわからぬ者を我が国に迎えることなどあり得ぬのだが。この国は随分とあの王女に甘いのだな」

「……も、申し訳ございません」

思った以上にレギナルド様の、グローリア様への怒りの度合いは強く深そうだ。宰相様は私が断ればうまくいくとお考えのようだったけれど、こうなるとそれは一番の悪手になりそうな気がする。

「リード侯爵令嬢が断るとしても仕方がないと私は思っている。あれは詰めが甘いし、頼りないからな」

「そ、そのようなことは……」

「まぁ、それもまた個性なのだろうが。私やすぐ下の弟からすると歯がゆくてならない」

あれだけマメなのに、兄君からするとそんな風にお感じになるのか……お二人の基準が気になる。

「もし断られた場合、あれは早急に帰国させる予定だ。あの王女に甘いこの国のことだ。既成事実を狙って一服盛らないとも限らないからな」

その言葉に、私たちは息が止まりそうになった。いや、実際にしばらく息が出来ないくらいだった。だってそれはかつて実行されていたことだったからだ。

「国王と宰相のことは気にしなくていい」

「え？」

「宰相には既に抗議してきた。国王の前でな」

「……へ、陛下の前で？」

お父様の心の声が漏《も》れたのが聞こえた。でも、私も同じ気持ちだ。陛下の前でって……

「国王がまだあの王女をエセルにと考えていたからな。はっきり言っておいた。あんな振る舞いを我が国の王族がやったら毒杯か幽閉だと。我が国を軽《かろ》んじるのも大概にしろとな」

「さ、左様でございますか」

お父様がハンカチを額に当てながらそう答えた。顔色が悪いし、さっきからお腹を押さえているから胃が痛くなっているのかもしれない。ああ、親子だなと思った。私も胃が痛い。

「リード侯爵令嬢には、正直な気持ちを示してほしい。王家もエセルへの気遣いも無用だ。ああ、勿論、この件は望むのであればエセルには伏せておこう。私は今後の国の方針を決めるために返事が聞きたいだけだ」

「は、はい」

こうなったらもうどうしようもない。既にこちらの考えはお見通しのようだから、取り繕ったところで意味はないのだろう。私は思っていることを素直に話した。

レギナルド様の訪問から一夜明け、今度はエセルバート様ご自身がいらっしゃった。我が家に高貴な方が続けて訪問されるのは初めてのことだ。エセルバート様に限っては元より今日来る予定だったので、今度は誰も慌てなかったけれど。一方で現れたエセルバート様は酷く慌てた様子だった。

「昨日は兄がすまなかった」

そう言って頭を下げられてしまった。確かに驚いたし緊張はしたけれど、それもエセルバート様を案じての兄心だろう。継承権を巡って争う王族も多い中、仲がいいのは素敵なことだと思う。

「まさか兄がこちらに突撃するとは思わなくて……」

「きっとエセルバート様のことが心配だったのですわ。素敵なお兄様だと思います」

「そう言っていただけると助かるのだが……」

それでもエセルバート様の表情は冴えなかった。こんな表情を見るのは初めてかもしれない。どうしたのかと尋ねると、しばらく躊躇《ためら》った後に教えてくださった。

「兄たちは、色々と突き抜けていて……」

エセルバート様が仰《おっしゃ》るには、兄君たちは恋愛事では強引な一面があり、見初《みそ》めるとすぐに行動を起こして婚約にこぎつけたのだという。ただ、そこには問題もあった。

「二人とも、相手の気持ちを考慮しなくてね。一番上の兄上の場合は、婚約者がしばらく精神的に不安定になってしまったんだ」

「不安定に？」

「ああ。ヴィオラ嬢も話をして感じただろうけど、兄上は言葉数が少ないし、あまり表情が変わらないだろう？」

「え、えっと、まぁ……」

「それもあって、義姉上《あねうえ》は兄上に嫌われているのではないかと悩まれてね。一方で兄上は同性の友人ですら警戒して義姉上《あねうえ》から遠ざけたものだから、相談する相手もいなくて……」

お陰で心を病む一歩手前まで追い詰められたのだという。幸いにも義理の母君である王妃様が気付いて事なきを得たそうだけど、その様子はエセルバート様にとってもショックだったらしい。

「今でこそ仲睦《なかむつ》まじくお過ごしだが、義姉上《あねうえ》には相当な負担になっていたんだ。それを見てきたから、私はそんなことはしたくないと思っていたんだが……」

まさか兄上が直接来るとは思わなかったと仰《おっしゃ》った。そういえばレギナルド様は、エセルバート様は押しが弱くて歯がゆいと仰《おっしゃ》っていたっけ。両極端というか、反面教師でこうなったというか……。

エセルバート様が私に返事は急がないと仰《おっしゃ》っていたのは、そのような理由があったからなのか。

「どうか兄のことは気にしないでほしい。兄への返事も私は聞いていないんだ。私は気長に待つつもりだから」

昨日出した答えを、レギナルド様は胸に収めておくと仰《おっしゃ》った。その約束を守ってくださったらしい。やはりこういうことはエセルバート様に私から直接話したかった。それについてはレギナルド様もそんな野暮《やぼ》なことはしないと、至極真面目な表情で仰《おっしゃ》って、不思議と可愛く見えたのは内緒だ。

「あの……エセルバート様」

「どうしましたか？」

「その、こ、婚約のことですが……」

もうこうなったら今更前言撤回というわけにはいかないだろう。私は昨日レギナルド様に出した答えを、エセルバート様にも伝えることにした。

「私……求婚を、お受けします」

「……ヴィオラ嬢。よろしいのですか？」

「はい。不束者《ふつつかもの》ですが、よろしくお願いします」

次の瞬間、全身が大きな温かい何かに包まれていた。エセルバート様の匂いが強く香って、ありがとうと呟くのが聞こえた。驚きはしたけれど、足りなかった何かがピタッと埋められたような安堵感が広がり、ちゃんと返事が出来たことにホッとした。

昨日、レギナルド様がいらっしゃるまでは、臣下としてこの話を受けることは出来ないと思っていた。いくら王家に不満があったとしても、この話を受けてしまえば我が家は王家の意に反したと周りから見られる。ラファティに行く私はいいけれど、この国に残る両親やお兄様夫婦、そしてこれから生まれるお兄様の子どもたちに影響が出るだろう。もしかしたら結婚などで苦労するかもしれない。そう思ったからだ。

でも昨日、王太子殿下が、そんなことにはならないように手を打つと約束してくださった。グローリア様の一件で我が国への援助を凍結するつもりだったが、私との結婚を認めるなら考え直してもいいと陛下に仰《おっしゃ》ったらしい。レギナルド様の怒りを目《ま》の当《あ》たりにした陛下は、二つ返事で了承したのだという。それはそれでどうなのかと思うけれど、ここまでしていただいては断ることも出来ないという事情もあった。

エセルバート様に求婚をお受けすると返事をしたらあっという間に話が進んだ。

「エセルバート殿下、どうか娘をよろしくお願いいたします」

そう言ってお父様が頭を下げ、お母様とお兄様がそれに続いた。陛下や宰相閣下のことが心配だったらしくお父様の顔色が悪かったが、エセルバート様が最大限助力すると約束してくださり、またレギナルド様が陛下や宰相閣下に再度釘を刺したこと、またいざとなったらラファティに家族で迎え入れる準備があると仰《おっしゃ》ってくださって、少しは気が楽になったと思う。止める予定だった我が国への援助を、私との婚姻で再考すると言われれば、陛下も下手なことは出来ないだろうとも。

「リード侯爵家に不利にならぬよう、我が国も出来る限りのことはしましょう。どうかお困りのことがあったら遠慮なく仰《おっしゃ》ってください」

「ご配慮、感謝申し上げます」

お父様のことだから、困ったことがあっても頼ってこないだろう。そこが心配だけど、ハガード公爵にも気にかけてくださるようにお願いしてあるという、そこまで……と思ったけれど、ラファティ国の我が国の王家への不信感は相当なもののようだった。

◆　◆　◆

それから三日後、今度は陛下から登城要請があった。気が重いけれど行かないわけにもいかない。幸いと言うべきか、エセルバート様やレギナルド様も一緒だと伺ったので、少しだけ気が軽くなった。それでも、婚約を受け入れたことで何を言われるかと不安しかない。

王宮に到着すると、案内されたのはセクストン侯爵の件で話を伺った応接間だった。中には陛下と宰相閣下、王太子のセドリック様、そしてエセルバート様とレギナルド様が既にいらっしゃった。先程まで話し合いをなさっていたような雰囲気だ。エセルバート様は私と目が合うと表情を和《やわ》らげて、少しだけ緊張が解けた気がした。

「リード侯爵およびリード侯爵令嬢、この度《たび》のこと、すまなかった」

私たちが席に着くと国王陛下が頭を下げられて、恐縮するばかりだった。何だか最近、偉い方から頭を下げられることが続いている気がする。

「陛下、どうか頭をお上げくださいっ！」

お父様の声が悲痛な響きを含んでいた。臣下として陛下に頭を下げさせるなど言語道断とお考えのお父様にしてみれば、この状況はさぞかし胃に悪いだろう。お母様とお兄様はこの状況を楽しんでいる節があって、お父様よりも肝が据わっていると思う。ちなみに私はお父様似だろう。

「いや、わしがつまらぬ親心を出したばかりに、余計な混乱を招いてしまった」

そう仰《おっしゃ》る陛下の顔色はあまり良くなかった。それは宰相様も同じで、私と目が合うと気まずそうに視線を逸らされてしまった。うう、それはそれで居《い》た堪《たま》れない……

「エセルバート殿下とヴィオラ嬢との婚約を祝福しよう。お二人に幸多からんことを」

「感謝します」

「ありがとうございます」

陛下がすぐに婚約誓約書を裁可なさって、私たちの婚約が成立した。何というか、これまでのことを思うと呆気《あっけ》ない程だった。

レギナルド様は相変わらず無表情で怖く見えたけれど、陛下の宣言に鷹揚《おうよう》に頷いていらっしゃった。こうなると立場は完全にレギナルド様が上だ。既に国王陛下の執務を代行されていると聞いたけれど、この様子ならそう遠くない日に即位されるのかもしれない。

ホッとしたところで、遠くで誰かの声が聞こえた。ここは王宮で、この部屋は賓客《ひんきゃく》に使われるものだ。その部屋にまで聞こえる声を上げている人がいるのが驚きだった。その声は段々近づいてきて、部屋にいる誰もがそれを意識し、騎士たちが身構えているのを感じた。なんだろう、誰かを諫《いさ》めているような、そんな声だけど……

「いけません！」

「お願い！　行かせて！」

そんな押し問答が繰り返された後、ドアが勢いよく開いた。そこに現れたのは、息を切らせたグローリア様だった。どうしてここに……後ろでは侍女と騎士が慌てた様子で止めようとしていた。

「エセルバート様！　お会いしたかった！」

私たちの前でグローリア様はそう声を上げると、何の憂《うれ》いもなさそうな満面の笑みを浮かべた。今は自室で謹慎中だと聞いていたけれど、その様子からは少しもそんなことを窺《うかが》わせるものがなく、当然とばかりにエセルバート様の前まで歩を進めた。

「グローリア！　何故部屋から出た!?　ラファティ王太子殿下の御前だ。下がれ！」

これまでに聞いたこともない程に厳しい口調で、陛下がグローリア様を叱った。だというのにグローリア様は少しも怯《ひる》まなかった。ある意味凄いと思ってしまう。

「まぁ、お父様。私は我が国とラファティのためにこの場にいるのですわ」

「何を言っている？」

グローリア様の言葉に、レギナルド様が不快な感情を投げつけるように尋ねた。

「私が望むのは我が国の繁栄と発展。そのためにはラファティとの関係強化が大切だということも、重々承知しております」

「だったら今すぐ去れ」

「いいえ、そうは参りませんわ」

陛下の言葉を一蹴すると、グローリア様はソファに腰かけているエセルバート様の前に跪《ひざまず》き、その膝に手を置いて潤《うる》んだ目で見上げた。そんな姿は可憐で健気《けなげ》に見える。見えるけれど……

「エセルバート様、どうか私を妻にしてください。私は両国の懸け橋になりたいのです」

「断る。あなたに名を呼ぶ許可も触れる許可も出した覚えはない」

不快感をあらわにしてグローリア様の手を振り払うと、エセルバート様はこれまでに見たことがない程に冷たい視線を向けた。その表情はレギナルド様とよく似ていた。

「グローリア！　離れろ！」

「まぁ、どうして？」

王族に勝手に触れることは、それだけで不敬だ。それは王族同士でも同じで、この場合ラファティの方が上だから、グローリア様でも許可なく触れることは無礼、いや不敬に当たる。だけど、陛下の叱声にもグローリア様はどこ吹く風だ。

「グローリアよ。エセルバート殿の婚約者は既に決まっているのだ」

「……え？」

陛下の一言に、グローリア様の動きが止まって、きょとんとした表情になった。今決まったばかりだから仕方がないけれど、全く想定していなかったのだろう。

「まぁ、そうなのですね。では……」

ショックを受けたのかと思ったけれど、グローリア様の反応は斜め上のものだった。キラキラと瞳を輝かせて笑みすら浮かべている。

「勘違いするな。相手はそなたではない」

レギナルド様が冷たく言い捨てた。

「え……？」

「そなたを我が国が迎え入れることは永遠にない。相手は別のご令嬢だ」

「な、何故……だって、今までそんな話……」

「ああ。かつて弟に薬を盛った毒婦がいたのでな。危害を加えられてはと案じ、正式に決まるまで内密にしていたのだ」

「そ、そんな……」

レギナルド様が冷たく言い捨てると、グローリア様の表情が初めて曇《くも》った。やはりあの件はレギナルド様もご存じだったのか。当然と言えば当然だけど。

「レギナルド殿、それはどういう……」

その言葉に顔色を青くしたのは国王陛下と宰相閣下だった。エセルバート様はお二人にはあのことを話していなかったらしい。確たる証拠がないと仰《おっしゃ》っていたから言えなかったのだろう。

「言葉通りだ。一年半程前、弟はこの国の夜会で媚《び》薬《やく》と思われる薬物を飲まされていた」

「なんじゃと⁉」

陛下はこれ以上ない驚きの表情を浮かべていた。これが本当なら戦争が起きてもおかしくない程の暴挙だから当然だけど。

「そして、その時に助けてくれたのがリード侯爵令嬢だったそうだ」

「まぁ。じゃ、あの時失敗したのは……」

レギナルド様の言葉に、グローリア様は頬に手を当ててそう呟いた。そこには罪悪感などはなく、ようやく合点《がてん》がいったという風に見えた。

「グローリア、失敗したとはどういうことだ？　何を知っている？」

陛下が地の底を這うような低い声で尋ねた
「あれは、仕方のないことだったのですわ」

「仕方がない？」

「ええ。我が国のためにラファティ国に嫁《とつ》ぐ必要があると、私がそう言うと皆様が協力してくださったのですわ」

「協力？」

「ええ。私は誠心誠意エセルバート様にお仕えし、愛する自信がございますわ。皆様はそのきっかけを作ってくださったのです」

「何を……」

「既成事実があれば、ハイアット国との破談も仕方ありませんでしょう？　全ては我が国の発展のためです。大きな目的のためには些細《ささい》なことは気にするべきではありません。それが王族というものでしょう？」

小首をかしげて陛下にそう尋ねるグローリア様に、戸惑いも躊躇《ちゅうちょ》もなかった。王族としてそれが正しいと信じ切り、王女の務めだとすら思っているように見える。あまりにも堂々とした態度に、こちらが間違っているような、そんな錯覚すら感じる程だった。その揺るぎない態度は、確かに言葉だけを取れば正論かもしれない。王家は民《たみ》を守るために、時には後ろ暗いことをする必要もあるのだろう。

だけど……グローリア様のそれはあまりにも異質に思えた。目的のためには手段は選ばないと言っているも同然で、あからさますぎるそれは禍根《かこん》を残しかねない。実際にラファティやハイアットとの関係は悪化している。

「我が国だけでなく周辺国にとっても、私とエセルバート様の婚姻は意義がございますわ」

「意義？　我が国にはデメリットしかないな」

夢見るような瞳でそう訴えるグローリア様に、レギナルド様が冷たく言い捨てた。もううんざりだと言わんばかりの表情で、グローリア様への最低限の礼儀すらも必要ないと思われている様子だ。

「近衛騎士！　グローリアを部屋に戻せ！」

「は？」

「絶対に部屋から出すな。少々手荒な真似をしてもかまわん！」

「し、しかし……」

陛下の命令に近衛騎士が戸惑っていた。我が国でただ一人の、大切に育てられた王女に手荒な真似など出来るはずもないだろう。

「出来ぬと言うのか？　わしの命令が聞けぬと？」

「そ、それは……か、畏《かしこ》まりました！」

陛下の一言に近衛騎士は戸惑いながらも従った。

「どうしてですの、お父様？　私は間違ったことはしておりませんわ。私はこの国のために……」

「そのお前のせいで我が国は今、危機に瀕《ひん》しているのだ」

「え？」

「……それがわからないのがお前の罪だ。連れていけ！」

「「はっ！」」

陛下がそう命じると、騎士達がグローリア様を取り囲んで出ていった。グローリア様は納得出来ず陛下に呼びかけていたけれど、その声に応じる者はいなかった。一緒についてきた侍女や令息もその後ろについていった。

「大変申し訳なかった、レギナルド殿。エセルバート殿も。もはや謝って済む話ではないが……」

「……変わらんな、あの者は」

またしても陛下が深々と頭を下げて謝罪し、それに宰相閣下や私たちも加わった。どう考えてもこれは我が国の汚点でしかないだろう。レギナルド様は深くため息をついたが、その様子からしてこのようなことは初めてではないらしい。

「それにしても、どうしてグローリアは……」

「どこで育て方を間違えたのか……」

セドリック様が苦々しく呟き、陛下が沈痛な面持ちで悔《く》やんでいた。兄王子と教育方針はそんなに違わないだろうに、グローリア様はどうしてあんな考え方をされるようになったのだろう。それに答えられる人はこの場にはいなかった。

「レギナルド殿にエセルバート殿。グローリアは二度と表には出さない。どうか……」

「貴国の王女だ。我が国が口を出すつもりはないが、両国の関係をこれ以上損なわないことを祈る」

「ご厚情、感謝する」

ここまで来るとグローリア様の処分は決して軽くは済まないだろう。ラファティが口出ししないのは、多分我が国の国民感情に配慮してのことだ。グローリア様はその見た目もあるし、孤児院の視察などの公務にも積極的だったから、国民には人気が高い。下手に口出しすれば我が国内のラファティへの感情の悪化は避けられないから。

一方で場当たり的に甘い処分を科せば見捨てると、暗に言っているのだ。既にコンラッド様との婚約解消の件やエセルバート様へ媚薬《びやく》を盛った愚行で、レギナルド様は大層お怒りだった。今日のことがなくても援助を打ち切ろうと思う程で、また悪いことに、本人はそれを悪いと思っていないのだ。そこが一番問題かもしれない。

そして多分、この騒動は他国の耳にも入るだろう。ハイアットだって、何も聞かずにコンラッド様の結婚相手の変更を受け入れるはずもない。ハイアットの同意が得られなければコンラッド様とアデルの婚姻は成らないだろう。それは二人にとっていいのか悪いのかわからないけれど、成らなければ国民に影響が出るのは必至だ。

どちらにしても、我が国が非常にまずい立場に立たされたのは間違いなかった。

◆　◆　◆

それから三日後、グローリア様が流行《はや》り病にかかったとの発表があった。その病は高熱が出て、後遺症が残る可能性のあるもので、現在医師団が治療に尽力しているとも。王女殿下の急な病に、国民の多くが回復のために祈りを捧げた。

それから十日後。グローリア様とコンラッド様の婚約の撤回が両国の国王の名で出された。麻痺《まひ》が残って王子妃としての務めを果たすのは無理という診断書も公開されて、王領の離宮で療養するとも。

またハイアット国王と連名で、コンラッド様がハガード公爵家に婿《むこ》入りすると発表された。これにより我が国とハイアット国の間で輸出入に関する協定が結ばれ、当初予定していた約束事は滞《とどこお》りなく履行《りこう》されることになったという。一月後《ひとつき》には二人の婚約を祝う夜会が行われる。

その裏では、エセルバート様に媚薬《びやく》を盛った者の捜査が行われて、近衛騎士と上位貴族の令息が逮捕された。彼らはグローリア様に心酔する一方、実家がラファティとの交易で利益を得ていた。

グローリア様がラファティに嫁げば、一層交易が活発になって利益が上がると考えていたのだろう。

「今回の逮捕劇、アルヴァンも協力していたそうだ」

「アルヴァン様が？」

お兄様からその話を聞いた時は驚いた。アルヴァン様は私との婚約破棄の後、グローリア様の護衛を辞したいと申し出ていると聞いていたからだ。

「あいつは同僚の近衛騎士と一緒に、グローリア様の周辺を調べていたらしいぞ」

「同僚の騎士と？」

「ああ。その騎士は、襲われたあの令嬢の婚約者だったんだ」

「ええっ？」

その令嬢は二人目の被害者で、怪我が原因で今は領地で静養していると聞く。

「その騎士は婚約者とは仲がよかったそうだ。襲った犯人をずっと探していたみたいだな」

「それじゃ……」

「ああ。彼はグローリア様の周りの令息を疑っていたそうだ。それでアルヴァンにも協力を願ったと聞いた」

「そう、だったのですか」

媚薬《びやく》を盛った者たちの逮捕も、アルヴァン様たちが地道に証拠を集めてくれたお陰だった。

◆　◆　◆

グローリア様の件で世間が騒ぎになっている間、私はエセルバート様との婚約の準備に追われていた。そうは言っても、私自身は特にやることはなかった。いつの間にかレギナルド様主導になってしまったからだ。

「すみません、ヴィオラ嬢。兄が勝手に話を進めてしまって……」

エセルバート様に謝られてしまったけれど、仕方がないだろう。きっとこれ以上我が国に横槍を入れさせないとお考えなのだ。

「いえ。今回は仕方ありませんから」

「不安なことや気になることがあったら遠慮なく教えてください。出来る限りのことはしますから」

「あ、ありがとうございます」

真剣な表情でそう言われてドキドキしてしまった。最近は些細《ささい》なことに動揺している自分がいる。美形の糖度の高い笑顔は目の毒だと思う。目のやり場に困ってしまうから。

変化が起きたのはグローリア様の突撃から一月《ひとつき》程後、ラファティ国でエセルバート様の婚約が発表されて十日程経った頃だった。突然たくさんの贈り物が我が家に届き始めたのだ。殆んどが私たちの婚約を祝うためのものだったけれど……

「これは、我が家に、いや、エセルバート殿下に喧嘩《けんか》を売っているのか？」

「どうやらそのようですわね。ふふふふ……」

お兄様とお母様が届いた手紙の一部を手に、いい笑みを浮かべた。顔は笑っているのだけど、こめかみには青筋が立ち、目が笑っていないから怖い。それらは身の程を弁《わきま》えて辞退するようにという内容で、家族が怒り狂っているのは言うまでもなかった。

「これ、どういたしますか？」

「そうねぇ。やっぱりこんな時は、男性に守ってもらうものじゃなくて？」

はっきり抗議するのも難しい相手への対応に悩んでいると、お母様がエセルバート様に事情を書いた手紙と一緒にそれらを送ってしまった。それを受け取ったエセルバート様はすぐに抗議文を送り、ついでに不作法な家のリストを国王陛下にも提出されたとか。

「さすがはエセルバート様。仕事がお早いわ」

「ええ。これでこれらの家は今後、ラファティから冷遇されるでしょうね」

お母様とお兄様が嬉しそうにこの事態を楽しんでいる一方で、私とお父様は気が気ではなかった。将来お兄様たちに不利にならないだろうか……

そんな私たちの不安の中、抗議文が送られた家からは慌てて謝罪文が届いたけれど、残念ながら時既に遅しだった。

◆　◆　◆

それから数日の後、私は久しぶりにハガード公爵家を訪れていた。学園帰りにアデルにお茶に誘われたのだ。私も話したいことがあったので、そのお誘いは嬉しかった。

「それで、コンラッド様との婚約はどうなの？」

気になっていたのはアデルの気持ちだった。嫌っていたグローリア様の婚約者を急に宛がわれたのだ。コンラッド様との関係は悪くなさそうだったけど心配だった。

「別に、嫌いじゃないから心配いらないわ」

「そうなの？　でも……」

「悪い人じゃないのはわかっているもの。それに……」

「それに？」

「アデルは私のことが好きだから、大丈夫だよ」

何やら言い淀《よど》むアデルに先を促したら、聞き慣れない声が代わりに答えた。

「なっ！　コ、コンラッド様!?」

誰がと思うよりも先に、アデルがその名を呼んだ。ご当人がいらっしゃるとは思わなかったけど、それはアデルも同じだったらしく、目を丸くしていた。

「な、なんで……」

「ああ。打ち合わせが思ったよりも早く終わったんだ。だから愛しい君の顔を見に来たんだよ」

「なっ！」

さらっと愛しい君なんて台詞《せりふ》が出てきて、アデルが言葉を失っていた。こういうところが多分、アデルは苦手だろう。思った通りアデルの顔の赤みが増していく。あれは恥ずかしがっているのか、照れているのか、それとも怒っているのか……

「ばっ、馬鹿なことを仰らないで！　第一、先触れもなしに押しかけてくるなんてマナー違反ですわ！」

「先触れは出したよ。でも、少しでも早く君に会いたくて馬で来たんだ。そうしたら使者を追い越しちゃったみたいでね」

「なっ！」

「当然だろう？　初恋の君とやっと婚約出来たんだから」

どうやら三つとも正解らしい。口をはくはくさせながらアデルが絶賛混乱中だ。いつも凛《りん》としている彼女のこんな姿を見るのは初めてで、その様子からアデルがコンラッド様を憎からず思っているのがわかった。

（もしかして、心配する必要、なかったかしら？）

ようやくショックから抜け出して文句を言い始めたアデルと、それを嬉しそうに受け止めているコンラッド様に、私の不安が杞憂《きゆう》だったとわかってホッとした。これで両想いじゃなかったら何だというのか。

「アデルは可愛いなぁ。照れて真っ赤になって」

「ふざけないで！　これは怒っているのですわ！」

「怒っている姿も可愛いんだから困るなぁ……」

本気で悩んでいるように見えるコンラッド様のアデル愛が凄い……私がこんなことを言うのはおこがましいかもしれないけれど、コンラッド様ならアデルを幸せにしてくれるだろう。


ひとしきり言い合いをした二人だったけれど、アデルが我に返ってようやくそこで終わった。

「いやぁ、すまなかったね、ヴィオラ嬢」

「い、いいえ。お気になさらず」

「まったくですわ。せっかくヴィオラと二人きりで楽しんでいたのに」

アデルが恨めしそうにコンラッド様を睨み、それをまたコンラッド様が笑顔で受け止めていて、私はお邪魔虫状態だ。帰ろうと思ったら、それは二人に強く止められてしまった。

「そうそう、エセルとの婚約、おめでとう」

「あ、ありがとうございます」

「いやぁ、やっと肩の荷が下りるよ」

「え？」

「どういうことですの？」

コンラッド様の言葉が引っかかった。それはアデルも同じだったみたいだ。

「グローリアにヴィオラ嬢のことがバレないよう、エセルに頼まれて色々手を尽くしていたんだよ」

「え？」

「エセルが君を好きだなんて、あの連中に知られたら何をするかわからなかったからね。グローリアの意識が君に向かないよう手を打っていたんだ」

「ええっ？」

思いも寄らない事実に驚きしかなかった。てっきりグローリア様との結婚に乗り気なんだろうと思っていたけれど……そうじゃなかったのか。

「そう、だったんですか。あ、ありがとうございます」

いつの間にそんなことに……知らない間に守られていたなんて意外だったけど、心の中に温かいものが広がっていくのを感じた。

「いや、気にしないで。この件に関してはエセルと共闘していたからね。私だってグローリアとの結婚なんて御免だったから」

「それは……」

「あんな行動の読めない子、連れて帰ったらどんな混乱を生むかわからなかったからね。かと言ってこの国に王女は一人しかいないし。王族として政略結婚は仕方ないと理解はしていたけれど、あの子が私の婚約者になったと聞いた時はユージーン殿下を恨んだよ。本来なら姉上がハロルドに嫁《とつ》ぐはずだったから」

ユージーン殿下はエセルバート様の兄君だ。やれやれと言わんばかりのコンラッド様だけど、元々コンラッド様はアデルかハイアットのさらに北にあるノーランド国の王女のどちらかと結婚する予定だったという。コンラッド様とグローリア様との結婚が決まったことでノーランドの王女は別の人と婚約したため、難なくアデルとの話が進んだのだ。

「でも、ここの王が結婚を早めるなんて言い出して一時はダメかと思ったよ。まさかあの子が自ら媚薬《びやく》のことを口にするなんて、さすがにそれは予想出来なかったなぁ」

それは私も同じ気持ちだった。陛下やレギナルド様がいる場で言ってしまうなんて、本当に考えなしというか理解し難いところが恐ろしいと思う。

「まぁ、アデルと婚約出来たからよかったけどね」

そう言って笑みを浮かべたコンラッド様はとても幸せそうで、アデルがその笑顔に顔をまた赤くしていた。そんな二人を微笑ましく眺めながら、私はここにエセルバート様がいないことを寂しく思った。

◆　◆　◆

アデルとコンラッド様が両想いだと確認した数日後、私は二人の婚約を祝う夜会に出席した。今回は初めてエセルバート様のエスコートでの参加で、緊張感がこれまでの比じゃなかった。

「まぁ、お似合いですわ！」

「さすがはエセルバート様ね。ヴィオラのことをよくわかっていらっしゃるわ」

お母様や侍女たちが絶賛したエセルバート様から贈られたドレスは、大変素晴らしい品だった。優しい若葉色の光沢のある生地に、エセルバート様の瞳の色と同じ鮮《あざ》やかな新緑色の刺繍《ししゅう》が施されている。スカートはふんわり広がるタイプで、所々に刺繍《ししゅう》とキラキラ光る小さな宝石が縫い付けられていた。

私自身は色の抜けた白金髪と薄めの紫の瞳で、色素も薄いが存在感も薄くて地味だと言われている。お陰で今日もドレスに着られている感が否《いな》めない。

一方のエセルバート様は文句がつけようがない麗《うるわ》しさで、やっぱり見とれてしまった。いつも緩く結んでいる黒髪も今日はきっちりとまとめられていて精悍《せいかん》さが増している上、正装で優美さもプラスされている。こんなの反則じゃないかと思う。

会場に入場した時は、これまでの人生で一番注目されたように感じた。これまでもアルヴァン様のこともあって視線を向けられることは多々あったけれど、今日はその比ではないだろう。今日はアデルとコンラッド様が主役なのだから、そちらに注目してほしいのに。女性たちの視線が痛い。視線が肌に刺さって本当に血が出てきそうな気がした。

（無事に、帰れるかしら……）

視線で身の危険を感じたのは生まれて初めてだ。元々夜会は最初に参加した時にエセルバート様の媚薬《びやく》事件があったせいか、危険でネガティブなイメージが強い。それからもアルヴァン様にドタキャンされることが続いて、いい思い出がなかった。

それでも、この場にグローリア様がいらっしゃらないのは少しだけ気が楽だった。取り巻きの令息たちも逮捕されたりして数を減らしていると聞く。まだ安心は出来ないけれど、前よりはマシなはずだ。

夜会はお祝いムードに沸いていた。陛下がコンラッド様とアデルの婚約を宣言し、会場内は割れんばかりの拍手に包まれる。真面目な表情のコンラッド様は、さすがに王族らしい威厳をお持ちだった。アデルの屋敷での態度とのギャップが凄い。アデルに視線を向ける度に空気が柔らかくなるのは、恋故なのだろう。こうして改めて見ると仲のいい恋人同士で、グローリア様の時とは全く違っていた。

エセルバート様と共に陛下たち王族に挨拶《あいさつ》をすると、陛下の表情が僅かに固くなった気がした。やはりエセルバート様を前にすると気まずいのだろう。

「ヴィオラ、よく来てくれたわね」

「アデル」

王族の最後にいたのはアデルたちで、彼女はコンラッド様とお揃いの衣装で、琥珀色《こはくいろ》に緑と黒の差し色のドレスだった。スカートの広がりを抑えたデザインは、アデルの大人っぽい顔立ちにもよく似合っている。

特に目を引いたのは胸元を飾っているネックレスだった。コンラッド様の瞳の色と同じ大粒の黄色味の強い緑色の宝石を囲むように金の細かい細工がされていて、物凄く手が込んでいるのが一目《いちもく》瞭然《りょうぜん》だ。ハイアットは金属加工技術に優れていると聞いていたけれど、それは想像していた以上に素晴らしい品だった。これだけでもコンラッド様のアデルへの気持ちが窺《うかが》えて、私まで嬉しくなる。

「婚約おめでとう、アデル」

「ふふっ、ありがとう。ヴィオラこそ、婚約おめでとう」

「あ、ありがとう」

今日のアデルの笑顔は曇《くも》りのない晴れ晴れとしたものだった。愛されている自信からだろうか、いつもよりも一層堂々として輝いて見えた。

「次はヴィオラの番ね」

「言わないで……」

そう、実は一月《ひとつき》後には私とエセルバート様の婚約を祝う夜会がラファティで行われるのだ。既にラファティに行く準備も万端で、十日後には出発する予定だったりする。お陰で私の神経は準備が進む毎《ごと》に擦り減っている。それはお父様も同じで、嬉々として準備をしているお母様とは対照的だった。エセルバート様は心配はいらないと言ってくださるけど、それを真に受けられる私たちではない。

「私も行きたかったわ」

「だったら行くかい？」

「え？　よろしいの？」

「アデルが望むなら勿論」

私たちの前でアデルとコンラッド様の予定が凄い勢いで組み立てられていた。コンラッド様はアデルに甘すぎるし、行動力も凄い。そしてアデルがそれを当然のように受けていた。

(凄い……こういうのを溺愛っていうのかしら?)

さすがは二人を祝う夜会と言うべきか。二人から甘い空気が立ち上《のぼ》っているように見えた。


主役のアデルとコンラッド様は挨拶《あいさつ》しなければならない方々が並んでいたため、それ以上話をすることは出来ずその場を離れた。名残惜《なごりお》しいけれど仕方ない。それに私たちも人に囲まれてしまったので、私は必死に笑顔を維持していた。明日は顔が筋肉痛になりそうだ。

ざわりと会場が揺れて、人々の注目が一点に集まった。何事かと私もエセルバート様もそちらへ視線を向けると、そこにいたのはヘンリエット伯爵令嬢のアメリア様と彼女をエスコートする男性だった。あれは婚約者のマセソン公爵家の次男のオスニエル様だろうか。私に何かと突っかかってくる気の強い彼女だけど、今は表情が固い。何だか怯《おび》えているようにも見えた。

「まぁ、オスニエル様がアメリア様をエスコートとは、お珍しいわね」

「ええ。いつもグローリア様のお側を離れなかったから」

周りにいた人たちがそう噂するのが聞こえた。確かにあの二人が夜会などで一緒にいるのを見たことはなかった。アメリア様は夜会ではいつも友人たちと一緒だったけど、それはオスニエル様がグローリア様の取り巻きの一人だったからなのだろうか。二人は連れ立って陛下たち王族の方に向かっていった。

ふと視線を感じた。誰かに見られているのは仕方ないけれど、何となく気になってそちらに視線を向けると、アルヴァン様と視線がぶつかった。

(アルヴァン様……)

制服姿で会場の端に立っていたから、今日は会場の警備についているのだろう。こうして直《じか》に会うのはあの話し合いの時以来だ。彼は小さく会釈《えしゃく》した後、微かに口元を緩ませた。そういうところは変わっていないなと感じた。一時はあんなにも心が離れたと思ったけれど、その仕草に以前に戻ったような気がした。でも、それだけだった。会ったらどんな顔をしたらいいのかと心配していたのに、想像以上に心は波立たなかった。


「疲れたでしょう？　少し休みましょうか」

ようやく人の波が切れた頃、エセルバート様がそう言ってくださったので私たちはバルコニーに出た。夜風が気持ちいい。会場の熱気と匂いと喧騒から解放されて、肩の力が抜けた。エセルバート様が側近の一人から飲み物を受け取った。グローリア様の一件以来、飲み物は側近の方が用意されているそうだ。何だか申し訳ない気持ちになった。

「美味しい……」

散々挨拶《あいさつ》を繰り返したから、喉もカラカラだったことに気が付いた。やっぱり相当緊張していたみたいだ。顔と名前を覚えるのに必死で、頭もショートしそうだ。

「どうか無理はしないでくださいね」

「ありがとうございます。でも、大丈夫です」

私が人前に出るのが得意ではないとご存じなのか、エセルバート様は重ねて無理はしないようにと言ってくださった。そう言われると頑張ろうと思うけど、克服にはまだ時間がかかりそうだ。

「ああ、今夜もこの庭は綺麗ですね。ほら」

「え？」

エセルバート様に促されて庭に視線を向けると、あちこちに灯りが灯されて幻想的な雰囲気になっていた。そういえば昔夜会に出た時も、これが気になって庭に出たんだっけ。そこで低木の茂みに隠れていたエセルバート様を見つけたのだった。

「ここの庭はあなたと出会った思い出の場所です。あの時、私に声をかけてくださったのがあなたでよかった」

「エセルバート様……」

手を取られてじっと真剣な瞳で見つめられると、夜風で少し落ち着いていた心がドキドキし始めてしまった。マズい、このままじゃまた顔が赤くなってしまう……

「ヴィオラ嬢」

「は、はいっ」

「お願いがあるのですが……」

「な、なんでしょうか？」

改まってそう言われて、思わず身構えてしまった。何だろう。出来ることならいいけど、あんまりハードルが高いことをお願いされたらどうしよう……

「私たちは婚約者です」

「そ、そうですね」

「ですから、私のことはどうかエセルと」

それは確か求婚された時にも言われたことだった。あの時はとんでもないと思っていたけど……

「そ、それは……」

「その代わり、あなたのこともヴィオと呼んでもいいですか？」

ヴィオは私が子どもの頃に家族から呼ばれていた愛称だった。元々名前が長くないから学園に行く頃には呼ばれなくなっていたけれど。

「は、はい。エセル……様……」

「様はいらないんだけどな」

「さすがにそれは……」

ハードルが高すぎる。愛称呼びですらそうなのだからもう少し猶予が欲しい。何だろう、ただの愛称呼びなのに凄く恥ずかしく感じる。ドキドキが一層速くなって口から心臓が飛び出しそうだった……エセル様の顔が近づいてきて、私はきゅっと目を瞑った。その時だった。

「ここにいたのかぁあ！　この不敬者めが！」

甘い雰囲気を切り裂くように、怒鳴り声が響いた。驚いてバルコニーの入り口に視線を向けると、そこにいたのはオスニエル様だった。会場からの光で暗くはないけれど、逆光で表情がはっきりとは見えない。でも、今の台詞《せりふ》が私たちに向けてのものだということはわかった。ここには私たちしかいなかったからだ。

「不敬はどちらだ！」

　そう言って彼との間に入ったのは、エセル様の側近のレスター様だった。彼は側近兼、護衛で、凄く優秀で陛下たち相手にも遠慮しない人でもある。ちなみに初めて会った時にエセル様から探すように頼まれた従者でもあった。

「なんだぁ、貴様はぁ？」

「私はエセルバート様の側近のレスター＝ダン侯爵だ。ラファティの王族と知っての狼藉《ろうぜき》か？」

「用があるのはぁ、そこ、にいる、リード家の、小娘だ。そこをどけぇ！」

　オスニエル様は酷く酒に酔っていた。足取りも怪しいし、呂律《ろれつ》が回っていない。こんな場所で泥酔する程飲むなんて……

「オ、オスニエル様、お待ちください」

「うるせぇ！　俺にぃ、命令するなぁああ！」

「きゃぁっ！」

　オスニエル様を追いかけてきたらしいアメリア様が遠慮しながらも声をかけたが、オスニエル様はそのアメリア様を思いっきり振り払って、弾みでアメリア様が床に倒れ込んだ。いくら酔っているとはいえ、婚約者の女性をそんな風に扱うなんて……

「お、俺はなぁ、グリョーリャ様を、け、きぇいあい《敬愛》していたんだ。なのに、そのこむしゅめ《小娘》のせいで……！　グローリャ様はなぁ！　ラ、ラヒャティに嫁《とつ》ぐはずだったんだぁ。なのに、なのに……！」

オスニエル様が指をさして私に怒鳴りつけてきた。エセル様が私を守るように前に立った。

「私の婚約者への侮辱《ぶじょく》と狼藉《ろうぜき》は、それを認めたラファティ国王への侮辱《ぶじょく》も同然。それをわかって言っているのだろうな？」

エセル様が凍りそうな声でオスニエル様にそう告げた。

「うるせぇ！　部外者はぁ引っ込んでろぉ！　俺は、俺は、グリョーリャ様を陥《おとしい》れたそのこむしゅめ《小娘》を、許せねぇんだよ！」

エセル様の忠告はオスニエル様には伝わらなかった。それにしても、私が陥《おとしい》れたって……

「陥《おとしい》れた？　自らの不適切な行為でそうなっただけだろう。そのことは国王陛下もお認めになっている」

「うるせぇえ！　そもそもお前が……ちゃんとグローリャ様と、き、きしぇい《既成》事実を作らなかったからだろうが！　あとちょっとで、グ、グリョーリア様は望みを叶えられたのにぃ！」

会場の人たちの視線が集まる中で叫んだオスニエル様の言葉は、看過出来ない類《たぐ》いのものだった。それって……

「マセソン公爵令息!?」

「このような場で何をなさっているのです？」

衆人が息を詰める中、現れたのは三人の近衛騎士で、オスニエル様へ声をかけたのはアルヴァン様だった。私に気付いて一瞬驚きをあらわにしたけれど、すぐに倒れているアメリア様に気付いて声をかけた。

「大丈夫ですか？」

「あ、ありがとう、ございます……」

婚約者のオスニエル様を憚《はばか》ってか、誰もアメリア様に手を貸さなかったが、ようやくアルヴァン様の手を借りて立ち上がった。

「き、貴様……アァルヴァン……」

アルヴァン様の姿を認めると、オスニエル様が息を呑むのが伝わってきた。なんだろう、二人は知り合いだったろうか。そう思った次の瞬間だった。

「き、貴様のせいで、グ、グローリャ様はぁ！　よくも！　グリョーリャ様の寵《ちょう》を得にゃがりゃ、グリョーリア様を売り飛ばしたなぁ!!」

獣のように叫ぶと、オスニエル様がアルヴァン様に向かっていった。

「おやめください、オスニエル様！」

オスニエル様を諌《いさ》めようと、アメリア様が二人の間を塞ぐように飛び出した。

「ヘンリット伯爵令嬢!?」

「危ない！」

アルヴァン様とオスニエル様の間は五歩もなかっただろう。その間に突然飛び出したアメリア様に誰もがなす術《すべ》がなかった。オスニエル様に体当たりされた形のアメリア様が、弾みで数歩先まで飛ばされ、その場に倒れ込んだ。

「「「きゃぁああああっ！」」」

悲鳴が会場内に響き渡った。周囲の人々の視線の先にいたのはオスニエル様で、その手には赤く色付いた銀色の刃の短剣が握られていた。

あの後、オスニエル様は騎士たちに拘束《こうそく》されて会場から連れ出された。相当酔っていたらしく、最後まで大声でグローリア様の名を叫び続けていた。あれではグローリア様の名を貶《おとし》めるだけだろうに……その後、貴族牢に入れられたという。自分自身で罪を犯したことを言っていたし、目撃者も多数いる。酔っていたからで済まされることではなく、彼の有罪は免《まぬが》れないだろう。

それよりも問題はアメリア様だった。オスニエル様は持ち込み禁止のナイフを会場内に持ち込んでいて、それでアルヴァン様を刺そうとしたのだ。それをアメリア様が二人の間に入って止めて、その身に短剣を受けてしまった。あの様子からすると、もしかしたらアメリア様はナイフを持ち込んでいたことをご存じだったのかもしれない。

アメリア様は右肩に傷を負い、直《ただ》ちに王宮の医師たちが治療に当たったという。詳しい容体はわからないけれど、命に関わるものではないと発表された。

この騒動もあって夜会は早々にお開きになり、私たちは慌ただしく帰宅することになった。アデルたちのお祝いの夜会だっただけに、こんな騒ぎを起こした彼を許し難く思った。そもそもグローリア様が幽閉になったのは、グローリア様とその周りの人たちの暴走のせいなのだ。彼らが常識的な行動をとっていればこんなことにはならなかっただけに、それを人のせいにされても……というのが正直な気持ちだった。

「アメリア嬢の意識が戻ったそうだ」

翌日、王宮から帰ってきたお父様が教えてくれた。

「そうですか。よかった。それで、傷の具合はいかがですの？」

「傷自体は深くなかったらしい。出血はそれなりにあったそうだが。ただ、傷跡は残るだろうと。ドレスで隠せるとはいえ……」

お父様の言葉に室内の空気が重くなった。未だに我が国では女性の傷跡はよく受け取られない。

今回の件に関してはアメリア様に非はないのに……彼女のことは好きではないし、むしろ苦手意識の方が強いけれど、こうなっても仕方ないとは思えなかった。

「これから婚約者を探すのは難しいだろうな」

お兄様はぼそりと呟いた。

「そうね。傷が残ってしまったし、年が合う令息は既に婚約者がいるものね」

「それにヘンリット伯爵家はマセソン公爵家の分家。傾く家門に婿《むこ》入りを願う者はいないだろう」

お兄様やお母様の言う通りだった。今回のことでマセソン公爵家も分家のヘンリット伯爵家も難しい立場になるのは確実で、オスニエル様の有罪が確定となればマセソン公爵家は降爵どころか廃爵される可能性もある。

「それで、オスニエル様はどうなのです？」

「ああ。酔っていたから何も覚えていないと……」

「やっぱり」

お母様は呆れを隠さなかった。

「彼は昔から酒癖が悪かったからな」

「酒癖が？」

「ああ。数年前まではよく泥酔して騒ぎを起こしていたんだよ。父の公爵から公《おおやけ》の場では酒を飲まないよう、強く命じられていたし、周りも飲ませないようにしていたんだが……」

「そうだったのですか」

なるほど、酒癖の悪さは昔からだったのか。今まではグローリア様がいたから失態を晒《さら》さないようにセーブしていたのかもしれない。

「ああ。だけどあんな騒ぎを起こしたんだ。しかもグローリア様の媚薬《びやく》の件にも絡んでいたと自分で言っていたし」

「ええ、あれには驚きましたわ」

「元々、関わりがあるのではないかと噂されていたしな」

「え？」

お兄様の言葉に両親も驚いていた。私もそれは知らなかった。

「これまでは証拠がなかったから噂に留まっていたんだ。マセソン公爵家は王妃様の実家だから口にするのは憚《はばか》られたしね。でも、今回の件で捜査が進むだろう」

お兄様の年代の令息の間では、オスニエル様が黒幕ではないかと噂されていたらしい。彼は子どもの頃から尊大で横暴な面があったから、余計にそう見られていたとも。酔うと暴力的になって下位貴族に暴力を振るうこともあったので、周りが禁酒させていたのだとか。

「ヴィオラに怪我がなくてよかったよ」

お父様がしみじみとそう言った。狙われていたのは私だったから、今ベッドの上にいたのは私だったかもしれないのだ。

「こうなると、ラファティに嫁《とつ》ぐことになってよかったのかもしれないな」

「そうですわね」

両親がホッとした表情でそう言うのを、私は何とも言えない気持ちで聞いた。こんな形で心配をかけたくなかったし、この状況で国を去るのも心配だった。でも、現状では私がいる方が両親の心配が増えるのだろう。なんで私がと思わなくもないけれど、どんな理由であっても心配をかけていることが申し訳なかった。

◆　◆　◆

オスニエル様が起こした事件で世間は持ちきりだったけれど、私たち家族はラファティ行きの準備で慌ただしく過ごしていた。荷作りなどは終わっているものの、やらなければならないことは思った以上にあった。

夜会から四日目の今日は、学園を二月《ふたつき》程休む手続きのため、お兄様と一緒に学園に来ていた。本来なら保護者のお父様と来る予定だったけれど、お父様もラファティ行きの手続きで王宮に行く用意があったため、代わりにお兄様に来てもらったのだ。

「懐かしいな」

お兄様が学園の校舎を眩しそうに見上げた。

「お兄様が卒業してから何年も経ちましたものね」

同じ学園を卒業しているお兄様は、学内の様子を興味深く眺めていた。細かいところが色々と変わっているのに驚く一方、先生方が一層老けたなぁとしみじみと言った時は思わず笑ってしまった。

今日は学長と担任の先生に挨拶《あいさつ》をして、私物を一旦引き上げるために来た。荷物は侍女が既に馬車に積み込んでくれたし、先生方への挨拶《あいさつ》も終わった。次に来るのは最終学年になってからだ。卒業関係のイベントに参加出来ないのは残念だけど、来年の自分の時には出られるだろう。

用事を終えた私たちは、馬車に乗って屋敷へと戻った。

「出発までもう少しだな」

「ええ。慌ただしくてあっという間だったわ」

「まったくだ。気を付けて行ってくるんだぞ」

「それを言うならお兄様の方こそです。お義姉《ねえ》様に心配かけないでくださいよ」

「何だよ、それ。ちゃんとやっているだろう」

「お兄様はそう言いながら無茶するから心配なんですよ」

お兄様はマリアンお義姉《ねえ》様が妊娠中なので、ラファティには行かず家に残ることになった。こんな状況で離れるのは心配だけど、私が正式にエセル様の婚約者と発表されたことで危害を加えるのは難しくなったから心配ないと言う。王家からもこれまでの謝罪も兼ねて我が家の警備をしてくださることになった。ここで我が家に何かあればエセル様の不興を買うことになるし、それはラファティとの関係を悪化させることにもなるから、王家もかなり気を遣っているだろう。

「これ以上、何もなければいいけど……」

「さすがにこれ以上はないだろう。オスニエル卿が逮捕されて、グローリア様の取り巻きはもう残っていないそうじゃないか。ここで事を起こせばグローリア様の名に傷がつく。そんなバカなことはしないだろう」

「そうだといいんですけど……」

普通に考えたらそうだし、私もそう思いたいけれど、グローリア様とその周りの人たちの思考回路が理解出来ないだけに不安が残る。

「心配いらないよ。ヴィオラが帰ってくる頃には捜査も終わって、解決しているはずだ」

「そう、ですわね」

二か月もあれば大抵のことは判明して、処罰も決まっているだろう。まだわからないことは多いけれど、オスニエル様の逮捕でマセソン公爵家にも捜査が入ることになった。騎士団は今回の件以外にも、マセソン公爵家にまつわる疑惑を徹底的に調べると言っているらしい。足掛かりが出来た以上、このチャンスを逃さないだろうとも。

その時だった。ガタン！　と馬車が大きく揺れて馬がいななき、馬車が急停車した。

「きゃ!?」

「何だ!?」

突然のことに、中にいた私たちも席から放り出されてしまった。護衛がすぐに警戒の姿勢を取り、お兄様が私を助け起こしてから守るように抱きしめてくれた。

ここは往来の多い道で、舗装も綺麗にされている。そんな道で急に止まるなんてあり得ない。襲われた令嬢のことを思い出して、胸の鼓動が激しくなった。

「何事だ!?」

「若様！　賊です！」

「何だと！」

「お二人共、ドアから離れて！」

外から響いた大きな声に反応して、同席していた騎士がドアの施錠を確かめた。私はお兄様に抱きしめられて座席の真ん中に座った。ドアの近くは危険だからだ。

「一体、誰が……」

「さて。こんな白昼に堂々と往来の多いこんな場所で襲ってくるなんて、捕まえてくれと言っているようなものだ」

お兄様は私を安心させるためか、そう言って笑った。確かにお兄様の言う通りだけど、すぐに騎士が駆けつけてくれるわけではないだろう。我が家も護衛を付けているけれど、それをわかった上で襲ってきたのだ。それなりに腕に覚えがあるか、あるいは……

「娘だけでいい。後は無視しろ！」

外からそんな声が聞こえてきて、彼らの狙いが私なのだと悟った。どうして、誰が……そこまで誰かの恨みを買っているのかと恐怖から息苦しさを感じた。

バキン！

次の瞬間、ドアの窓ガラスが割れて、破片が馬車の中に舞った。

「娘さえ傷つけりゃいい。後は放っておけ！」

「きゃぁ!?」

怒号と同時に護衛が警戒している反対側のドアが、大きな音を立てて開いた。現れたのは短めの剣を手にした破落戸《ごろつき》風の男で、私たちの姿を目にすると驚きをあらわにした。お兄様と護衛の姿に一瞬怯《ひる》んで一歩下がったのを、護衛は見逃さなかった。

「ぐわぁあああ！」

護衛がすぐに剣を繰り出して男の右腕を刺し、男はそのまま地面へと転がり落ちた。

「こっちだ！」

「賊を捕らえろ!!」

ドアが開いたことで外の音が聞こえた。私の耳に届いた命令は、聞き覚えのある声だった。

「な！　カイ、ン⁉」

先に驚きの声を上げたのはお兄様だ。ドアの向こうに見えたのは騎士のような恰好をして賊に応戦するカイン。以前よりも日に焼けて、随分と印象が違って見える。

「なん、で、あいつが……」

私以上に付き合いが深く長かったお兄様が、呆然とその様子を眺めていた。

カインたちと一緒に現れたのは、王都を警護する自警団だった。彼らは騎士の下位組織のようなもので、王都の治安を守るために結成された平民中心の組織だ。彼らの出現で、私たちを襲った賊はあっという間に捕らえられた。馬車は少し傷んだけれど、我が家の護衛たちも怪我なく済んだのは彼らのお陰だろう。

「ど、うして……」

「クリス様……」

驚きすぎてお兄様もかける言葉が見つからなかったらしい。元気な姿を見られたことを嬉しく感じたけれど、今は再会を喜んでいる場面ではなかった。

「お怪我はありませんか？」

カインの隣にいた少し年上の騎士が声をかけてきた。

「あ、ああ……」

「賊はこちらで騎士団に引き渡しますのでご安心ください。自警団の何人かを護衛にお付けしましょう。まずはご帰宅を。後程事情を伺いに参ります」

「……わかった」

さすがにここで話をするわけにもいかず、私たちは自警団に守られながら屋敷に帰ったけど、その中にカインの姿はなかった。


家に戻ってお母様に襲われたことを話すと、顔色を失ってすぐにお父様へ帰ってくるよう伝えるよう侍女にお願いしていた。

「それで二人とも、怪我はなかったの？」

「ええ。ちょうど自警団が駆けつけてくれて、事なきを得ました」

「そ、う……よかったわ」

お母様は私を抱きしめてほっと大きく息を吐いた。その後、着替えて家族のサロンに集まった頃には、私の高ぶっていた気持ちも落ち着いてきた。そこでお兄様はお母様に、襲撃について詳しく説明してくれた。


その後、騎士と自警団の団長と名乗る男性が我が家を訪れた。てっきりカインが来ると思っていた私やお兄様が落胆したのは言うまでもない。騎士からは襲われた経緯などを聞かれ、今日は自警団と騎士団が屋敷の周りを警護してくれると言った。それだけでも重苦しい不安が軽くなった気がした。

「貴団に属しているカインという者は？」

「ああ。あの者は半年程前に入団した者です。若いが仕事が丁寧で市井《しせい》の者からの評判もよく、一方で貴族の事情にも明るいので重宝《ちょうほう》しています」

「そうですか」

帰り際、お兄様は自警団の団長にカインについて尋ねていた。彼のことだからどこに行っても問題はないだろう。だからこそ、どうしてあんなことをしたのかを聞いてみたかったのだ。


「ヴィオ！」

「エセル様？」

騎士たちと入れ替わるようにやって来たのはエセル様だった。随分と慌てた様子で、私を頭のてっぺんからつま先までをじっと見つめられた。

「賊に襲われたと聞いて……お怪我は、ありませんでしたか？」

「はい。護衛と自警団の方が守ってくださって、大丈夫でした」

「そう、ですか……よかった」

動転するくらい心配してくださったらしい。力が抜けて大きく息を吐くのが聞こえ、その後ほっとした笑みを浮かべた。何だかくすぐったい感じだ。

せっかくいらっしゃったのでお茶でもと思ったけれど、エセル様は予定が詰まっているそうで、私の無事を確認したら名残惜《なごりお》しそうにしながらもそのままお戻りになった。私を心配して僅かに空《あ》いた時間に会いに来てくださったらしい。お忙しい時に心配と負担をおかけして申し訳なかったけれど、同時に左の胸がまた忙しなく跳ねるのを感じた。

翌日、お父様が再度王宮に向かった。ラファティ行きの手続きの残りと、昨日の襲撃に関する報告、そして我が家の警備について相談するためだ。一方、我が家にも騎士団が事情を聞きに朝からやって来て、私とお兄様はその対応に追われた。ラファティ行きの準備を早めに終わらせておいてよかったと思う。そうでなければてんてこ舞いで間に合わなかったかもしれない。

夜になってもお父様は王宮から戻らなかった。夕食の時間にはお戻りになると思っていただけに意外だったけれど、王宮で何かあったらしく、今日はあちらに泊まるとの連絡があった。

「ええっ？　ラファティ行きが延期？」

翌朝戻ってきたお父様は、家族を執務室に呼ぶとそう告げた。出発までもう片手で数えられる程の日も残っていないのに、ここにきて急に延期になるなんて……

「どういうことですか、父上？」

「実は昨日、ラファティから使者がお見えになったのだ」

「ご使者が？」

「ああ。ラファティの、国王陛下がお倒れになったというんだ」

「国王陛下が!?」

お父様が告げた事実に、私たちは驚くしかなかった。だってラファティの国王陛下はお父様よりも少し年上だけど、精力的で健康に不安があるという話を聞いたことがなかったからだ。エセル様の話では、今でも朝は鍛錬を続けられているというし。

「それで、ご容体は？」

「ああ、それなんだが……」

ラファティ国王陛下が倒れたのは、趣味の狩猟中だったという。その最中に落馬して腰を傷めれたそうだ。診察の際に少し心臓が弱っているのがわかり、医師の勧めでしばらく公務を控えるという。そのため私たちの婚約発表の夜会も延期になったのだとか。


翌日、エセル様が先触れもそこそこに我が家を訪れた。いつもの覇気が感じられず、お疲れのようにも見えた。

「すみません、急に延期になってしまって」

「いえ、エセル様のせいではありませんから」

ラファティ行きの延期はお父様から聞いていたけれど、エセル様もその説明に来てくださったのだ。天気がいいので庭の四阿《あずまや》でお茶をいただくことにした。木々の間を渡る風が心地いいが、心の中は晴れることはなかった。

「実はこの件は、兄が決めたことなのです」

「兄とは……レギナルド様、ですか？」

「ええ。兄上はこの国の対応に不満でして……」

レギナルド様が我が国の王家のグローリア様への態度の甘さに辟易《へきえき》しているとエセル様は仰《おっしゃ》った。グローリア様の処分も、その取り巻きの令息たちへの調査も甘いとお感じなのだとも。その上、私が嫁《とつ》ぐから多少のことは大目に見てくれるのではないか、そんな空気を感じているのだという。それに関してはアデルも同じことを言っていた。

「兄上が調査の進展が遅いのではないか、本気で取り組んでいるのかと言い出したのです」

「それじゃ……」

「ええ、父のこともあって、私とヴィオの婚約披露の夜会を延期して圧力をかけたのです。ヴィオが来てくれるなら援助もこれまで通りと言っていたから、延期になったと聞いて今頃王宮は大騒ぎでしょう。兄上は事と次第によっては今後の関係も考えるとも言ったようですし」

なるほど、レギナルド様が不信を感じているとなれば、国王陛下も慌てるだろう。近い将来の即位は確実と言われているだけに、機嫌を損ねることは我が国にとって死活問題だ。

「兄上は相応の結果が出るまでは、婚約の公表を控えるつもりなのでしょう」

「相応の結果、ですか」

「ええ。私としては頭が痛い話です。一日でも早く婚約を正式に公表したいのです。私のヴィオに変な虫がつかないかと、心配で眠れませんから……」

そう言うとエセル様は額に手を当てて大きく息を吐いたけど……

(わ、私のヴィオって……)

私は恥ずかしいやら嬉しいやらで一人混乱していた。そんな風に言われたことがなかったし、そもそも私に興味を持つ男性なんていなかったから。

「それから、リード侯爵家の警備に我が国の騎士を派遣してもよろしいですか？」

「ラファティの騎士を、ですか？」

「ええ。昨日の襲撃事件を思うと、この国の騎士に任せるのは不安なのです」

「それは……」

騎士をよこしてくださった王家には悪いけれど、それは私も家族も思っていたことだった。騎士の中にグローリア様の取り巻きや、マセソン公爵家の関係者がいたら？　どうしてもそんな風に考えてしまって安心出来なかった。

「お願い、出来るのでしたら……」

お父様も不安を感じていたのだろう。話をすると申し訳ないと言いながらもその話を受けてくださったことに安堵した。私だけならまだしも、家族が巻き込まれることだけは避けたかったからだ。一番気がかりなのは妊娠中のマリアンお義姉《ねえ》様。実家に避難をとも思ったけれど、それはお義姉《ねえ》様にお断りされてしまった。そのこともあって家族のためにもお願いする以外の選択肢はなかった。

◆　◆　◆

ラファティ行きが延期になった私だったが、学園には休学届を出してしまったので時間を持て余していた。空《あ》いた時間、私はエセル様が手配してくれたラファティの教師たちによる王子妃教育を受けていた。

「ヴィオラ様は優秀でいらっしゃいますのね。この調子なら早く終わりますわ」

大国ラファティには優秀な人がたくさんいると聞いていただけに、そんな風に言ってもらえたのは嬉しかった。勉強は嫌いじゃないし、先生方に褒められるとやる気も湧く。新しい目標が出来たことで張り合いが出て、毎日が充実していた。


そんな中、王城から我が家に登城要請が届いた。お父様もお兄様も留守だったため、お母様と一緒に使者を迎えた。

「王宮にって……一体どなたから？」

「王妃様からでございます」

「王妃様？」

確かに王家からの書簡には王妃様の署名があり、使者もそのように告げている。それにしても……

「今からだなんて……」

書簡にはこれからとあるけど、いくら何でも急すぎないだろうか？　登城にはそれなりの準備も必要なのに。使者も申し訳なさそうにしていて気の毒に見えた。それに、王妃様からの呼び出しというのも腑《ふ》に落ちなかった。

「王妃様が一体何のご用なのかしら？」

「書面にはグローリア様のことを謝罪したいとあるけれど……」

「でも、謝罪は既に陛下からいただいていますわ。今更王妃様からだなんて……」

王妃様はあまり社交的ではなく、公務以外は表に出てこられない。これまでだってグローリア様の件で王妃様が何かを言ってきたことはなかったのに……

「念のためリーズを連れていきなさい」

「そうね、そうします」

臣下であればお召しに否《いな》とは言えない。私は慌ただしく準備を済ませると、最近侍女になったリーズを連れて王家の使者と共に王宮に向かった。


登城には我が家の騎士と王家、ラファティの騎士も同行して物々しい雰囲気だった。さすがにこれだけの護衛がいれば襲われる心配はないと思うけれど、先日襲われたばかりだから馬車に乗るのは気が重かった。

王宮の敷地内に入って、ようやく緊張が少しだけ解けた気がした。さすがに王宮内には護衛騎士がいるからもう襲われる心配はないだろう。もっとも、案内された部屋ではどうなるかわからない。毒を盛られる心配もある。王宮はそういうところだ。

「王妃様のもとまでご案内いたします」

出迎えた侍女がそう言って歩き出したので、私はその後をついていった。

「王妃様はどちらに？」

「……奥棟の方でございます」

奥棟とは王族が生活する棟で、王宮の奥に位置するのでそう呼ばれている。ここに親しくない者を呼ぶことは基本的にないと聞くけれど、いいのだろうか……何度も角を曲がっているうちに自分のいる位置がわからなくなって不安になってきた。

「こちらでお待ちくださいませ」

そう言って侍女が示したのは、廊下を進んだ先にあった扉だった。侍女が扉を開いたまま待っているので、リーズと共に仕方なく部屋に入った。

(……謝罪というには場違いのような？)

そこはそれなりの広さのある客間のような部屋だった。特別華美ではないけれど、質素でもない。

でも、昼間なのにカーテンが閉められたままだった。

「ただ今王妃様がいらっしゃいます。しばしお待ちを」

侍女はお茶を淹《い》れた後でそう言うと、部屋を出ていった。

カシャン。

(……え？)

鍵がかかる音がして、私は扉の方に視線を向けた。

(まさか？)

慌てて扉に駆け寄ってドアノブをひねった。

(うそ!?　閉じ込められた？)

嫌な予感が背筋をひんやりと覆うのを感じた。リーゼが窓に向かいカーテンを開けて……息を呑んだ。

(そんな……!)

カーテンの向こうにあったのは、鉄格子が嵌《は》められた窓だった。昼間なのにカーテンが閉まったままだったのはこれを隠すためだったのだ。ここは貴族牢なのだろう。今まで見たことも入ったこともないから確信がないけれど。

「ヴィオラ様、どうやら罠だったようです」

リーズがすぐにこの部屋にあるドアとその先にある部屋を調べてくれたけれど、残念ながらどの窓にも鉄格子が嵌《は》められていた。

(さすがにリーズでも……鉄格子は外せないわよね)

リーズはエセル様が私に付けてくれた侍女で、優秀なだけでなく武の心得もある。でも、鉄格子をどうにか出来る力はないだろう。

「一体誰が……」

「今は何とも。王妃か王女あたりでしょうか。あのお茶にもきっと何か入っているでしょう。口になさいませんように」

「ええ」

そう言うとリーズはポケットから小瓶を取り出した。紅茶の中身をその小瓶に入れ、残りはレストルームに行って流してしまった。

あれから侍女が戻ってくる気配もなく、どうすべきかと考えていると、廊下が俄《にわ》かに騒がしくなった。ソファに座ったまま身構える中、鍵を解除する音がしてドアが乱暴に開いた。

「ようこそ、ヴィオラ様」

部屋に入ってきたのは……騎士の格好をした若い五人の令息を従えた……グローリア様だった。質素なドレスに身を包み、髪も簡単に結んでいるだけでいつもの華やかな姿とは別人のようだ。

一方の令息は騎士の格好をしているけれど、姿勢が悪くて所作がだらしない様子から、本当の騎士ではなさそうだ。多分、グローリア様の取り巻きなのだろう。

「グローリア様？」

「お久しぶりですわ、ヴィオラ様」

にっこりと笑顔を向けてくるグローリア様だったけれど、今は療養という名の幽閉中だったはず。どうしてここに……そう思って合点《がてん》がいった。このエリアは貴族牢のある一角で、グローリア様もこの近くの部屋にいたのだろう。もしかすると警備の騎士たちの中にグローリア様の取り巻きがいたのかもしれない。

「今日はヴィオラ様にお願いがあって来ていただきましたの」

そのお願いの中身は聞かなくてもわかった。

「エセルバート様の婚約者の座、私にお譲りくださいな」

やはり……としか言いようがなかった。あんなに拒否されても諦めない執着心に恐怖が湧いた。

しかも邪気がなさそうに見える笑顔が怖い。これは私が拒否するとは思っていないのだろう。エセル様が折れないので私から婚約を白紙にさせようと考えているのだろうか。

「婚約に関してはエセル様のご意志です。私の一存でどうこう出来ることではございません」

そう答えて通じるとはもう思わなかったけれども、そう言う以外になかった。実際この婚約はエセル様の強いご希望があった上でのことなのだから。

「でも、侯爵家のヴィオラ様よりも王女の私が嫁《とつ》いだ方が両国のためになりますわ。どうして皆様、それがおわかりにならないのでしょう」

「グローリア様、お気を落とさずに」

「我々はグローリア様こそがエセルバート殿下に相応《ふさわ》しいと信じております！」

「グローリア様以外にエセルバート様の妃が務まるはずがございません！」

寂しそうなグローリア様に、令息たちが一斉に慰《なぐさ》めの言葉をかけた。ああ、彼らのこういう態度がグローリア様の勘違いを助長させていたのだろう。

「ね、皆様もそう言ってくださるわ」

「それでも、決定権はエセル様にございますし、レギナルド王太子殿下もお認めになったものです。異議がおありでしたらそちらに奏上なさってください」

こうなると正論を淡々と繰り返すしかなさそうだ。エセル様の恩情で返事を待っていただいていたけれど、現実的に考えれば一貴族の私に決定権はないのだから。

「グローリア様。どうやらリード侯爵令嬢は話がわからないお方のようです」

「このままでは我が国の危機です。ご決断を！」

何だろう、ご決断とは。いずれにせよ私にとっていいものではないだろう。法も倫理も常識もないグローリア様だ、何を言い出すのか見当もつかない。

「そう、ね……ねぇ、ヴィオラ様、私もヴィオラ様を傷つけたくはありませんの。でも、今は国の一大事ですわ。どうかエセルバート様との婚約を解消なさって？」

「お断りします」

愛らしく小首をかしげる姿は可憐だけど、これまでの経緯を思えば正気とは思えなかった。

得体の知れない何かに対峙しているような恐怖感がじっとりと覆いかぶさっている気がしたけれど、私からエセル様を手放す気はない。

「そう、残念だわ……」

「え？」

しばらくの沈黙の後に、消え入るような声でグローリア様が呟いた。

「皆さん、お願いしますわ」

「「はっ！」」

グローリア様の言葉に、令息たちが姿勢を正して応えた。何を言っているのだろう……

「グローリア様、何を……」

「ああ、ヴィオラ様。ごめんなさいね。でも、こうするしかないの。我が国のために」

「国の、ため？」

「ええ。国のため。ああ、心配しないで、ヴィオラ様」

「心配？」

「そろそろお薬が効いてくる頃でしょう？」

「薬？」

そう言われて頭に浮かんだのは侍女が淹《い》れてくれたお茶だった。リーゼが飲まないようにと言っていたけれど、まさか……

「あのお茶には媚薬《びやく》を入れておいたの」

「っ！」

「あれがあれば痛みも感じなくて、ひたすら気持ちがいいそうよ。純潔は失われてしまうけれど、心配はいらないわ。それにヴィオラ様にはいい嫁《とつ》ぎ先を見つけてありますから」

「……」

いいことをしていると言わんばかりの態度は、まともな思考を失っているせいだろうか。

「これでお母様もお許しくださるわ。私、ちゃんと王女として最高の相手に嫁げるのですもの」

うっとりとそう呟くグローリア様には、もう私の姿が見えていないように見えた。

「さぁ、皆さん、始めてくださる？」

「「はっ！」」

グローリア様の言葉を受けた令息たちが無遠慮に私たちに向かってくる。私がソファから立ち上がるとリーゼが私を庇《かば》うように前に立った。

「ヴィオラ様に触れることはラファティ国が許しません！」

リーゼがすっと戦闘態勢を取った。栗色のウェーブがかかった髪と薄茶の瞳の彼女は私より少し年上で、私よりも背は高いけれどぱっと見は優しそうな風貌の持ち主だ。

「おやおや、勇ましいねぇ」

「忠誠心溢《あふ》れる侍女かぁ。可愛いよなぁ」

「ああ、よく見りゃ中々可愛い顔をしているな。おい、この侍女も一緒に味見させてもらおうぜ」

「そりゃあいい。ここには誰も近づかねぇからな」

どうやら彼らの本性というか目的がこれではっきりしたけれど、予想の範囲内だった。あまりにも下品かつ醜悪《しゅうあく》で見るに堪《た》えない。こんな者たちをグローリア様が側に置いていたなんて……

「ま、そろそろ薬も効き始めているだろうからな」

「ああ。しかも即効性がある優れもんだ。どんな澄ました女でも雌犬《めすいぬ》に成り下がる逸品だからな！」

品のない笑い声が響いた。どうやら彼らはあの媚薬《びやく》事件にも絡んでいたらしい。まだ取りこぼしがあったのは意外だったけれど、あの事件の犯人はグローリア様の側に侍《はべ》ることの出来る上位貴族が中心だったから、目の前にいる令息らは捜査対象には入っていなかったのかもしれない。

「さぁ、まーだ日が高いけど、夜まで我慢していたらおかしくなっちまうからな」

「俺らがじっくりしっぽり相手してやるから心配すんな」

「その侍女の分もあるから安心しろ。たっぷり可愛がってやるから」

「そうそう。デビュタントしたばかりの小娘だって最後はおねだりしてくるくらいだからなぁ！」

（こ、この人たちが……！）

デビュタントしたばかりの子どもとも呼べる令嬢たちを襲っていたのは彼らだったのか。胸の中に言いようもない怒りが急速に湧き上がるのを感じた。しかもそれをグローリア様もご存じだったなんて、許せない……

「ぎゃあああぁぁあっ!!」

次の瞬間、バキッという嫌な音の後にドスンと鈍い音がして、床に転がった令息が腕を押さえて藻掻《もが》いていた。リーズが腕を掴んだ令息の腕を取って背負い投げし、同時に腕を折ったのだ。そう、リーズはああ見えてとんでもなく強い。しかも武器なしで。彼女は体術の達人でもあり、私の先生でもあった。

「きゃあっ！　なっ、何っ……!?」

思いもしなかった展開にグローリア様が悲鳴を上げ、怯《おび》えた表情で近くにいた令息に縋《すが》りついた。リーゼに迫っていた令息たちも仲間の悲鳴に数歩後ろに下がった。何が起きたのか理解出来ないのだろう。彼らの身のこなしからしても鍛えているようには思えないから、リーズの動きが見えなかったのかもしれない。

「も、もう殺してもいいわ！　この女がいなければエセルバート様は私のものなのだから！　最初から、そう、最初からそうしておけばよかったのよ！」

グローリア様がとうとう一線を越えてしまった。それを受けて令息たちが殺気立つのを感じた。

「こ、このアマぁ‼」

「おい、こうなったら手加減は不要だ！」

「やっちまえ！」

男たちが剣を抜いて一斉に飛びかかってきた。私はリーゼの邪魔にならないように数歩下がって、構えを取った。何が起きるかわからないからと、ヒールの低い靴にしてよかった。

「大人しくしやがれぇ！」

飛びかかってきた令息が見えた私は、振り下ろされる剣を避けると懐《ふところ》に入って鳩尾《みずおち》に肘鉄を打ち込んだ。ドレスで動きにくいけれど、思った以上に呆気《あっけ》なく令息が倒れ込む。

「ヴィオラ様！」

「リーゼ、大丈夫よ！」

答えた私に別の令息が横から手を伸ばしてきた。それを躱《かわ》して目標を失って床に転びそうになった彼の背中に蹴りを入れると、顔から床に突っ込んでいくのが見えた。

「リーゼ、危ない！」

二人の令息が一斉にリーゼに襲いかかろうとしている。助けに行こうと一歩を踏み出したところでいきなり後ろから強い力で引っ張られた。床に倒れていた令息にスカートの裾を掴まれて引っ張られたのだ。私は勢い余って床に倒れ込んでしまった。

「このアマぁ！」

「ヴィオラ様！」

倒れ込んだところに男が這《は》いながら覆いかぶさろうとしてきた。バランスを崩したままなせいか起き上がることもままならない。目の前の男の手に握られた剣が見えた。

バキバキバキ‼　ガシャアァン‼

剣を躱《かわ》そうと身構えた瞬間、今まで聞いたこともないような大きな音と床が揺れるのを感じた。さすがに令息たちも驚いたのか、一斉に音がした方に視線を向ける。

「ヴィオ！」

聞き慣れた声とともに飛び込んできたのは……エセル様だった。その後ろからはラファティの騎士たちが雪崩《なだれ》込んでくる。

「エセルバート様！」

こんな場面なのに甘い声を上げたのはグローリア様だった。エセル様の姿を認めた瞬間、頬が色付き笑みを浮かべた。

「貴様ぁっ‼」

「ぐえぇっ‼」

呆然としている私の前でエセル様が見たこともない程の怒りをあらわにして、私に迫っていた令息を蹴り飛ばした。

（うそ……本当に飛んだ……？　凄い……）

文字通り令息が浮き上がって飛んでいったのを見て、こんな時だというのにとぼけた感想を抱いてしまった。

「ヴィオ！　怪我は？」

とんでもない強さに呆然としていると、エセル様が私を軽々と抱き上げて顔を覗き込んできた。あまりの近さに我に返った。というか返らされた。

「だ、大丈夫、ですっ！」

それよりも近すぎです――！　と心が叫んでいる。と同時に、前にもこんなことがあったな、と思った。そうしている間にも騎士たちが令息たちを拘束《こうそく》し終えたのが見えた。

「あ！　あの……エセル様、リーゼは？」

私を庇《かば》って戦ってくれた彼女を思い出して尋ねた。いくら強くても複数を相手にするのは簡単ではないだろう。

「リーゼ？　ああ、無事だよ」

「ヴィオラ様、お怪我は？」

エセル様が答えるとすぐにリーゼが目の前に現れた。怪我をしていないかと全身を眺めたけれど、髪の毛一筋も乱れがなかった。さすがはリーゼだ。そういえば練習中、私がいくら攻撃しても綺麗に躱《かわ》されたっけ。

「だ、大丈夫です。リーゼのお陰だわ」

リーゼが無事だとわかってようやくホッとした。彼女は真面目で自分の身を顧《かえり》みなそうだったから心配だったのだ。全くの杞憂《きゆう》だったけれど。

「グローリア、これはどういうことだ!?」

無事を確かめ合っていた私たちの会話に、別の怒号が飛び込んできた。声の主はセドリック様だ。声のする方を見るとグローリア様はラファティの騎士に拘束《こうそく》され、その前にセドリック様が立っていた。

「お前は謹慎中だろう！　どうして勝手に部屋を出た!?」

「だ、だってお兄様、私はエセルバート様と婚約するために……」

「何を言っている!?　お前とエセルバート殿が婚約することなど永遠にないとあれ程言っただろう！　何があってもラファティはお前を受け入れないと！」

セドリック様も戸惑っていた。セドリック様はずっとグローリア様を説き伏せていたはずだ。それでも理解していない彼女が理解出来ないと顔に書いてあるように見えた。

「で、でも、ヴィオラ様がいなくなればエセルバート様だって……」

「何だと!?　お前、まさかヴィオラ嬢を……」

「あ、あの人さえいなければ、私はエセルバート様と結婚出来るのです。そうすれば我が国だって今よりも良くなるわ！　どうしてみんなそれがわからないの？」

セドリック様が言葉を失って生まれた沈黙の中、グローリア様がエセル様に声をかけた。

「エセルバート様！　騎士を止めてください！　わ、私はこの国の王女です！　こんな無礼は両国のためになりませんわ！」

「黙れ」

これまでに聞いたことがない程の冷たく激しい怒気に満ちた声が走った。その威圧感と鋭さは、セドリック様や先日の国王陛下の比ではなかった。まるでレギナルド様のようだ。放たれた殺気にグローリア様が恐怖に引《ひ》き攣《つ》るのが見えた。

「ラファティ第三王子の私の婚約者に手を出したのだ。当然であろう」

「そ、そんな……こ、婚約者は私で……」

「くだらぬ妄想は聞き飽きた。その口を閉ざさぬと言うのなら、今すぐ口がきけないようにしてやろうか？　レスター！」

「はっ！」

エセル様が呼ぶと、レスター様は心得ていると言わんばかりに剣を差し出した。剣を手にしたエセル様がグローリア様の喉にそれを突きつけた。

「ヒッ！　エ、エセルバート様……ご、ご冗談は、お、およしに……」

「冗談ではない。ヴィオラ嬢は私の正式な婚約者。我が国では既に準王族の扱いだ。その彼女を殺害しようとしたのだ。ここで切って捨てたところで問題はない。そうだな？　セドリック殿？」

「は、はい。ご随意に……」

「そ、そんな……お兄様っ⁉」

青褪《あおざ》めながらも容認する兄を、グローリア様は信じられないものを見るような目で見上げた。

「お前が生きているのはラファティの恩情のお陰だったんだぞ？　こんなことをしでかした今、ここで切り捨てても父が、我が国がエセルバート殿を咎《とが》めることなど出来ない」

「だそうだ。試してみるか？」

セドリック様の言葉を受けて、エセル様がグローリア様の喉元に突きつけた剣を僅かに押し込んだ。血は出ないけれど、喉元に食い込んでいる。

「……ぁ、あ……ぅぁ……」

「グローリア！」

本気の殺気を感じ取ったのだろう。グローリア様は目を大きく見開いた後、糸が切れた人形のように後ろへ倒れ込んだ。その身体は拘束《こうそく》していた騎士に受け止められ、セドリック様の手に委《ゆだ》ねられた。

「エセルバート殿、愚妹の愚行、心より謝罪いたします」

グローリア様の身体を支えながら、セドリック様が深々と頭を下げた。表情は見えなかったけれど、その肩は震えていた。


その後、私たちは王宮の客間へと移動した。その間私はエセル様に抱き上げられたままだったため、衆目を集めることになってしまった。もう恥ずかしいし居《い》た堪《たま》れない……自分で歩くと何度も言ったけれど、綺麗にスルーされたのだ。

部屋に着くとそっとソファに下ろされて、エセル様が隣に座った。ぴったりとくっつきすぎだと思う。思うのだけど、エセル様は更に私の手を取って放してくれなかった。

「ヴィオ、本当に怪我はなかった？」

私の顔を覗き込みながらエセル様が再び問いかけてきた。私よりもエセル様の顔色の方が青褪《あおざ》めているように見える。

「は、はい。リーゼが守ってくれましたから」

「いいえ、ヴィオラ様がお教えしたことをしっかり実践なさったからですわ」

近くに控えていたリーゼに初めて褒められて、訓練を頑張った甲斐《かい》があったと嬉しくなった。セクストン侯爵に襲われてからは一層鍛錬に力を入れていたから。それに今日はリーゼを連れてきて本当によかった。彼女がいなければどうなっていたことか……

「それにしても、エセル様はどうしてあの場に？」

そう、あそこは我が国の王族の住むエリアで、エセル様でも簡単に入り込めるとは思えなかった。しかもラファティの騎士を従えてだなんて。

「ああ、あれはリーゼが知らせてくれたんだよ」

「リーゼが？　あの状況でどうやって？」

とてもそんなことが出来る状況ではなかっただろう。助けを呼べるような人も近くにはいなかったはずだし、窓だって鉄格子が嵌《は》められていたのだ。

「これだよ」

そう言ってエセル様が取り出したのは子どもの握りこぶし程の大きさの丸い物体だった。石のようだけど、人工的に作られたものにも見える。

「これは地面などに投げつけて衝撃を与えると、音と煙を出すんだ」

「音と煙？」

「ああ。ラファティの王族は何かあった時、これで助けを求めるんだ。私たちはそれを見てあの場に駆けつけたんだよ。リード侯爵夫人からヴィオが王宮に呼ばれたと連絡をいただいていたしね」

「お母様が？」

「ああ。夫人も疑わしく思われたのだろう。ヴィオが家を出た後で私にも連絡をくださったのだ。私もちょうど王宮にいたからすぐに動くことが出来たよ。本当に……間にあってよかった……」

そう言うとエセル様は私を抱きしめて大きく深く息を吐いた。力が籠っていてちょっと痛いけれど、その痛みが今は心地よい。

「あ、ありがとうございます」

ホッとしたせいか、今になって危険な状況だった実感が込み上げてきた。自分の指が微かに震えていて、震えを抑えようとその指をもう片方の手で包んだ。

「ヴィオ？」

そんな私の変化にエセル様がすぐに気付き、そっと両手で包み込んでくれた。この方は本当に察しがいい。よすぎるとも言えるかもしれない。温かくて大きな手に、安心感がじんわりと広がっていく。あの時は夢中だったし、取り巻きの令息たちに対峙している時は怖いとは思わなかった。なのに……

（やだ……何で……？）

気が付けば手やドレスに涙のシミが数を増やしていくのを呆然と眺めていた。感情と身体の反応が合わないことに戸惑う。

「怖かったのですね」

そう言うとエセル様が優しく、まるで母鳥が羽でヒナを包み込むように抱きしめてくれた。さっきまで抱きかかえられていたせいだろうか。恥ずかしさはあまり感じなくて、それよりもその優しさに余計に涙が止まらなくなってしまった。そんな私を宥《なだ》めるためエセル様は黙って私の背を撫で続けてくれた。

その後レギナルド様が現れ、お父様が私を迎えに来て、さらには血相を変えた陛下と宰相様を連れてセドリック様がやって来た。グローリア様の愚行をお三方が平謝りし、レギナルド様とエセル様が冷たい視線で謝罪は不要と突き放し、私はお父様と胃の辺りを押さえながらその様子を見守っていた。もう国同士の話になっていて私たちの出る幕がない。と言うか出たくない。意見を求められても国を左右するかグローリア様の今後に関わる内容になるのは必至で、一臣下には荷が重すぎる。早く帰りたい一心で、私たちは両国の為政者らの会話を息をひそめて聞いていた。

翌日、私が目覚めた時、日は既に高くなっていた。帰ってきたのが夜中に近い時間だったせいでもある。陛下たちからは王宮に泊まっていくように勧められたけれど、あんなことがあった直後ではとてもそんな気にはなれなかった。それはお父様やエセル様も同じで、王家への不信感がそろそろ限界だ。夜道を帰る危険よりも王宮と王家への不信が勝ったのは仕方がないだろう。

しかし、あんな騒動があったせいで中々寝付けなかった。セクストン侯爵に襲われた時もしばらく夢に見たくらいなので、今回もそうなるかもしれないと不安だったのも理由の一つだろう。疲れていて眠りたいのに眠れないことがこんなに辛いとは思わなかった。

「お嬢様、お目覚めですか？」

目覚めてもまだぼーっとする私を気遣うように声をかけてくれたハンナは、いつもよりも優しかった。まだ眠いけれど、さすがにこれ以上寝ると夜眠れなくなりそうだから起きることにした。身支度を終えると、ハンナが庭で軽食にしましょうと言う。何かと思ったら意外なことを聞かされた。

「ええっ!?　エセル様が？」

「はい。一刻程前にお見えになりました。今はクリス様がお相手を」

「な、何で起こしてくれなかったの!?」

「その……エセルバート様が、ゆっくり寝かせて差し上げるようにと仰《おつしや》ったのです。昨日のことでお疲れだろうからと」

「エセル様が……」

確かにエセル様ならそう言いそうだなと思った。いつだって私を優先してくださるから。王族なのに腰が低くて居丈高《いたけだか》なところが少しもおありにならない。兄君たちの影響だと仰《おつしや》っていたけれど、それにしてもエセル様がいらっしゃっているのに寝坊していたなんて、恥ずかしすぎる……

「お嬢様がお目覚めになったら、一緒に軽食をと仰《おつしや》っていましたわ。庭に準備しておりますので参りましょう」

「お願い、そういうことは最初に言って！」

思わず悲鳴のような声が出てしまった。


ハンナを伴って慌てて庭に向かうと、四阿《あずまや》の下で既にエセル様が席に着いていらした。

「ヴィオ！」

私の姿に気付くとエセル様がぱっと笑みを浮かべて、私のもとまで来て手を取る。そのままゆっくりと四阿《あずまや》にエスコートされた。

「すみません、お待たせしてしまって……」

「いいのですよ。それよりも、少しは眠れましたか？」

「え？」

「以前、セクストン侯爵に襲われた後は、しばらく魘《うな》されたと伺いましたので……」

そんなことエセル様には話していなかったのに、どこで聞いたのか。多分アデルなのだろうけど。

「クリス殿に伺いました。それで学園を長く休むことになったと」

ごめんなさい、アデル。そしてお兄様、いつの間にそんな話をしていたんですか……！

「さぁ、少しでも胃に入れましょう。軽いものをお願いしましたので」

「あ、ありがとうございます」

きらっきらの笑顔でそう言われて、きっと頬が赤くなってしまっているだろう。そうは思うのだけど、それを防ぐ手立てを私は持っていなかった。そしてさすが我が家の調理人、私の好みや胃の具合をよくわかってくれていて、消化によい薄味の料理が有り難かった。

簡単な食事をいただいた後、二人で庭を散策した。我が家のいつもの庭に気持ちが落ち着くのを感じる。色々あったけれど、無事に家にいることがこんなにも嬉しいものだとは初めて知った。

「……へ？」

急に腕を引かれたと思ったら、背中からエセル様に抱きしめられていた。

「ヴィオ……」

「エ、エセル様……」

「ああ、すまない。でも、今しばらくだけ……」

そう言われて一層強く抱きしめられる。エセル様の匂いが強く香り、耳元で囁《ささや》かれる声にゾクゾクした。

「もう、この国に置いておきたくない……今すぐにでも、ラファティに連れて帰ってしまいたい」

苦渋に満ちた声にはこの国への不信感が強く表れていた。エセル様やレギナルド様にとってこの国は、王家は、全く信用出来ないのだろう。

「ヴィオ、あの女がいなくなるまで、この屋敷に滞在させてもらえませんか？　それがダメなら、私の屋敷に……」

「そ、それは……」

「私はこれ以上……あなたを失うかもしれないと怯《おび》える日を送りたくないのです」

絞り出すように紡《つむ》ぎ出された声には強い恐怖と不安が込められていて、聞いている私まで胸が痛くなった。私に何かあるたびに、エセル様はこうして苦しまれたのだろうか。

「……お、お父様が、お許しくだされば……」

私もこれ以上辛い思いをしてほしくなかった。私が側にいるだけで気が休まるのなら、と思う。でもさすがに私の一存では答えられなかった。せめてお父様の許可が必要だろう。

「本当ですか？」

腕が緩んだと思ったら、エセル様が私の顔を覗き込んできて視線が合った。信じられないような、でも、どこか期待するような目。

「え、ええ。私も……エセル様を苦しめたくないから……」

「ああ、ヴィオ！」

泣きそうな笑みを浮かべたエセル様に、また強く抱きしめられた。辛そうな笑顔に私まで何だか泣きたくなった。向けられる想いと自分のそれの温度差にまだ戸惑いもあるけれど、嬉しくないはずがない。

そっと、頬に手が添えられたのを感じて見上げると、泣きそうな、嬉しそうな、何よりも愛おしそうな表情のエセル様がいた。穏やかなのに目には見たことがない程の熱が込められているように見えた。ゆっくりと近付く顔に心臓が飛び出しそうになったものの、私は覚悟を決めて目を閉じた。

初めての口づけは一瞬だったけれど、柔らかくて、ひんやりしていて、でもとても熱く感じた。

それからエセル様の行動は早かった。すぐにお父様と話をして、私はエセル様が滞在する屋敷に移動することになった。我が家では警備の面で万全とは言い切れなかったからだ。それにお父様がエセル様と同居する緊張感に耐えられないと言い、お兄様もお腹が大きくなり始めたマリアンお義《ね》姉《え》様にストレスを与えたくないと主張したためだった。

エセル様が滞在している屋敷はハガード公爵の持ち物で、ラファティの大使館として使われていた。今はレギナルド様も滞在されているし、ラファティの王族が我が国を訪問する際はここに泊まられるのだという。騎士も使用人も全てラファティから連れてきた者で固めてあり、我が国の国王陛下ですら手が出せない治外法権を持つ。周辺の屋敷もラファティの関係者で埋められていて、王都の一角が小さな国のようになっていた。

そこで私は一室を賜《たまわ》って、ラファティの家庭教師から王子妃教育を受けることになった。既に学園は休学届を出しているし、この騒動が終わるまでは復学禁止をエセル様からも家族からも言い渡されていた。

いっそこのままラファティに留学を……との話もあったけれど、今はラファティ側でも我が国への風当たりが強いので、却《かえ》って危険ではないかと見送られた。確かに知り合いもいないラファティで婚約者の立場、しかも学園ではエセル様も手が出しにくいだろう。

「それで、どう？　この屋敷での生活は？」

十日程経って落ち着いた頃、アデルが遊びに来てくれた。元々は彼女のお母様の屋敷だったから彼女も昔から馴染《なじ》みがあり、ここの庭は彼女のお気に入りだという。

「……緊張しまくりだわ……」

そう、ここで暮らすようになってストレスは倍増した。今までの気心の知れた使用人とは違うし、見知らぬ人たちに囲まれた生活は緊張感満載だ。その最たる方がレギナルド様だ。

「食事も一緒にって言われて……」

「ああ、レギ兄様ならそう言うでしょうね。ラファティ王族は『家族は一緒にいるもの』とお考えだから」

アデル、あのレギナルド様をレギ兄様って……さすがは幼馴染《おさななじみ》と言うべきなのだろうか。でもそうなのだ。とっつきにくい印象のレギナルド様なのだけど、家庭重視で食事は必ず一緒にするものだと言い、私はレギナルド様ご夫妻とエセル様と四人で食事をしている。それがまたプレッシャーというか何というか……だって……

「まさかレギナルド様が、妃殿下を膝に乗せて食事をされるとは思わなかったもの……」

「でしょうねぇ……」

「アデル、知ってたの？」

「そりゃあ、まぁ……私の父もそうだったし」

「はぁあ？」

あの厳《いか》めしいお顔のハガード公爵が？　そりゃあ公爵も愛妻家で有名だったけれど……

「ラファティ王家はあれが普通よ。まぁ、そのうち別々にと言い出すだろうからそれまでの辛抱《しんぼう》よ」

「それまでって……いつまでなのよ？」

「さぁ、それは私にもわからないわ。気になるならシャルリーヌ様に相談したら？」

「シャルリーヌ様に？」

シャルリーヌ様はレギナルド様の妻で王太子妃殿下で、綺麗な金髪に薄青の瞳の、穏やかで控えめな方。以前はレギナルド様の無表情に嫌われていると思い込み、また激しい束縛で孤立して精神を病む一歩手前まで行った過去を持つ。今では目のやり場に困るくらいに仲がいい。

「シャルリーヌ様も昔はヴィオと同じことを仰《おっしゃ》っていたわ。だから相談すれば少しは自重してくださるか、別々にしてくださるんじゃない？」

なるほど。エセル様に話しても我が家はこれが普通だからと言うばかりだったけれど、シャルリーヌ様なら私のこの恥ずかしい気持ちもわかってくださるかもしれない。

「そうね、早速相談してみるわ」


翌日、レギナルド様とエセル様が王宮に行っている間に、私はシャルリーヌ様に相談した。中々言い出すのは勇気が必要だったけれど、私の悩みにシャルリーヌ様は確かにそうだと仰《おっしゃ》ってくださって、その翌日からは食事が別々になった。なったのはいいのだけど……

「どうして今度は、私が膝の上なの……」

兄ご夫婦と食事が別になった途端、エセル様がレギナルド様の真似をし始めて、私の精神はごっそり削られることになった。

「そのうち慣れるから大丈夫よ」

シャルリーヌ様が苦笑しながらそう仰《おっしゃ》ったけれど、緊張で私の食欲がごっそりと減ってしまった。

さすがに時期尚早だとシャルリーヌ様が執《と》り成してくださって、当面の間、膝の上は免除された。

◆　◆　◆

アデルが遊びに来てくれた三日後の朝、私は侍女から今日の王子妃教育の授業はお休みだと知らされた。

「何かあったの？」

思わずそう聞いてしまった。どうも悪い方へと考える癖がついてしまったらしい。

「いえ、そういうわけではございません。今日はこちらにお着替えを」

そうして着せられたのは、ドレスというよりもワンピースに近いものだった。薄紅色のシンプルだけど細かい刺繍《ししゅう》が施されたそれは品があって可愛らしく、その上に琥珀色《こはくいろ》のボレロ、足元は編み上げブーツで、髪はサイドを細かく編み込みされたハーフアップ。どう見てもこの格好は……

「ああヴィオ、可愛らしく出来ましたね」

現れたのは、簡素な騎士服に身を包んだエセル様だった。これって……

「今日はお休みにして、外に出ましょう」

そう言うとエセル様は私の手を取って歩き出してしまった。外へって、今は危険だから絶対に外に出ないように言われているのに？　疑問符を飛ばす私の手を引いて、エセル様はどんどん進んでいった。

馬車乗り場に出ると、似たような恰好のリーゼと、これまた執事のような服装のレスター様がいた。いつもきっちりしている二人だけど、今日は随分と緩いというか柔らかい印象だ。

「あの、エセル様？　これは一体……」

「ああ、ずっと屋敷の中じゃ息が詰まるだろう？　今日は外を散策しようと思ってね」

「外へ？」

禁止されていたのに大丈夫なのだろうか？　そう思っていたら答えを馬車の中で教えてくれた。

「ラファティ人がやっているお店、ですか？」

「ええ。あの屋敷を中心にこの辺りはラファティ人が住んでいるのですよ。ラファティ人向けのお店もいくつかあるのです。食べ物なども微妙に違いますからね」

そして最初に案内されたのはアクセサリーなどを売るお店だった。

「わぁ……」

こぢんまりとした店だったけれど、そこにはたくさんのアクセサリーが所狭しと並んでいた。よく見るとこちらではあまり見かけない品もある。

「ここにはラファティとハイアットから仕入れた品を置いているのですよ。今ラファティではハイアットのアクセサリーが流行《はや》っているので」

「そうでしたか」

ラファティではエセル様の兄君がハイアットの王女を娶《めと》ってからブームになっているのだとか。以前アデルが身に着けていたアクセサリーも素晴らしかったから、人気が出るのはわかる。

「見て回っても？」

「勿論です。今日は一日お休みですからゆっくりどうぞ」

さっきからうずうずしていただけに、そう言われて頬が緩んでしまった。嬉しい。こんな時間は最近全く取れなかったから。お店はラファティ人向けなためか、それとも平日の朝のためか人は少なく、ゆっくりと見て回れた。

（わぁ……）

店内を一周し、二周目に入ったところで目に付いたのは、目立たない場所にあった綺麗な装飾が施された腕輪だった。そういえばレギナルド様とシャルリーヌ様もお揃いの腕輪をしていたっけ。他のアクセサリーはその日の衣装によって変わっていたけれど、その腕輪だけは必ず身に着けていたから記憶に残っていたのだ。

「ヴィオ、腕輪が気になりましたか？」

「え、ええ。とっても綺麗だなと思って。でも、どうしてこんな場所に置いてあるのかと不思議で……」

「ああ、それは時期ではないからですね」

「時期じゃない？」

「ええ、ラファティではお揃いの腕輪を身に着けると幸せになるという言い伝えがあるんです。その効果が一番強く出るのが『春祈節《しゅんきせつ》』という祭りの日なので、それ以外の季節はあまり売れないんです」

「春祈節《しゅんきせつ》ですか。確かに季節外れですね」

なるほど、ラファティにはそんな習慣があったのか。ロマンチックな習慣だと思う。我が国にはそんな祭りがないからちょっと羨《うらや》ましいかも。

「買いますか？」

「え？」

「時期外れですが、それ以外の季節がダメというわけではありませんから」

「そうなんですか？」

「ええ。それに……私もヴィオとお揃いの腕輪をしたいですから」

エセルがそう言ってくれたので、私たちはそれを購入することにした。

「ヴィオはどれがいいですか？」

「そうですね……これが、気になって……」

私の目を引いていたのは、白金の地に黒と緑の石があしらわれたものだった。色がエセル様の髪と目と同じだったから。

「これ、ですか？」

そう言うとエセル様が口元を覆って横を向いてしまった。何かと思ったら耳まで赤くなっている。

(や、やだ……何で赤くなって……)

どこにそうなるポイントがあったのかと思うけれど、そんなエセル様を見ていたら私の頬まで熱を持ち始めてしまった。恥ずかしい……それでも結局私たちはその腕輪をいただいた。

その後はラファティ語の本屋に行ってエセル様お勧めの旅行記を三冊購入した。ラファティ語はランバード語とあまり違いはないので読むのが苦ではないのが有り難い。特に旅行記は好きな分野なだけに尚更だった。

「そろそろカフェに移動しましょうか」

「え? あ……」

そう言われてお腹が小さくクゥと鳴いて焦った。エセル様に聞こえていないかと様子を窺《うかが》ってみたけれど、どうやら大丈夫だったようだ。案内されたのは高い天井を持つ広々としたカフェだった。中に入るとすぐに奥の特別席らしい場所に案内された。

「ここは兄上たちも時々来るんだ」

「そうなんですか?」

ちょっと意外だった。レギナルド様は独占欲を隠そうとしない方だから、ラファティならともかくランバードではシャルリーヌ様を屋敷の外に出さないのではと思っていたからだ。

「さすがに兄上も閉じ込めたりはしないよ。こちらの貴族との交流も必要だしね」

どうやらシャルリーヌ様も息抜き出来ているらしい。重すぎる愛情に息苦しくないかと心配だったのでホッとしたのは内緒だ。

カフェの料理はラファティ風で、お屋敷でいただいている料理を庶民的にアレンジした感じだった。聞けばここはラファティの役人とその家族に人気なのだとか。我が国の者があまり入ってこないこともあって、気が楽なのだという。今は一連の出来事で両国の関係が悪化しているので特に混雑しているらしい。こんなところにもグローリア様の影響が出ているとは思わなかった。

◆　◆　◆

アデルとコンラッド様の婚約発表の夜会から一月《ひとつき》、エセル様とデートしてから三日が経った頃、私とエセル様はアデルのお屋敷に招かれた。そこで私たちはグローリア様に関する調査が終わり、処分が決まったと知った。

「それでは、とうとう？」

「ええ。さすがにレギナルド様に釘を刺されては、陛下も有耶無耶《うやむや》には出来なかったのでしょうね」

「国交断絶されたらこの国も終わりだからなぁ」

子どもの頃からグローリア様に嫌な思いをさせられていたアデルは辛口だったし、コンラッド様も同意見だった。エセル様は何も言わなかった。

「それで、どんな処分になったのですか？」

「今回はさすがに甘い処分にはなさらなかったみたいね」

アデルが教えてくれた内容は、思っていた以上に厳しかった。

まずグローリア様は毒杯を賜《たまわ》ることになった。あの事件を起こさなければ修道院で生涯幽閉の予定だったけれど、他国の王子の婚約者を襲ったこと、しかも貴族牢に入れられていたのに抜け出したことも問題になった。彼女を信奉する者がいつ手引きして逃げ出すかわからず、また道理も通じないこと、反省の色が見えないことから生かしておけないと判断されたそうだ。

そして取り巻きたちも大がかりな調査が行われた。まずオスニエル様がその中心人物とされ、彼は貴族籍はく奪の上、処刑になった。夜会での狼藉《ろうぜき》だけでなく、違法薬物や闇商人との取引、媚薬《びやく》を使っての令嬢への乱暴など、調べると余罪が次々に出てきたからだ。

更に近衛騎士の婚約者襲撃も彼の仕業だった。グローリア様のお気に入りの近衛騎士への妬《ねた》みと、婚約者との仲がよい彼らがグローリア様に心酔しないことを許し難く思い、取り巻きの令息を使ってその婚約者を襲ったのだという。何とも勝手な話だ。

マセソン公爵家の当主と次期当主の長男はオスニエル様の不正を知りながら見逃していたとして、一生涯鉱山での労働が科せられた。マセソン公爵家は廃爵となり、公爵領は国に返還されるという。

「公爵家の私財は被害者への補償に充《あ》てられるそうよ」

「そう。それでも、被害者が失ったものが大きすぎるわ」

補償されても襲われた令嬢たちが失った人生を取り戻すことは出来ない。中には心を病んだり、亡くなったりした方もいるのだから。

「あと、取り巻きの令息の処分も決まったわね」

「あ〜、あれねぇ。かなりの人数になったと聞いたよ？」

そこには先日私を襲った令息たちも含まれていた。リーゼがあの部屋で出されたお茶を残してくれたおかげで、媚薬《びやく》を使っていたこともはっきりした。媚薬《びやく》事件は上位貴族が対象だったが、あの事件で下位貴族にまで媚薬《びやく》が広がっていること、また彼らが令嬢を襲ったと私たちの前で口にしたことから最終的には平民にまで調査が及んでいるという。対象人数が膨大になってまだ調査が終わらないので、こちらの処分はもう少し先になるだろうとのことだった。

「あちこちの家では後継者の選び直しで大騒ぎだそうよ」

嫡男が逮捕された家は大変だろう。グローリア様のお気に入りになれば家の繁栄に繋がると後押しした家も多かっただろうに、それが一転犯罪者になったのだ。それでも彼らのおかしさに気付いて加担しなかった者もいたのだからしょうがない。

「あと、ハロルド様もね」

「ええっ⁉」

思いも寄らなかった名前に驚いた。彼はグローリア様の兄君で、確かに兄妹仲は良かったと聞くけれど……

「グローリア様の恋を応援していたのが彼だったのよ」

「そ、それって……」

「そう。エセル様に媚薬《びやく》を盛った件にも関わっていたのよ。グローリア様のラファティ訪問もね」

「じゃ、あれは……」

「仮病だったんでしょうね。彼は王領の離宮に幽閉だそうよ」

「幽閉、ですか？」

「ええ。セドリック様のお子が二人、七、八歳になるまでは生かしておくらしいわ。王位継承者が少ないのは危険だから」

なるほど、こうなると残るのは王太子殿下お一人だけになってしまう。陛下の弟はハガード公爵お一人だし、その子はアデル一人だ。王太子殿下お一人だけになれば、よからぬことを企《たくら》む者も出てくるだろう。

「まぁ、陛下も先は短いだろうけどね」

「陛下もって……じゃぁ……」

「あれだけラファティの不興を買っては、王位に留まるのは難しいだろうね。王妃はマセソン公爵家の出だから余計に」

「そうね。頃合いを見て病気を理由に退位して、その後は離宮で蟄居《ちっきょ》、かしら」

「それでも甘いけど、厳しすぎると反感と猜疑心《さいぎしん》で国内が混乱するだろうし、妥当な線だね」

おおよその処分は決まったけれど、よかったと言えるものではなかった。それでも、エセル様が何も口を出さなかったのなら、ラファティ的には許容範囲なのだろう。それとも、それを判断するのはこれからだろうか。レギナルド様の意に反していなければいいのだけど。

「ところで……その腕輪、エセルからの贈り物？」

不意にコンラッド様が尋ねてきた。あれからずっとこの腕輪を嵌《は》めていて、今日もそのまま着けてきたのだ。

「ええ、この前街に出た時に見つけて。ラファティの素敵な習慣だったのであやかろうかと思いましたの」

「そう。でも、それって……」

コンラッド様が何か言いたげに腕輪を見た後、エセル様に視線を向けた。エセル様はというと、コンラッド様の視線にちょっとだけ眉を顰《ひそ》めた。

「ねぇ、ヴィオラ嬢、この腕輪の意味、知ってる？」

「え？　意味ですか？　確か恋人同士が身に着けると幸せになれると……」

「それは建前《たてまえ》。本当の意味はちょっと違うんだ」

「え？」

「ラファティ王家にあやかるっていうか、女性にとってはあれ程深く愛されるのは夢だろう？　だからね、この腕輪はあんな風に愛したい、愛されたいっていう意思表示なんだ」

「ええっ？」

「あ～やっぱり知らなかったんだ」

コンラッド様がエセル様を見てうっすらと皮肉げな笑みを浮かべた。面白がっているのが丸わかりだ。

「しかもこれ、まるっきりエセルの色だろう？　相手の色を選ぶってことは一生相手に縛られたいって意味なんだよ」

「な……！」

まさかそんな意味があったなんて……そりゃあ、確かにエセル様の色だなぁとは思ったけれど、でも、そんな意味じゃ……

(じゃ、エセル様が顔を赤くしていたのって……)

ふと、あの時の違和感が蘇《よみがえ》った。待って、それって……知らなかったとはいえ、私、自分からそんなことを……？

「いやぁ、よかったね、エセル」

コンラッド様が嬉しそうに色々言っていたけれど、私はそれどころじゃなかった。恥ずかしすぎて全身の血が逆流しているような感じがして、今すぐここから逃げ出したいと本気で思ってしまった。残念ながらそれは叶わなかったけれど。その後しばらくはエセル様を意識してしまって、挙動不審になったのは仕方がないはず。

グローリア様たちの処分は翌々日、国王陛下の名で発表された。王家に関わる内容なだけに王家の求心力の低下は避けられないし、他国からの目も厳しくなるのは否《いな》めない。それも今まで有耶無《うやむ》耶《や》にしてきた王家の責任だろう。ラファティの怒りは決して軽くはなく、今度こそ甘い処分は許されなかった。

私としてはこれで静かに幕を閉じることを願った。ラファティ行きが決まっている私はいいとして、家族に嫌がらせや逆恨みが向かうのが心配だったからだ。

グローリア様たちの処分が決まったことで、国内は大いに揺れた。国民に人気が高い王女殿下のまさかの罪と処分に、冤罪を疑う声や擁護《ようご》の声も多かった。

「内情を知らない人からすれば、そうなるのかしら」

「そうね。ボロを出さないように必死だったもの」

王家に近いアデルがそう言うのだから間違いないだろう。結局、世間には都合のいい王女像だけを見せていたのが仇《あだ》となった。

「王妃様が王女らしさを押し付けたのも悪かったのでしょうね」

王妃様のグローリア様への厳しさは有名だった。王妃様は出来のよかったセドリック様には甘い一方、ご自身の基準に満たないハロルド様とグローリア様には厳しく体罰も辞さなかったという。特にグローリア様にはご自身の描く理想の王女像を強《し》いていて、陛下がグローリア様に甘かったのはそんな理由もあったのだとアデルは言った。

王妃様はマセソン公爵家の出だけど、家族との仲は良好とは言い難《にく》かったという。本来は優秀な姉君がその地位に就《つ》く予定だったが、流行《はや》り病で亡くなってしまった。代わりになったのが妹の王妃様だけど、優秀な姉の下でコンプレックスが強かったと言われている。だから一層グローリア様に厳しかったとも。

このことを遊びに来てくれたお母様に話したら、お母様も同様のことを言っていた。

「王妃様は理想の王女としてのグローリア様しか必要とせず、彼女自身には興味がなかったのでしょうね」

姉への対抗意識や、陛下の態度も影響していたという。陛下はずっと亡くなった姉君を忘れられず、それを隠さなかったらしい。

「セドリック様は王妃様の手元で育たなかったのが幸いだったかもね」

我が国では王太子となる王子は、慣例で先代の王妃が中心になって育てる。だから王妃様の影響を受けることが少なかった。

「なんにせよ、これで終わってほしいわね」

グローリア様の人生を思うと気の毒に感じる部分もあるが、彼女のせいで人生を狂わされた人がたくさんいるのも確かだった。私もその一人だ。グローリア様がまともな人であったならアルヴァン様と婚約破棄することもなかったはずだから。

彼女は今、自身の境遇をどう考えているのだろう。せめて彼女のせいで人生を台無しにされた相手には謝罪の気持ちを持ってほしい。

◆◆◆

それから五日後の朝、王家からの使者が一通の文書を置いていった。

「わざわざこんな早朝に……一体なんだというのだ？」

レギナルド様が秀麗な眉を顰《ひそ》めて不快感をあらわにした。それはエセル様も同じで、こちらは笑顔なのに確実に怒っているのがわかった。

「レギは朝の団らんの時間を邪魔されると、途端に機嫌が悪くなるの」

シャルリーヌ様がそう教えてくれた。ちょうど食後に集まって今日の予定などを話していたところだったのだ。私に対して怒っているわけではないのが幸いだけど、私もこの国の民なだけに胃が痛くなりそうだった。皆の前でレギナルド様が王家の紋が入った封筒を開ける。

「何だ？　王妃からか？　珍しいな」

差出人は王妃様だった。常に陛下の数歩後ろに控えて滅多に表に出てこない王妃様からの文書に、レギナルド様だけでなくエセル様も怪訝《けげん》な表情を浮かべた。文書は数枚あるようで、目を通すレギナルド様の表情が段々険しくなっていく。

(なんて書いてあるのかしら？　何だか、あんまりいい内容じゃなさそうだけど……)

一瞬、恨み言の可能性を考えてしまった。まさかそんなことをラファティ側に送るはずがないけれど、あのグローリア様の母君だと思うと何をするかわからない不安があった。

「な……！　王妃、何を……!?」

手紙を手にしたレギナルド様が険しい顔で声を上げた。

「我が子の罪は……我が身をもって償《つぐな》うだと？　それは一体……？」

「え？」

「な……？」

「あなた、王妃様の我が子ならセドリック様やハロルド様、グローリア様のことよね？　我が身って……王妃様は一体何を？」

「……これだけではわからぬ」

シャルリーヌ様がレギナルド様に尋ねるも、手紙にはそこまでは記されていないらしい。シャルリーヌ様に続いてエセル様が手紙を受け取って目を通した。私もその横から手紙の内容を見せてもらったけれど、詳しいことはやはりわからなかった。

「一体、王妃は何をしようというのだ？」

レギナルド様の呟きは、ここにいる私たちの思いそのままで、妙な胸騒ぎがするのを止められなかった。そんな私たちのもとに使用人たちが騒ぐ声が聞こえてきて、一層不安が強まった。

「何事だ？」

レギナルド様が近くにいた側近に尋ねると、彼は確認して参りますと言って部屋を出ていった。

その間も屋敷内が騒《ざわ》めいていた。

「殿下！　お、王宮から煙が上がっております！」

側近がすぐに戻ってきてそう叫んだ。

「王宮からだと⁉」

先程の王妃様の文書のこともあって、私たちは急いで王宮が見える部屋に移動した。

「まさか……！」

「うそ……」

「火事か⁉」

二階の部屋から王宮を望むと、確かに王宮の一角から煙が上がっているのが見えて、誰からともなく火事だとの声が上がった。

「シャル、ヴィオラ嬢は決して屋敷から出ないように！」

「あなた⁉」

「様子を見てくる。何があるかわからないから、外には出ないように！」

「お待ちください、兄上！　だったら私が向かいます！　兄上はこのままここに！」

出かけようとしたレギナルド様を止めたのはエセル様だった。

「兄上自ら出ることはありません。こういうことは私の役目です」

「……わかった。だが無理をするな。何かあったらすぐに引け」

「わかりました。ヴィオ、どうか屋敷内から出ないでください。もし誰が訪ねてきても今は会わないでください」

「え、ええ」

「兄上、ヴィオをお願いします」

「勿論だ」

エセル様は再度気を付けるようにと言うと、側近に馬車の準備を命じながら部屋を出ていってしまわれた。このような場合、継承権が低い方が動くのは仕方がないだろう。レギナルド様は既に国王代理でもあるから何かあっては一大事だ。しかも我が国で何かあれば最悪戦争になりかねない。レギナルド様は側近たちに戸締まりと警備の強化を命じ、事が明らかになるまで連絡役以外の敷地内への出入りを禁じていた。

その後も断続的に情報がレギナルド様のもとに届けられていた。私はエセル様の身が心配だったけれど出来ることは何もなく、大人しく自室で本を読んでいた。こんな状況なので頭に全く入ってこなかったけれど。


エセル様が戻ってきたのは、日が傾き始めた頃だった。その表情には疲れが色濃く浮かび、あまりいい話ではないのは明らかだった。

エセル様が集めた情報では、煙が上がっていたのは王宮の端の方にある特別なエリアで、そこは罪を犯した王族や上位貴族が収監される場所だったという。そこにはグローリア様がいたらしい。

しかも……

「お、王妃様が⁉」

「ええ。王妃が貴族牢にいたグローリア殿を襲った後、火を放ったようです」

エセル様からもたらされた情報はあまりにも想定外すぎた。

「そ、それでグローリア様は？」

「詳細はまだわかりませんが……亡くなられたようです」

「な、亡くなられた……？」

すぐにはその言葉の意味が理解出来なかった。それは他の方々も同じだったようで呆然とした表情を浮かべていた。母親が実の娘を手にかけるなんて……

「で、王妃は？」

「王妃は自死を試《こころ》みたそうですが、騎士に止められて一命は取り留めた模様です。今は王宮の侍医が治療に当たっていると」

「そうか……」

ふと、今朝王妃様から届いた文書が思い浮かんだ。

「我が子の罪を我が身でというのは……」

「ああ。正に言葉通り、なのだろうな」

あまりにも衝撃的な内容に、何だか現実味がなかった。王妃様が実子のグローリア様を殺したなんて……室内には重苦しい沈黙が漂《ただよ》った。


王妃様がグローリア様を襲って王宮に火を放ったことは、すぐに大ニュースとして広まった。陛下が箝口令《かんこうれい》を敷く前に、王妃様がレギナルド様に送ったのと同じような文書を、国内の有力貴族宛に送っていたからだ。それは事件当日の朝に届くように手配されていて、陛下が手を打つ暇もなかったという。王妃様は箝口令《かんこうれい》が敷かれることを予想していたのだろう。何のためにここまで周到にやったのか、想像もつかない。

「まさか王妃がここまでするとは……」

王妃様から送られてきた文書に再度目を通しながらレギナルド様がそう呟いた。常に陛下の一歩後ろで控えていた王妃様がここまでするなんて、誰も思わなかっただろう。長年連れ添った陛下ですら予測出来なかったのだ。

王妃様とグローリア様の正確な容体はわからなかった。王家から公式な声明が出ないからだ。王家も王妃様の文書のこともあって、態度を決めかねているのかもしれないと人々は噂した。

◆
◆
◆

「……許せなかった、のかしら？」

「お母様？」

三日後、両親とお兄様が私の様子を見に訪ねてきてくださった時、お母様がぽつりとそう呟いた。

「あの方は、グローリア様を完璧な王女とすることに必死だったわ。まるで取り憑《つ》かれたように。だから、罪人となった娘を許せなかったのかも……」

「そんな……」

グローリア様があんな風になってしまった一因は、王妃様にもあるのかもしれないのに。今回の王妃様の極端な行動からして、上手く言えないけれどグローリア様の性格や行動に影響しているような気がした。王女としてと何度も言っていたのもそのせいだろうか。

「結局王妃様にとっては、自分の理想に適《かな》う子だけが可愛かったのでしょうね」

「確かに、そんな感じでしたね……」

「あの方自身も、公爵家ではそんな風に扱われていたと聞くわ。だからそういうものだと思っていたのかも」

お母様はそう言ったけれど、王妃様の考えは理解し難かった。ご自身が辛かったのなら、どうしてそれを実の娘に強《し》いたのだろう。

「最後まで、上司と部下みたいな母娘だったわね」

「そう、ですね。子どもの頃のお茶会でも、王妃様がグローリア様の手の甲を叩くのを、何度も見ましたよ」

「周りが諫《いさ》めても、この子の将来のためだと仰《おっしゃ》っていたわね」

「子ども心にも、可哀相にと思ったものです」

お母様とお兄様の会話を聞きながら、取り巻きがグローリア様を守ろうとした理由の一端が見えた気がした。あの王妃様の厳しさが、一層取り巻きの庇護欲をかき立てたのかもしれない。子ども心に植え付けられた印象は簡単には変わらないだろうから。

「王妃様は他のやり方をご存じなかった。そして誰も他の方法を教えてはくれなかった。いいえ、教えてくれてもきっと……あの方は受け入れられなかったのでしょうね」

王妃様の人となりは知らないけれど、同世代のお母様にそう言わせる何かがあったのだろう。でも、何かがあったとしても、思い通りにならなかったからといって命を奪っていいなんて思わない。

(アルヴァン様が親身だったのは、王妃様との関係をご存じだったから？)

アルヴァン様はグローリア様の置かれた立場に心を痛めて、守ろうとしたのかもしれない。優しく真面目なアルヴァン様だったら十分あり得ただろう。ふとそんな可能性が頭に浮かんだ。

◆　◆　◆

事件から十二日後、陛下の名で王妃様とグローリア様が不慮《ふりょ》の事故で亡くなったと発表があった。亡くなった経緯や死因などは一切公表されなかったけれど、王妃様の文書で多くの者はその理由を察していた。発表までに時間がかかったのは、事の重大さに王家の態度が定まらなかったからだろうとレギナルド様が仰《おつしや》った。

その発表と同時に、国王陛下が体調を崩されて休養を要するため、セドリック様が代理を務めるとの発表があった。どこまでが本当かはわからないけれど、これでセドリック様の即位が早まるのは確実。ただ、国王陛下の実子三人のうちの二人は罪人となり、王妃様はその責任をとると言って凶行に及んだ。今後が前途多難なのは疑いようもなかった。

「しばらくはラファティに行くことにはならないと思います」

翌々日、エセル様がそう仰《おつしや》った。国内が不安定な今、ラファティに向かうのは危険だとレギナルド様が判断されたという。グローリア様の件には私も関係しているため、狙われる可能性もある。馬車の移動中に計画的な襲撃を受ければ防ぐのは難しいと。

またラファティ国内でも我が国に対しての風当たりが強いため、今は婚約を祝える空気ではない

ろう。

謝られてしまったけれど、原因は我が国にあるのは明らかで、この場合エセル様は被害者側だろう。

「そ、そんな。エセル様のせいじゃありませんから！」

「ヴィオのせいではないのですが……申し訳ありません。私のせいで」

「そうですか」

という。


そりゃあ、私だって「何でこんなことに……」と思わなくもない。アルヴァン様のこともエセル様のことも、私から動いてこうなったわけじゃない。そもそも取り巻きたちの行動の結果、グローリア様が断罪されたのだ。こちらは巻き込まれただけで、恨まれるなんてお門違《かどちが》いだと思う。

「貴族の間では、セドリック殿ではなくハガード公爵の即位を望む声も出ているようですね」

「ええ、伺っていますわ」

これまでの失態もあって、国内の、特に親世代の間ではそんな声が上がっているとシャルリーヌ様が仰《おっしゃ》っていた。元々、陛下とハガード公爵では、ハガード公爵の方が優秀で王に相応《ふさわ》しいと言われていたのだ。それでも公爵が兄王を支持していたため、その声はいつの間にか掻き消えていた。

だがこれまでの経緯から、再び公爵を推《お》す者が増えているという。アデルが優秀でコンラッド様を婿《むこ》にすると決まったのも大きいだろう。王弟の父とラファティの公爵家出身の母を持ち、ハイアット王子を夫に迎えるアデルは、国内貴族の妻を持つセドリック様よりも影響力が大きいのではないかと思われている。

「アデルにその気はないでしょうけど、周りがそう考える気持ちはわかります」

「そうでしょうね。セドリック殿とアデルなら、アデルの方が他国の評価も高いし影響力もあります。ラファティとしても公爵が即位するなら支持するでしょう。まぁ、表立って声を上げることはしませんが」

他国からも公爵の方が王に相応《ふさわ》しいと思われているのか。こうなるとセドリック様は大変だろう。アデルは絶対に女王になるのを嫌がるから、セドリック様には死ぬ気で頑張っていただきたいところだけど。

ちなみに、グローリア様の取り巻きの調査はまだ終わっていない。人数が多すぎるのと、時間が経過していて証拠を得るのが難しく、その精査に時間がかかるだろうと言われていた。

それから一月《ひとつき》後、私はようやく実家に戻った。とは言ってもリーゼは私の専属侍女として付いてきたし、ラファティの騎士が屋敷の護衛に就《つ》くのは変わらなかった。多少の物々しさはあったけれど、やはり家族と一緒はホッとするし気が楽だった。

「ヴィオは私と離れて寂しくないのですか？」

エセル様が捨てられた子犬のようにそう訴えてきたけれど、一年もすればラファティに渡る。両親やお兄様たちと一緒に過ごせるのも、もう一年しかないのだ。それに学園だって。ちょっと可哀相だったけれど、これからは隠れて会う必要はないし、外でデートだって出来る。そこまで悲壮感を出さなくてもいいのに……と思ったけれど、その想いが嬉しく、ちょっとだけ心が揺れた。

◆　◆　◆

それからあっという間に一年あまりが過ぎた。一月《ひとつき》前に学園を卒業した私は、半月後にはラファティに向けて出発する。エセルとは少しずつ距離を縮めていった。というか、一気に詰めようとするエセルと結婚までは適切な距離を保ちたい私の攻防戦だった。最初はエセル様と呼ぶのすらも緊張していた私だったけれど距離が縮まるごとに素を出せるようになり、今はエセルと呼べるようになって、アデルたちと同じように話している。

この一年、我が国は大いに揺れた。国王陛下が静養のために離宮に移動されて、ずっとセドリック様がその代理を担《にな》っていた。ラファティとハイアットとの関係が悪化したせいで、セドリック様の立場は今もかなり厳しいと聞く。ハガード公爵を擁立《ようりつ》する声も上がったけれど、公爵がセドリック様支持を表明したため、その声も小さくなった。公爵が、いずれアデルが即位すると他国の干渉が心配だと言ったのも大きいだろう。ラファティはともかく、我が国より国力の小さいハイアットの干渉は貴族には許容し難かったらしく、そんな声はすっかり聞こえなくなった。

「まったく、王位とか面倒だから勘弁してほしいわ」

アデルも全くその気はなかったので、ようやく気が楽になったと言った。

そんな彼女は半月前にコンラッド様と婚姻式を挙げたばかりで、今も目の前でコンラッド様と甘い空気を発していた。コンラッド様のアデルへの溺愛っぷりは有名で、どこから見ても相愛の夫婦だ。これがアデルから王位を遠ざけた一因になったのは間違いないだろう。公よりも私を優先するのはご両親譲りらしい。

「ヴィオラもとうとうラファティに行くのね」

「ええ。長いようであっという間の一年だったわ」

本当にこの一年はあっという間だったと思う。あれから妃教育の勉強量が格段に増えたし、夜会もエセルの婚約者として出席することが増えた。それ以外でも卒業試験や移住の準備などやることは目白押しだったし、隠す必要がなくなったからエセルと二人でお出かけする機会も増えた。これまでの人生で一番中身が濃い一年だったと思う。

「そういえば、アルヴァン様の話、聞いた？」

「ええ、つい最近だけど」

そう、アルヴァン様は先日、卒業したばかりのアメリア様と婚約したと聞いた。あの二人に交流があったことも驚いたけれど、婚約したのはもっと意外だった。

「でもまぁ、アメリア様がアルヴァン様を庇《かば》って怪我をしたし、彼がそれに責任を感じて求婚したのかしら？　彼らしいわね」

「そうね」

確かにアデルの言う通り、彼らしいと思った。アメリア様は傷跡が残ったし、元婚約者は罪人として処刑、自身が継ぐヘンリット伯爵家もマセソン公爵家の傍流《ぼうりゅう》として厳しい立場にある。そこに婿《むこ》入りしたいと思う令息はいない。でも彼はそんなことを気にしないだろう。

「彼女にとっては、負傷した価値はあったのでしょうね」

「そうね。まさか彼女がずっとアルヴァン様を慕っていたなんて思わなかったけれど……」

てっきりグローリア様の取り巻きとして私を目の敵《かたき》にしていると思っていたけれど、実は違った。

彼女はずっとアルヴァン様に憧れていたのだ。

「警告文を送ってきたのも彼女だったし」

「ええっ？　そうなの？　何をどうしたらそうなるのよ？」

「アルヴァン様のため、だったそうよ」

「アルヴァン様の？」

アデルが意外そうな表情を浮かべた。

「私も詳しいことはわからないわ。でも、カインがそう言っていたと、お兄様が……」

「カインって、アルヴァン様の従者だった男よね？　クリス様、会っていたの？」

これにはアデルも驚きを隠さなかった。

「ええ。私たちが馬車で襲われたでしょう？　あの時助けてくれた自警団の中に、カインがいたのよ」

「自警団に……」

「お兄様、何度か会いに行って問い詰めたそうなの。それで、最近やっと理由を話してくれたんですって」

「そう」

お兄様が会いに行っていたのも知らなかったけれど、彼が所属する自警団が市井《しせい》の違法薬物の摘発にかなり貢献していたことも知らなかった。それは彼なりの贖罪《しょくざい》だとお兄様は言っていた。私やアルヴァン様に償《つぐな》うことは不可能だから、市井《しせい》のために働くことで償《つぐな》いたいと言っていたそうだ。

「それで？　カインはどうしてそんなことを？」

「……アルヴァン様のためだったそうよ」

「アルヴァン様の？」

「ええ。騎士団の寮で近衛騎士の従者が話していたのを偶然耳にしたんですって。次に襲われるのは私だろうって」

「それって……」

「そう、あの近衛騎士の婚約者が襲われた事件よ。もし私が襲われたらアルヴァン様が傷つくし、騎士を辞めてしまうかもしれない。そうなる前に婚約の解消を、と考えたらしいわ」

近衛騎士の取り巻きの後ろにはグローリア様やハロルド様がいたから、カインでは彼らを止めるのは無理だと思ったのだろう。

「そうだったの。でも……そうね、仮にアルヴァン様やヴィオラたちがカインを信じて訴えても、きっと揉《も》み消されたでしょうね。逆に冤罪を吹っかけられて最悪の事態になっていたかもしれないわ」

アデルもそう言うのだから、カインの懸念《けねん》は当たっていたのだろう。彼は彼なりに考えた結果、私たちを婚約解消させることで彼らの目を逸らそうとしたのだ。

「アメリア様もカインと同じような懸念《けねん》を持っていたそうよ。彼女はオスニエル様の婚約者だったから、私が襲われると耳にしてアルヴァン様のために警告してくれたのかもね」

そう言ってみたものの、アメリア様から直接聞いたわけじゃないから本当のところはわからない。でも人の心は単純に割り切れないと思う。私を嫌っていたアメリア様も、アルヴァン様が傷つくことは許せなかったのかもしれない。

グローリア様関係では、セドリック様の粘り強い調査の結果、かなりの人数の令息たちが摘発された。多くの令息が廃嫡されたり廃籍されたりしてその地位を失ったとも。

また媚薬《びやく》や麻薬などを含む違法薬物も押収されたという。媚薬《びやく》に至っては取り巻き以外の者にも及び、平民や老若男女問わず逮捕者が出たという。セクストン侯爵やマセソン公爵の所有する商会がその流通に関わり、広く市井《しせい》まで広がっていたのだ。商会は解体され、流通に関わっていた他国の商会には国から連絡して摘発に至ったものも少なくなかったという。

◆　◆　◆

ラファティに出発する五日前、私はエセルと夜会に出ていた。王家主催のもので、この国の夜会にリード侯爵令嬢として出るのは最後になるだろう。今日もエセルにいただいたドレスだけど、今日は生地に小さな宝石が縫い付けられていて一層豪奢《ごうしゃ》だった。ドレスに着られている感が凄い。

結局、私の学業やラファティ側の都合など諸々が重なって、ラファティに行くことは出来なかった。だからラファティに着いたらまずは婚約披露の夜会が待っている。ちなみに結婚式は半年後だ。本来ならアデル同様卒業と同時に結婚の予定だったのだけど、ラファティに行けなかったのでこうなった。エセルが相当ごねて半年後の婚姻をもぎ取ったとは、コンラッド様からの情報だ。

「エセルバート様にヴィオラ嬢。いよいよ出発だな」

「はい、お陰様でようやく念願が叶いそうです」

エセルに連れられてセドリック様へ挨拶《あいさつ》に向かうと、彼もホッとした表情を浮かべた。これまでの経緯もあってエセルを含むラファティ王族に苦手意識がすっかり出来てしまったらしい。

「そうか。いや、すまなかった。我が国の都合で振り回してしまって」

セドリック様はバツが悪そうにそう答えた。彼のせいではないけれど、兄として妹をもう少し見ていてくれたら結果は違ったかもしれない。そうだった場合、私の未来はラファティにはなかったかもしれないけれど、それでも王妃様やグローリア様は亡くならずに済んだように思う。

「王太子殿下もおめでとうございます。妃殿下がご懐妊《かいにん》だそうで」

「ああ、悲願叶ってやっとだ。しばらくは心安く過ごせるようにと思って、今日は欠席させてもらった。申し訳ない」

「いいえ、今は妃殿下とお子が一番大事です。当然のことですよ」

「そう言ってもらえると有り難い」

そう、セドリック様のところにやっと待望の第一子がいらっしゃったのだ。結婚して数年経つが子が出来ないため、もしかしたら不妊ではないかとの声も上がって両殿下も臣下も気に病んでいたが、これで一安心だ。次代を担《にな》うお子が無事に生まれてくることを願わずにはいられない。

子どもと言えば我が家も、半年程前にお義姉《ねえ》様が出産された。妊娠中は悪阻《つわり》も酷く、安静を命じられた時期もあって随分気を揉《も》んだけれど、出産自体は超がつく程の安産で、甥っ子はすくすくと育っている。笑顔は本当に天使だし、凄く可愛くて離れ難いのはエセルには内緒だ。


「ヴィオラ、ここにいたのね」

「アデル、コンラッド様もごきげんよう」

コンラッド様とお揃いの衣装は、相変わらず彼女の魅力をしっかり引き立てていて、コンラッド様の目利きの高さが遺憾《いかん》なく発揮されていた。何よりもアデルの表情が眩しい。

「もう少しで離れると思うと寂しいわ」

「そうね。簡単に会える距離じゃないものね」

惜しむらくはこの距離だろう。我が国とラファティでは馬車で十日くらいかかるから、気軽に行き来出来る距離ではない。

「でも、エセルの領地はランバード寄りなんだろう?」

「ああ。ヴィオが里帰りしやすいようにとね。領地からなら七日で済むよ」

エセルは公爵位を受けるにあたって、我が国に接する領地を選んでくださった。お陰で実家の領地からならもっとかからない。

「あら、だったらハガード領なら五日で済むんじゃない。うちもラファティ寄りよ」

「え？」

「ああ、そういえばそうだったな」

思い出した。そういえばハガード公爵家の領地もラファティ寄りだ。これは公爵夫人がラファティの出身で、こちらも夫人が里帰りしやすいようにと、臣籍降下する際に公爵がその領地を選んだと聞く。

「だったら会いに行くのも楽だわ。卒業してしまえば王都にいる必要はないし」

「そうね。こうなったら直接道を作るのもいいかもしれないわ」

「ああ、それはいい案だな。直通なら四日で行けるかもしれない」

「あはは、それ、いいんじゃない？　交易が増えればお互いの領地も潤《うるお》うし。ついでに中間地点に別荘でも作ろうか。そこで落ち合えば移動は二日で済むんじゃない？」

アデルとエセル、コンラッド様の間で、街道を新たに作る話が速攻で決まっていった。四日、別荘が出来れば二日でアデルに会いに行けるのなら嬉しい。里帰りにかかる時間も短縮されるだろう。

「あら……」

アデルが私の向こう側を見て声を上げた。何だろうと思って振り返った先にいたのは、アメリア様をエスコートするアルヴァン様だった。以前はたくさんの令嬢に囲まれていた彼女だったけれど、今は誰もいない。調査の結果彼女もオスニエル様に虐待に近い扱いを受けていたと判明し、ヘンリット伯爵家に直接のお咎《とが》めはなかった。それでも多くの家が付き合いをやめたと聞く。

「でもまぁ、彼女にとってはよかったんじゃない？」

「アデル？」

「あの女のせいで嫌な思いをしたのは彼女の方が多かったと思うわ。それに、逃げられる立場になかったし。失ったものも大きいだろうけど、好きな相手と結婚出来たんだもの。今の方が幸せなんじゃないかしら？」

「そうかもしれないわね」

アルヴァン様とオスニエル様なら、絶対にアルヴァン様の方が幸せになれるだろう。しかもずっと慕っていた相手なのだ。アルヴァン様も求婚したのなら彼なりに思うところがあったのだろう。同情だけだったら気の強いアメリア様のことだ、固辞しただろうし。

(どうか、お幸せに)

私が声をかければ注目されるのは必至で、嫌な思いをさせてしまうだろう。離れていく後ろ姿にそう願った。

◆　◆　◆

夜会の翌日、私はエセルと王都の庭園にいた。ここは王家が管理している庭園で、その美しさは他国にも評判だそうだ。私たちは一連の騒動が片付いた頃から外でのデートをするようになった。そうは言ってもエセルは王族なので、離れたところには従者も護衛もしっかりついているのだけど。

「わぁ！　凄い！」

「今はピレアの花が見頃なんだ」

この庭園に来たのは半年ぶりだろうか。貴族の間でも人気のスポットで、季節ごとに色んな花が楽しめるのが売りだ。今はピレアという十枚程の花弁を持つ、大人の手のひらサイズの花が見頃だった。

「本当に綺麗……」

「ふふ、そうやって喜ぶヴィオの方がずっと綺麗だけどね」

「……もう、エセルったら……」

相変わらずエセルは私に激甘だった。

「さ、今日は池の畔《ほとり》のカフェを予約しているんだ。遅れては大変だ」

「まぁ、それは重大案件ね」

エセルは、さりげなく私の手を取って歩き出した。手を繋ぐことに一々緊張し意識していた私はもういない。恋人の距離にすっかり慣れてしまっていた。

これにはアデルたちの影響も大いにあるだろう。アデルったらすっかりコンラッド様とラブラブで、私が目のやり場に困っていると、ヴィオラもいずれこうなるのよ、なんて言っていたのだ。そうして見慣れていくうちに私たちの距離も少しずつ縮まっていった。

十分程花を眺めながら歩くと、噂のカフェに着いた。ここは貴族の間でもデートスポットとして有名で、天気のいい日には外でも飲み物やスイーツが楽しめる。警備の関係から残念ながらお店の中の利用になってしまうのだけど。

「すまない。でも、ラファティに戻ったら外でも楽しめるから」

「そうなの？」

「ああ。あっちにもここと似たような場所はあるし。他にも案内したいところがたくさんあるよ」

「ふふ、楽しみだわ」

店内からも外の花々は見えるので不満なんてないし、好きな人との時間を気兼ねなく楽しめるのが嬉しい。ラファティに行ったら当分は気が休まることはないだろうから、今のうちに楽しんでおきたかった。

「ラファティに着いたら忙しくなると思う。今のうちにゆっくりしよう」

「そうね」

「でもまぁ、馬車の旅も楽しいけどね。ヴィオは旅行の経験は？」

「領地に行った時くらい、かしら？　それも少なかったけど」

「そうか。国境辺りは眺めのいい場所も多い。外を見ているだけでも楽しいよ」

「そうなのね。楽しみだわ」

余裕をもって十日かけての旅は初めてで準備は大変だけど、その分楽しみでもあった。エセルは慣れているし、最近では三月《みつき》前に帰国している。その際に宿なども手配してきたと言っていた。

「そういえば、一の兄上にまたお子が出来たんだ」

「まぁ、それはおめでとうございます」

「これで五人目だよ。今度こそは女児をと張り切っておいでだ」

「全員男の子ですものね」

「ああ。兄上は義姉上《あねうえ》に似た女児を切望されているからなぁ」

半ば呆れたようにエセルがそう言った。四人も男児が続いたし、これ以上の出産は身体に負担だと言われているらしいが、諦め切れないのだろう。それでも、子作りは今度のお子で終《しま》いにするという。

「二の兄上のところも二人目が出来たらしい」

「そうなの？」

「ああ。まだ初期だから公表はしていないけど。帰る頃には公表されているんじゃないかな」

「おめでたいわ。来年は出産ラッシュね」

「ああ。また縁談の申し込みを捌《さば》くのが大変だよ」

ラファティ王族は政略結婚しないと言っているけど、それでもと婚約を打診してくる国は多い。それを拒否するために国力を上げ、足元を見られないようにするのが王家の方針なのだという。有事となれば妃との時間が減るから、それを阻止するために王の務めも手を抜かないのだとか。大国の王族は実に個人的な事情で国を回していた。それが成功しているのが凄い。

◆　◆　◆

ラファティに旅立つ日は、朝から綺麗に晴れ渡っていた。昨日雨が降っていたせいで、景色がはっきりと見えて清々《すがすが》しい。

「ヴィオラ、どうか元気で。何かあったらいつでも帰ってきていいんだぞ」

「ヴィオラちゃん、幸せになってね。結婚式には必ず行くから」

「お兄様、縁起でもないこと言わないで。マリアンお義姉さまにアーティ、お兄様をお願いしますね」

心配なのはお兄様の方で、そこは肝の据っているマリアンお義姉《ねえ》様が頼りだった。

「クリス、家のことは頼んだぞ」

「マリアンさん、クリスをどうかお願いね。ああ、アーティ、しばらく会えないなんて寂しいわ！　お祖母《ばあ》様を忘れないでね！」

無駄に悲壮感を漂《ただよ》わせたお兄様とそんなお兄様に苦笑しながら寄り添うお義姉《ねえ》様、ご機嫌にはしゃぐ甥っ子に見送られて、私とエセル、両親はラファティに向けて出発する。お母様は首も据って可愛い盛りの初孫と別れるのが辛そうだ。すっかり親馬鹿ならぬババ馬鹿になってしまって、今回のラファティ行きに最も難色を示したのはお母様だったりする。アーティが生まれる前とは雲泥の差だ。

お兄様家族と使用人たちが見守る中、私たちはそれぞれの馬車に乗り込んだ。ラファティ王家から遣わされた大型馬車は、広くて豪奢《ごうしゃ》でまるで小さな応接室のようだ。これで私は十日程かけてラファティ国に向かう。ちなみに両親も同行するけれど、エセルとお父様の希望で馬車は別だ。お父様はエセルと常に一緒は胃に悪いからと固辞したし、エセルは多分、私といちゃつきたいからだ。彼の溺愛っぷりは日を追うごとに増して、今やレギナルド様やコンラッド様に引けを取らない。長い間我慢していた分、反動が凄そうだよね～とはコンラッド様の言だ。

「では出発いたします」

護衛騎士の号令を受けて、馬車が静かに走り出した。お兄様たちに手を振りながら、十八年余りを過ごした生家を見つめた。離れることに不安と寂しさが募《つの》る。十分に別れを惜しんだと思っても、いざとなるとまだまだ足りない気がするし、もしかしたら足りることはないのかもしれない。これから先、ここに戻ってこられる回数はどれくらいだろうか。エセルはいずれ公爵になるから王子妃でいるよりはその回数が多くなることを祈りたかった。

「寂しい？」

屋敷が遠ざかりいよいよ見えなくなった頃、ぴったりと隣に寄り添うように座っていたエセルが手を繋いだまま顔を覗き込んできた。

「そうね、少し……」

少しなんてものじゃないけれど、エセルが私を案じて寂しそうに笑うので本当のことは言えなかった。それに今回は両親も一緒だから一人で向かうよりは心強い。一人だったら寂しくて泣いてしまったかもしれない。

一方で、まだ見ぬラファティ国への興味もあった。旅行記が大好きだった私だけど、実際に他国を訪れるのはこれが初めてだ。アストリーやモーズレイのような探検ではないけれど、見知らぬ世界に向かうのは同じ。彼らの偉業には及ばずとも、私はアストリーやモーズレイが入れなかったラファティ王宮の奥も入れるのだ。そう思うと誇らしく感じられて心が躍った。

「今日中に王都を出るよ。明日からは田園風景が続くし、四日目からは山に入るんだ」

「そうなのね。海は？　海は見られるのかしら？」

「そうだな。天気がよければ五日目に、山の上から遠くの方に見えるかもしれない」

「お天気次第かぁ」

「残念ながらラファティへの街道は殆《ほとん》どが内陸だから。海が見たいなら落ち着いたら行ってみよう。王家の別荘があるんだ。波打ち際を歩くのもいいな」

「まぁ、それは素敵ね。私、海はまだ一度も見たことがないから」

故郷を離れるのは寂しいけれど、この先には楽しくてワクワクすることがたくさんありそうだ。エセルなら私が寂しいと思う暇がない程に構い倒してきそうだし、既にそんな感じだけど。

(嫌なことばかり気にしても仕方ないものね。楽しいことを見つける方がずっといいわ)

ラファティの王宮まで、今回は余裕を持たせて十日の旅になる。私はどれくらい新しい何かを見つけられるだろうか。外の景色を眺めていると、寂しさが少しずつ減り、その代わりにワクワクした想いが増していくのを感じた。


十日間の旅は腰とお尻の痛さに少しは悩まされたけれど、さすがは王族の馬車、快適で楽しいことの方が多かった。私はアストリーやモーズレイの真似をして、道中にあったことを記録していった。これはそのまま習慣になって、その後も経験したことを備忘録としてずっと書き続けることになるのだけど、この時はそんなこと思いもしなかった。手紙の返信すら苦手な私が記録を付け続けるなんて、きっとお兄様やアデルが知ったら驚くだろう。

到着後は両親とラファティの国王ご夫妻も交えて婚姻に関する契約書が交わされた。我が国の大使も駆けつけて大袈裟《おおげさ》にも思える程だったけれど、エセルが王族なのだから仕方がない。

国王ご夫妻はエセルたちに聞いていた通り仲睦《なかむつ》まじく、レギナルド様ご夫妻がやっていることそのままだった。どうやらラファティ王族はあれが普通なようだ。自国よりも小国の、しかもあまり力のない侯爵家の私を盛大に歓迎してくれた時には驚いた。エセルから聞いていた通り、本人が望んだ相手というのが重要らしい。聞けば過去には平民になった没落貴族の令嬢を侯爵家の養女にして妃に迎えたこともあるという。

王妃様とシャルリーヌ様、そして第二王子のユージーン様の妃のレオノーラ様の三人と初めて会食した時には、「驚いたでしょう?」「不安や息苦しさを感じたらすぐに相談してね」と言われてしまった。どうやら三人とも、過ぎた愛情の重さに悩まされてきたらしく、その仲間に加わった私を心配してくださっていたのだ。

「エセルはずっと王家の夫婦の在り方に疑問を持っていたのよ」

「そうなのですか?」

そういえば以前、レギナルド様たちのことを極端だと言っていたのを思い出した。

「ええ。あの子はシャルリーヌちゃんがノイローゼになった時、多感な時期だったのよ。そのせいか拒否反応が凄かったの」

「そうでしたわね。レギは反抗期だなぁと言っていましたわ」

「そうなの、男の子は急に態度が変わるから困ったわ。それにあの子、子どもの頃は身体も小さくて見た目も普通だったから、外れ王子だなんて令嬢たちに敬遠されていたのよ」

「え？」

「そうね。レギが結婚した後は、ジーン様の方が人気でしたものね」

「なのに成長して見た目が変わったら途端に令嬢が押し寄せてきて……お陰で女嫌いだとまで言われていたのよ」

私の知っているエセルとは別人じゃないかと疑ってしまった。今ではあんなに麗《うるわ》しくて、こう言っては何だけど三兄弟の中で一番の美形だと思う。惚れた欲目と好みの問題かもしれないけれど。そんな彼が昔は残念王子と言われていたなんて予想もしなかった。そりゃあ、グローリア様のように見た目が変わった途端に態度を変えられたら拒否反応も凄いだろう。

「あまりにも女性を避けるから、一部の女性たちからはレスターといい仲じゃないかとまで言われて」

「いい仲？」

確かにお二人は信頼関係も強くて仲がいいけれど、そんな噂があったなんて……知ったら二人とも凄く嫌な顔をしそうだ。

「でもまぁ、あの子も同類だったわね」

「お義母様、残念に思っていません？」

「あら、シャルリーヌちゃん、よくわかってくれたわね。そうなのよ、あの執着心、私は呪いだと感じていたから」

「ああ、わかります」

「だからエセルくらいは……と思ったのだけど」

「やっぱり血は争えなかったですねぇ」

そう言うと三人が深くため息をついた。ラファティ王家の妻には、他家にはない悩みがあり、それは相当に深いものらしい。頬が引《ひ》き攣《つ》るのが止められなかった。

「ヴィオラちゃん、辛かったらちゃんと言うのよ！」

「もし困ったことがあったらリーゼに言いなさい。リーゼには私たちから言っておくから」

「わ、わかりました……」

鬼気迫る三人の様子に、もしかしたら早まったかも……との思いがちらっと過《よぎ》ったけれど、姑と小姑に当たる三人と仲良く出来るなら悪くないかも、とも思ってしまった。嫁姑問題で神経をすり減らす話は珍しくない。夫の執着心が普通でないけれど、女性同士でこれだけ一致団結出来るなら悪くないだろう。まぁ、ちょっとだけ「そういうことは先に教えてほしかった……」と思わなくもないけれど。

「でも、彼らから相手を奪おうとしたら、戦争だってやりかねないものね」

「ええ、認めたくないけれど、そう思うと怖くて試す気にもなりませんわ」

「ええ、ええ。思いつめたら監禁とか平気でやりそうですものね」

物騒な単語が出てきて冗談かと思ったけれど、お三方は真剣だった。

「ごめんなさいね、ヴィオラちゃん。逃がしてあげたかったけれど、逃げる方が危険だと思ったから……」

「そ、そうですか……」

どうやら最初から逃げる手なんてなかったのだろう。アデルは嫌なら協力すると言っていたけれど、彼女は妃の皆様の本音までは聞いたことがなかったのかもしれない。ちなみにこの会食を境に、王妃様をお義母様、シャルリーヌ様たちをお義姉《ねえ》様と呼ぶように言われてしまった。ここの王族が一度捕まえた恋人を手放すなどあり得ないし、囲い込み出来た分だけエセルが安心して嫉妬《しっと》で暴走する危険性が減るそうだ。うん、もう諦めて流される以外に幸せになる道はなさそうだ。


「ヴィオ、母上たちとのお茶会はどうだった？」

あの後、陛下と王子殿下三人が私たちを迎えにきて、お茶会はお開きとなった。彼らはすぐに妻を抱き寄せていちゃつき始めるから、目のやり場に困ってしまった。もしかすると陛下達男性陣の目には妻以外は映らず、義娘義姉妹ですらも二人きりの時間を邪魔する邪魔者なのかもしれない、と感じた。

「皆様、お優しくて安心しました。困ったことがあったらいつでも相談するように言ってくださって」

「そうですか。でも、まずは私に相談してくださいね」

そう言って笑顔を向けられたけれど、何というか妙な圧を感じた。お義母様たちの話を聞いた後だからだろうか。

「勿論よ、エセル」

笑顔でそう答えると、エセルがうっとりと糖度の高い笑みを浮かべた。これが正解なのだろう。お義母様たちのアドバイスは、相手が一番だという態度を死守する、二人きりの時は絶対に他に目を向けない、行きすぎた愛情表現があっても誰も傷つけないなら目を瞑る、何か言ってくる者がいたらその後始末は夫に任せる、これが平和に暮らすコツだと言われた。もし誰かに敵意を向けて暴走しそうに感じたら、その時は『私よりもその方（敵視してくる人物）が気になるのですか？』と悲しそうに言うようにとも。これで大抵の危機は躱《かわ》せるのだそうだ。

（とんでもない相手に掴まっちゃったけれど……仲間がいるだけまだマシ、よね？）

少なくともお義母様とお義姉《ねえ》様たちは味方だと言ってくれたし、経験者としてアドバイスも貰えるだろう。そういえば共通の敵がいると味方の結束が強まるんだっけ。この場合、敵は男性陣で味方は女性陣になるけれど……

（シャルリーヌ様も言っていたっけ。貴族たちの嫉妬《しっと》や敵意からは夫たちが守ってくれるので、一番の脅威は夫の重い愛情かもしれないわね、と）

それもどうなんだと思うけれど、悪意から守ってもらえるのは有り難い。妃から嫌われたくない夫たちは、私たちが仲良くしている限り他の妃も守ろうとしてくれるだろう。彼らは彼らで私たちを逃さないよう、傷つかないように団結しているらしいから、夫に無駄な嫉妬《しっと》をさせなければ少し窮屈なだけで安全だと言っていた。

（何とか、やっていける、かな）

少なくとも義理の母姉たちとは上手くやっていけそうだ。それだけでも随分居心地がいいんじゃないだろうか。こうして私はお義母様たちを道標に、ラファティでの生活の一歩を踏み出した。

◆ ◆ ◆

ラファティでの生活は、正にエセルとべったりの毎日だった。私には王子妃教育が、エセルには第三王子としての公務があったので四六時中一緒ではなかったけれど、隙あらばやって来ては私の世話を焼きたがった。侍女も先生方も側近も、心得てすっと席を外すところが凄い。代々こんな感じで続いてきたのだと容易に察せられた。ぜひともこの国の王族に仕える皆様の指南書を見てみたいと思う。きっとそれにはこんな時のノウハウも載っているのだろう。もしかしたら赤字で大きく書いてあるのかもしれない。

厳格で有名な国王陛下も、そっくりだと言われているレギナルド様も、配偶者の前ではただの粘着男で糖度増し増しの笑顔の大盤振る舞いだった。まさに異次元、大国の実情はアストリーやモーズレイの旅行記よりも奇異かもしれない。これを後世に遺したら……と思ったけれど、エセルに取り上げられそうだからそんな危険は冒せなかった。モーズレイも言っていたではないか。危険だとわかっているのに突っ込むのは勇気ではなくただの無謀だと。先人の言葉は時代を経《へ》ても指標になるのだなと思った。

初めての夜会は婚約式で、この時は両親と我が国の大使たちも出席しての大がかりなものだった。母国との国力の差を象徴するような豪奢《ごうしゃ》な夜会は、文字通り目も眩《くら》む程だ。

(グローリア様はお義父様の誕生祭に出席なさっていたのに……よくこの国を相手に好き勝手出来たわね……)

何をしたって勝てる相手ではないのにとその無謀さに呆れてしまった。私なら絶対に逆らう気が起きない。もしエセルに求婚される前に来ていたら、求婚を遠慮したいなんて微塵《みじん》も思わなかっただろう。この王家の意に反するなんて愚者の極みだとしみじみ感じた。

それでも愚者は一定数いるもので、二度目の夜会で私はちょっとエセルが離れたすきに令嬢たちに囲まれてしまった。

「あなたですの？　ランバードの辺境からやって来たのは」

現れたのは華やかを通り越してド派手なドレスを召した令嬢の一団だった。髪や瞳の色も鮮《あざ》やかなら、着ているドレスもメイクもそれに劣らない豪華さで、色の暴力だなと思った。

「エセルバート様がランバードから連れ帰ったと伺いましたけれど……」

「色の抜けた金髪にはっきりしない色の瞳。随分控えめですこと」

「侯爵家といっても特段力のないお家とか。我が国では伯爵家レベルですわね」

令嬢たちの家はかなり家格が高いらしい。確かに我が国はラファティに比べれば小国で、階級も一ランク下に見られても仕方がないかもしれない。

「彼《か》の国は媚薬《びやく》で男性を篭絡《ろうらく》するのが流行《はや》っているのですって？」

「まさかあなた、エセルバート様に一服盛ったのでは？」

「そうね！　そうでなければエセルバート様があなたみたいに貧相で地味な方を相手にするなんてあり得ませんわ」

「きっと篭絡《ろうらく》して責任を取れと言って結婚を迫ったのでしょう」

「お可哀相なエセルバート様。お優しさに付け込まれてしまわれたのね」

口々にそう言ってくる彼女たちに、グローリア様の悪行がここまで届いていたのだと改めて実感した。人気の王子に媚薬《びやく》を盛ったとなればそう思われても仕方がないけれど。それにしてもその非難をグローリア様の被害者だった私が受けるのは筋が違うだろう。亡くなった後もグローリア様は私の行く先々で邪魔をするらしい。

「何をしている？」

短く問い詰めるような声に、令嬢たちが震えた。声の主は見なくてもわかる。

「エセル」

華やかな人垣が割れ、その中を真っすぐに向かってきた人物の名を呼ぶと、険しい表情が一転して甘い笑みに変わった。流れるような所作で私の隣に立つと、包み込むように腰に手を回して抱きしめられた。

「ヴィオ、すまない。一人にして」

「いいえ、大丈夫ですわ」

「そうか？　とてもそんな風には見えなかったけれど」

そう言うとエセルは私を囲っていた令嬢たちに冷たい視線を向けた。レギナルド様のように基本が険しい表情ならまだしも、エセルは公式の場では穏やかな笑みを浮かべているので、その落差が激しくて余計に怖く見える……

「あ、あの……私たちは……」

リーダー格の令嬢が小さく震えながら言い訳をしようと口を開いたけれど、視線を向けられると声を詰まらせた。

「ああ、アマースト公爵令嬢にクラックソン侯爵令嬢、ロンズデール、オードニー、マクニースの伯爵令嬢だったか？　私のヴィオに何の用だ？」

「「「ヒッ！」」」

そう言いながらエセルは私を腕の中に隠すように抱きしめ直した。人前ではやめてほしいと思うけれど、こんな時こそお義母様たちの格言を忘れてはいけない。頼りにし、他に目を向けず、多少のことには目を瞑り、後始末は夫に任せる、だ。今回は彼女たちの失礼な態度が発端《ほったん》だから仕方ない。

一方、名を呼ばれた令嬢たちの顔が見る見る青くなっていった。通常、王族に名を覚えられるのは喜ばしいことだけど、今は全く嬉しくないだろう。彼女たちもエセルを慕っているからこその言動かもしれないけれど、この国の貴族なら自殺行為だとわかっていなければならないと思うし、ちゃんと言い聞かせなかった親にも責任がある。それがラファティ王国なのだから。この国の令嬢は皆、一度は王族に仕える侍女たちのマニュアルを一読することをお勧めしたい。うん、今度お義母様に相談してみるのもいいかもしれない。そうすれば余計なトラブルも減るような気がした。

「さ、ヴィオ。母上が呼んでいるよ」

「王妃様が？」

「そんな他人行儀な呼び方をしては母上が悲しむ。お義母様《かあ》と呼ばないとダメだよ」

「そ、そうでしたね」

エセルはここぞとばかりに嫁姑の関係が良好だとちらつかせてその場を後にした。彼女らの相手は側近の皆様の仕事なのだろう。

「母上、ヴィオを連れてきましたよ」

「まぁ、ごめんなさいね、ヴィオちゃん。あなたにこれを渡したかったのよ」

そう言ってお義母様が側にいた侍女に視線を向けると、侍女がトレイを手に進み出た。その上には宝石箱らしいものが載っていた。ちなみにお義母様の横には腰に手を回してべったり佇《たたず》む陛下がいらっしゃるのはお約束だ。

「我が最愛の息子の妻は私にとって最愛の娘。これをヴィオちゃんに贈るわ」

そう言って開けられた宝石箱の中にあるのは……ティアラだった。周囲にいた人たちが息を呑むのが聞こえた。物凄く注目されている……

（ええっ？　ま、まだ婚約中ですけど……）

お義母様のそれよりは小ぶりだけど、どうみても王子妃のためのそれだった。緑色の宝石を中心に、色とりどりの宝石が付いていて、お値段の見当もつかない。

「あ、あの、まだ婚約者ですが……」

いくら財力でも随一の大国といえど、簡単に受け取れるはずもない。のだけど……

「まぁ、エセルが選んだ方ですもの。式はまだでももう家族だわ。ねぇ、あなた？」

「ああ、無論だ」

お義母様の視線を向けられた陛下が、間髪容れずお答えになった。も、もしかしてこれ、お義母様がおねだりしたんじゃ……

「ヴィオ、母上があぁ言っているんだ。受け取ってくれる？」

今度はエセルが縋《すが》るような笑顔を向け、周りから感嘆のため息が聞こえた。

「でも……」

「これも親孝行だと思って。母上には随分心配をかけたからね」

そう言って今度は糖度の高い笑みを浮かべたから、会場内に黄色い悲鳴が響いた。

(エセル……絶対に狙ってやっているでしょ？　それに親孝行に私を使わないでよ……)

そうは思っても、ここで拒否すればお義母様の顔に泥を塗ってしまう。私は恐縮しながらも受け取るしかなく、エセルが嬉しそうにティアラを付けてくれた。会場がワッと湧く。

「エセルバート様万歳！」

「ヴィオラ妃万歳！」

いつの間にか私はヴィオラ妃と呼ばれて、その後は行く先々でそう呼ばれることになった。

(囲い込みがえげつない……)

そうは思ったけれど、これで私に何かを言ってくる人はほぼゼロになり、その後の夜会でも絡まれることはなくなった。母国ではありもしない噂を流されても耐えるしかなかったし、王子妃になったとしてもそれなりに苦労するだろうと覚悟していたけれど、そんな心配はいらなかった。守られている安心感に泣きそうになった。

「だって、ヴィオラちゃんがあのバカ娘たちのせいで逃げたりしたら、エセルが国を滅ぼしそうだもの」

今日のこれがお義母様とエセルが令嬢たちをけん制するために計画したもので、お義母様が侍女にそんなことを言っていたと知ったのも、あの令嬢たちをその後見かけなくなったのに気付いたのも、ずっと後のことだった。

◆　◆　◆

その日は朝から澄み切った青空が広がっていた。

ラファティに移り住んでから半年後の今日は、エセルと私の結婚式だ。ヴィオラ＝リードからヴィオラ＝ラファティになる記念すべき日になる。ちなみに結婚してから三か月後にはエセルが公爵位を賜《たまわ》り、アリンガム公爵になることが決まっていた。国内でも人気のある第三王子の結婚ということで、国内は何日も前からお祭り騒ぎだった。

朝から磨き上げられた私は、ラファティ王族の婚礼衣装を纏《まと》っていた。ラファティ王族の花嫁は明るい緑色のドレスと決まっている。これはラファティ王族の瞳が新緑のような色であることに由来しているからで、生地も素材も最高級品だ。レースと刺繍《ししゅう》で装飾されたそれは、想像以上に重かった。更にティアラにネックレス、イヤリングなど、王家に伝わる宝飾品で飾られている。

「エセルバート様がお見えです」

侍女の声と共に入ってきたのはエセルだった。こちらは王子としての正装で、純白に緑の差し色は王家にだけ許された組み合わせだという。白い衣装に艶《つや》やかな黒髪が凄く映えて、一層麗《うるわ》しい。衣裳と引き立て合っている様は、衣装に着られている感満載の私とは対照的だ。頬が引《ひ》き攣《つ》ってしまった……

「ああ、ヴィオ、よく似合ってる」

「……エセルもとっても素敵よ」

私の前まで来たエセルは、頭のてっぺんからつま先まで一通り確認してから蕩《とろ》けるような笑みを浮かべて、慣れたはずなのに頬が熱を帯びるのを感じた。後ろで侍女が息を呑んだのが聞こえる。

「さぁ、ヴィオ」

「ええ」

この国では最初から最後まで花婿《はなむこ》が花嫁をエスコートするのが習わしだ。式は王宮の聖堂で国王陛下が執《と》り行い、その後は場を移して舞踏会だ。その合間に三回バルコニーに出て、民衆にお披露《ひろ》目《め》するという。三回に分けるのは、集まった民《たみ》の数が多すぎて一回では終わらないかららしい。

会場に入ると既に大勢の参列者がいて、一斉にこちらを向いた。その人数に思わず足がすくみそうになったけれど、それに気付いてくれたのかエセルが繋げた手に少しだけ力を込めた。それが大丈夫だと言ってくれているようで、私は一呼吸置いてから背筋を伸ばした。

エセルのエスコートでゆっくりと奥に進むと、見知った顔があった。両親とお兄様夫婦、アデルとコンラッド様に、セドリック王太子殿下だ。妃殿下は出産前なので今回は大事を取って欠席だ。

本来なら国王陛下が来るべきところだけど、さすがにそこまで厚顔ではなかったしい。そういえば今も王領の離宮で静養中だとか。最初は建前《たてまえ》での療養だったのに、その間に本当に病が見つかってあまり先は長くないだろうとの噂だった。あんなことがあったせいで精神的にも相当な負担がかかったらしく、すっかり老け込んで別人のようだとか。

それ以外にもハイアット国王ご夫妻をはじめとする近隣国の王族もご参加だ。さすがに大国だけあって殆《ほとん》どの国が代理ではなく、国王ご夫妻の出席というのが凄い。

先には既にお義父《とう》様とお呼びしている国王陛下が立っていらっしゃった。これからが今日一番の難関だ。お義父様が誓文を読み上げ私たちが復唱するのを五回繰り返し、最後に互いの誓いの言葉を述べて終わりだ。こちらも定型文があって、ラファティ語での古い言い回しを使うので非常に緊張した。

(よかった……ちゃんと言えた)

言い終えた私は、無事にやり遂げたことに感無量だった。こんなにたくさんの人の前で、噛んだり間違えたりするわけにはいかなかったから。結婚式がこんなに緊張感を強いられるものだとは思わず、正直なところ幸せを噛みしめる余裕など全くなかった。

その後は、バルコニーに出て国民へのお披露目《ひろめ》だった。式典用のバルコニーは広く豪奢《ごうしゃ》で、私はエセルに手を引かれながら国民の前に立った。目の前に広がる大広間には、これでもかという程の人が溢《あふ》れていた。エセルが手を上げると、耳が痛くなるほどの歓声が上がった。

（す、凄い、人……）

人の波に圧倒された。遠くまで人垣が続いている。我が国ではここまで人は集まらないだろう。

「ヴィオ」

「え？」

「ほら、手を振って。みんながヴィオを待っているよ」

エセルにそう言われておずおずと手を振ると、一層の歓声が上がった。肌で歓迎されているのを感じる。改めて自分がここにいることが信じられなかった。

すっとエセルが私の側に寄って腰に手を回し、驚く私の唇に軽くキスをすると、歓声に黄色い悲鳴が混じって耳が痛くなるほどだった。

「エ、エセル！」

「ヴィオ、私の大切な奥さん。死ぬまで離さないよ」

人前でなんてことするのよ！　と言おうとした私にエセルは極上の笑みを浮かべ、それを見た国民の歓声が一層大きくなった。王宮と大広場が揺れたような気がした。

新＊感＊覚ファンタジー！

レジーナブックス Regina

竜人の王と契約結婚!?

番が見つかったら即離婚！
～王女は自由な平民に憧れる～

灰銀猫《はいぎんねこ》

イラスト：霧夢ラテ

第三王女でありながら、義母や異母姉たちに虐げられていたエリサ。ある日、父から同盟のため、未だ見ぬ番しか愛せない獣人の国の竜人である王へ嫁ぐよう命令される。もし番が見つかるか同盟の役割が終われば、その時点でエリサとは離婚だという。しかし、もともと自由な平民に憧れていたエリサはかえって自分から白い結婚＆別居を提案して――

詳しくは公式サイトにてご確認ください。

https://www.regina-books.com/

携帯サイトはこちらから！

この作品に対する皆様のご意見・ご感想をお待ちしております。

おハガキ・お手紙は以下の宛先にお送りください。

【宛先】

〒150-6019 東京都渋谷区恵比寿 4-20-3 恵比寿ガーデンプレイスタワー 19F
（株）アルファポリス　書籍感想係

メールフォームでのご意見・ご感想は右のＱＲコードから、
あるいは以下のワードで検索をかけてください。

アルファポリス　書籍の感想　検索

ご感想はこちらから

本書は、「アルファポリス」（https://www.alphapolis.co.jp/）に掲載されていたものを、
改稿、加筆のうえ、書籍化したものです。

王女殿下《おうじょでんか》を優先《ゆうせん》する婚約者《こんやくしゃ》に愛想《あいそ》が尽《つ》きました
もう貴方《あなた》に未練《みれん》はありません！

灰銀猫（はいぎんねこ）

2024年 4月 5日初版発行

編集－反田理美・森 順子
編集長－倉持真理
発行者－梶本雄介
発行所－株式会社アルファポリス
〒150-6019 東京都渋谷区恵比寿4-20-3 恵比寿ガーデンプレイスタワー19F
TEL 03-6277-1601（営業） 03-6277-1602（編集）
URL https://www.alphapolis.co.jp/
発売元－株式会社星雲社（共同出版社・流通責任出版社）
〒112-0005 東京都文京区水道1-3-30
TEL 03-3868-3275
装丁・本文イラスト－綾瀬
装丁デザイン－AFTERGLOW
（レーベルフォーマットデザイン—ansyyqdesign）
印刷－中央精版印刷株式会社

価格はカバーに表示されてあります。

落丁乱丁の場合はアルファポリスまでご連絡ください。

送料は小社負担でお取り替えします。


ISBN978-4-434-33633-1 C0093